浙江省中等职业教育示范校建设课程改革创新教材

精品诗词曲欣赏

叶光明 主 编

科学出版社

北 京

内 容 简 介

诗、词、曲是中华文化的瑰宝，读之、用之，既陶冶情操又传承民族文化。本书精心遴选了从先秦、两汉、三国、魏晋南北朝至唐、五代、宋、元、明、清的古代诗词332首，近、现代诗歌11首和学习精品诗词曲的感悟、札记，同时选录师生优秀习作若干供读者阅读欣赏。本书诗词曲种类齐全、数量繁多、归类分明，充分满足了学生的学习欲望和探讨欲望。

本书适合小学、初中、高中学生课外阅读及温故迎考，还可供古诗歌爱好者阅读、探讨、收藏使用。

图书在版编目(CIP)数据

精品诗词曲欣赏/叶光明主编. —北京：科学出版社，2018

ISBN 978-7-03-056607-2

Ⅰ. ①精… Ⅱ. ①叶… Ⅲ. ①古典诗歌-诗歌鉴赏-中国-中等专业学校-教材②散曲-鉴赏-中国-中等专业学校-教材 Ⅳ. ①G634.301

中国版本图书馆CIP数据核字（2018）第036218号

责任编辑：韩 东 王会明 / 责任校对：马英菊
责任印制：吕春珉 / 封面设计：东方人华平面设计部

科学出版社 出版
北京东黄城根北街16号
邮政编码：100717
http://www.sciencep.com

三河市铭浩彩色印装有限公司印刷

科学出版社发行 各地新华书店经销

*

2018年3月第 一 版 开本：787×1092 1/16
2018年3月第一次印刷 印张：13
字数：300 000

定价：32.00元

（如有印装质量问题，我社负责调换〈骏杰〉）

销售部电话 010-62136230 编辑部电话 010-62135397-2008

序

诗歌欣赏，精选经典。优美篇章，清泉滋润。
中小教材，专家审定。汉语精华，承前启后。
粒粒种子，心田发芽。联想想象，奇妙多彩。
风情人生，悲欢离合。勤智才艺，灵犀共鸣。
关爱思念，离情别绪。日思梦会，眷念珍惜。
友谊长存，真挚互慰。胸襟宽阔，天涯比邻。
故土情怀，游子思乡。叶落归根，感叹喜悦。
体悟人生，少壮努力。似水年华，酸甜苦辣。
忧愁悲离，沉寂激愤。归隐田园，寄情山水。
关注民生，世衰乱离。国仇家恨，忧国忧民。
山水怡情，瑰丽淡雅。山清水秀，莺歌燕舞。
春雨润泽，旖旎风光。江南江北，充满朝气。
农家趣乐，年丰心美。淳朴好客，其乐融融。
欣赏音乐，琵琶箜篌。天籁神工，描绘卓越。
走近英雄，保家卫国。戎马生涯，壮志未酬。
风流人物，气概豪迈。雄才大略，峥嵘岁月。
忆昔思今，改天换地。乐观自信，宏伟蓝图。
粗粗归类，草草编辑。诚望建议，共同提高。
开卷有益，熟读成诵。心领神会，乐在其中。

叶光明
2017年6月

前　言

唐诗、宋词、元曲是中华民族文化中的精华。中小学新、旧教材中所选的古诗歌，是几代教育专家经过精挑细选、反复审查编进语文教材的，是精华中的精华。编者从事职校语文教学多年，发现职校学生对古诗歌的复习饶有兴趣。由此想，将中小学语文教材中的古诗歌集在一起，让学生温故欣赏，应该是一件“教学相长”的乐事。于是编者付诸行动，不断收集、归类、修订，历时十年，编成本书。

本书前五章介绍了我国历朝历代的古诗词曲代表作，共343首：《诗经》（8首）、屈原诗作（3首）、秦汉时期代表作（15首）、三国时期代表作（5首）、两晋时期代表作（5首）、南北朝时期代表作（3首）、唐朝代表作（171首）、宋朝代表作（87首）、元朝代表作（8首）、元末明初时期代表作（2首）、明朝代表作（7首）、清朝代表作（18首）、近代代表作（2首）、毛泽东诗作（9首），是按从古到今的时间顺序编辑的。同一时期的作者，则把诗歌多的作者放到前面；同一作者的诗歌，也尽可能按逻辑顺序或诗歌的长短编排，使其顺序更合理，便于查找。本书还对难读的字作了注音并附上诗歌作者或出处的相关介绍，便于学生阅读欣赏、理解掌握。第六章是对诗歌的归类赏析，多选自编者的论文并作了适当修改，从酒文化、月亮情怀、友情、杨柳情结、雪中情等方面进行归类汇总、赏析说明，使学生更深入地了解诗歌，体悟诗中情感。附录介绍了师生的优秀习作，以供学生欣赏阅读。

编者在编写本书的过程中，得到了学校领导的重视与支持，同时同事对本书的编写提出了一些宝贵的建议；另外，编者参阅了大量有关文献。在此一并向相关人员表示衷心感谢。

由于编者的编写水平有限，书中不足之处在所难免，恳请广大读者提出宝贵意见和建议，以便完善本书，更好地弘扬传统文化。

编　者

2017年6月

目　录

目录

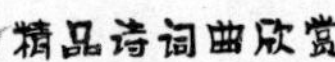

第一章 先秦、两汉、三国、魏晋南北朝时期诗词选读

采　　薇（节选）

《诗经》

昔我往矣，杨柳依依。今我来思，雨雪霏霏。

延伸阅读

《诗经》是中国历史上最早的诗歌总集。《诗经》原本叫《诗》，收集了自西周初年至春秋中叶500多年间的311首诗歌（其中6首为笙诗，即只有标题，没有内容），因此又称《诗三百》《三百篇》。从汉朝起，儒家将其奉为经典，因此称为《诗经》。汉朝毛亨、毛苌曾注释《诗经》，因此又称《毛诗》。《诗经》的作者，绝大部分已经无法考证。其涉及的地域主要是黄河流域，西起山西省和甘肃省东部，北到河北省西南部，东至山东省，南及江汉流域。《诗经》在音乐上分为风、雅、颂三部分，其中“风”是地方民歌，有十五国风，共160首；“雅”主要是朝廷乐歌，分为大雅和小雅，共105篇；“颂”主要是宗庙乐歌，共40首。《诗经》中思想和艺术价值最高的是民歌，“饥者歌其食，劳者歌其事”，《伐檀》《硕鼠》《氓》等就是“风”的代表作。《诗经》的表现手法主要是赋、比、兴。“赋”就是铺陈，“比”就是类比和比喻，“兴”就是先言他物以引起所咏之词。《诗经》对后代诗歌的发展有深远的影响，成为我国古典文学现实主义传统的源头。

关　　雎[1]

《诗经》

关关雎鸠[2]，在河之洲。窈[3]窕[4]淑女，君子好逑[5]。
参[6]差[7]荇[8]菜，左右流之。窈窕淑女，寤[9]寐[10]求之。
求之不得，寤寐思服。悠[11]哉悠哉，辗[12]转反侧。
参差荇菜，左右采之。窈窕淑女，琴瑟友之。
参差荇菜，左右芼[13]之。窈窕淑女，钟鼓乐之。

注音

［1］雎：jū。　［2］鸠：jiū。　［3］窈：yǎo。　［4］窕：tiǎo。　［5］逑：qiú。　［6］参：cēn。　［7］差：cī。　［8］荇：xìng。　［9］寤：wù。　［10］寐：mèi。　［11］悠：yōu。　［12］辗：zhǎn。　［13］芼：mào。

邶[1]风·静女

《诗经》

静女其姝[2]，俟[3]我于城隅[4]。爱而不见，搔首踟[5]蹰[6]。
静女其娈[7]，贻我彤管。彤管有炜[8]，说[9]怿[10]女[11]美。
自牧归荑[12]，洵[13]美且异。匪女之为美，美人之贻。

注音

［1］邶：bèi。　［2］姝：shū。　［3］俟：sì。　［4］隅：yú。　［5］踟 chí。　［6］蹰：chú。　［7］娈：luán。　［8］炜：wěi。　［9］说：yuè。　［10］怿：yì。　［11］女：rǔ（通“汝”）。　［12］荑：tí。　［13］洵：xún。

卫风·氓[1]

《诗经》

氓之蚩[2]蚩，抱布贸丝。匪来贸丝，来即我谋。
送子涉淇，至于顿丘。匪我愆[3]期，子无良媒。
将子无怒，秋以为期。乘彼垝[4]垣[5]，以望复关。
不见复关，泣涕涟涟。既见复关，载笑载言。
尔卜尔筮[6]，体无咎[7]言。以尔车来，以我贿迁。
桑之未落，其叶沃若。于嗟鸠兮，无食桑葚。
于嗟女兮，无与士耽[8]。士之耽兮，犹可说也。
女之耽兮，不可说也！桑之落矣，其黄而陨。
自我徂[9]尔，三岁食贫。淇水汤[10]汤，渐车帷裳。
女也不爽，士贰[11]其行。士也罔极，二三其德。
三岁为妇，靡室劳矣。夙兴夜寐，靡有朝矣。
言既遂矣，至于暴矣。兄弟不知，咥[12]其笑矣。
静言思之，躬自悼矣。及尔偕老，老使我怨。
淇则有岸，隰[13]则有泮。总角之宴，言笑晏[14]晏。

信誓旦旦，不思其反。反是不思，亦已焉哉！

注音

［1］氓：méng。 ［2］蚩：chī。 ［3］愆：qiān。 ［4］垝：guǐ。 ［5］垣：yuán。［6］筮：shì。 ［7］咎：jiù。 ［8］耽：dān。 ［9］徂：cú。 ［10］汤：shāng。［11］贰：tè。 ［12］咥：xì。 ［13］隰：xí。 ［14］晏：yán。

蒹[1] 葭[2]

《诗经》

蒹葭苍苍，白露为霜。所谓伊人，在水一方。
溯[3]洄[4]从之，道阻且长。溯游从之，宛在水中央。
蒹葭凄[5]凄，白露未晞[6]。所谓伊人，在水之湄[7]。
溯洄从之，道阻且跻[8]。溯游从之，宛在水中坻[9]。
蒹葭采采，白露未已。所谓伊人，在水之涘[10]。
溯洄从之，道阻且右。溯游从之，宛在水中沚[11]。

注音

［1］蒹：jiān。 ［2］葭：jiā。 ［3］溯：sù。 ［4］洄：huí。 ［5］凄：qī（通“萋”）。 ［6］晞：xī。 ［7］湄：méi。 ［8］跻：jī。 ［9］坻：chí。 ［10］涘：sì。［11］沚：zhǐ。

秦风·无衣

《诗经》

岂曰无衣？与子同袍。王于兴师，修我戈矛，与子同仇！
岂曰无衣？与子同泽。王于兴师，修我矛戟[1]，与子偕作！
岂曰无衣？与子同裳。王于兴师，修我甲兵，与子偕行[2]！

注音

［1］戟：jǐ。 ［2］行：xíng。

硕[1] 鼠

《诗经》

硕鼠硕鼠，无食我黍[2]！三岁贯女，莫我肯顾。

逝将去女[3]，适彼乐土。乐土乐土，爰[4]得我所！
硕鼠硕鼠，无食我麦！三岁贯女，莫我肯德。
逝将去女，适彼乐国。乐国乐国，爰得我直！
硕鼠硕鼠，无食我苗！三岁贯女，莫我肯劳。
逝将去女，适彼乐郊。乐郊乐郊，谁之永号[5]！

注音

［1］硕：shuò。 ［2］黍：shǔ。 ［3］女：rǔ（通“汝”）。 ［4］爰：yuán。［5］号：háo。

伐　檀[1]

《诗经》

坎坎伐檀兮，置之河之干兮。河水清且涟猗。不稼不穑，胡取禾三百廛[2]兮？不狩不猎，胡瞻尔庭有县[3]貆[4]兮？彼君子兮，不素餐兮！

坎坎伐辐兮，置之河之侧兮。河水清且直猗。不稼不穑，胡取禾三百亿兮？不狩不猎，胡瞻尔庭有县特兮？彼君子兮，不素食兮！

坎坎伐轮兮，置之河之漘[5]兮。河水清且沦猗。不稼不穑，胡取禾三百囷[6]兮？不狩不猎，胡瞻尔庭有县鹑[7]兮？彼君子兮，不素飧[8]兮！

注音

［1］檀：tán。 ［2］廛：chán。 ［3］县：xuán（通“悬”）。 ［4］貆：huán。［5］漘：chún。 ［6］囷：qūn。 ［7］鹑：chún。 ［8］飧：sūn。

九歌·湘夫人

战国·楚·屈原

帝子降兮北渚[1]，目眇[2]眇兮愁予。
袅[3]袅兮秋风，洞庭波兮木叶下。
登白薠[4]兮骋望，与佳期兮夕张。
鸟何萃兮苹中？罾[5]何为兮木上？
沅有茝[6]兮澧[7]有兰，思公子兮未敢言。
荒忽兮远望，观流水兮潺[8]湲[9]。
麋何食兮庭中？蛟何为兮水裔？
朝驰余马兮江皋[10]，夕济兮西澨[11]。

闻佳人兮召予，将腾驾兮偕逝：
筑室兮水中，葺[12]之兮荷盖，
荪壁兮紫坛，播芳椒兮成堂。
桂栋兮兰橑[13]，辛夷楣[14]兮药房，
罔薜荔兮为帷，擗蕙櫋[15]兮既张。
白玉兮为镇，疏石兰兮为芳，
芷葺兮荷屋，缭之兮杜衡。
合百草兮实庭，建芳馨兮庑[16]门。
九嶷[17]缤兮并迎，灵之来兮如云。
捐余袂（袂[18]）兮江中，遗余褋[19]兮澧浦。
搴[20]汀洲兮杜若，将以遗兮远者。
时不可兮骤得，聊逍遥兮容与！

注音

［1］渚：zhǔ。　［2］眇：miǎo。　［3］袅：niǎo。　［4］薠：fán。　［5］罾：zēng。［6］芷：zhǐ。［7］澧：lǐ。　［8］潺：chán。　［9］湲：yuán。　［10］皋：gāo。［11］澨：shì。　［12］葺：qì。　［13］橑：lǎo。　［14］楣 méi。　［15］櫋：mián。［16］庑：wǔ。　［17］嶷：yí。　［18］袂：mèi。　［19］褋：dié。　［20］搴：qiān。

延伸阅读

屈原（约公元前340—前278），原姓芈（mǐ），名平，字原，楚国秭归（今湖北宜昌）人，战国末期楚国诗人、政治家。中国文学史上第一位留下姓名的伟大爱国诗人，也是我国最早的浪漫主义诗人。他的出现，标志着中国诗歌进入了一个由集体歌唱到个人独唱的新时代。屈原自幼勤奋好学，胸怀大志。早年受楚怀王信任，任左徒、三闾大夫，常与怀王商议国事，参与法律的制定，主张章明法度，举贤任能，改革政治，联齐抗秦，提倡“美政”。但是，由于屈原自身性格耿直，在修订法规的时候不愿听从上官大夫的话，加上楚怀王的令尹子兰、上官大夫、靳尚和楚怀王的宠妃郑袖等人，受了秦国使者张仪的贿赂，不但阻止怀王接受屈原的意见，而且使怀王疏远了屈原。公元前305年，屈原反对楚怀王与秦国订立黄棘之盟，但是楚国还是彻底投入了秦国的怀抱。屈原亦被楚怀王逐出郢（yǐng）都，开始了流放生涯。楚襄王即位后，屈原继续受到迫害，并被放逐到江南。公元前278年，秦国大将白起带兵南下，攻破了楚国国都。屈原的政治理想破灭，对前途感到绝望，虽有心报国，却无力回天，便以死明志。当年五月五日，屈原在绝望和悲愤之下怀抱大石投汨罗江而亡。为纪念屈原，后人将农历五月五日定为端午节，现在也称为诗人节。

离　骚（节选）

战国·楚·屈原

帝高阳之苗裔[1]兮，朕皇考曰伯庸。
摄提贞于孟陬[2]兮，惟庚寅吾以降。
皇览揆[3]余初度兮，肇[4]锡余以嘉名：
名余曰正则兮，字余曰灵均。
纷吾既有此内美兮，又重之以修能：
扈[5]江离与辟芷兮，纫[6]秋兰以为佩。
汩余若将不及兮，恐年岁之不吾与！
朝搴[7]阰[8]之木兰兮，夕揽洲之宿莽！
日月忽其不淹兮，春与秋其代序。
惟草木之零落兮，恐美人之迟暮！
不抚壮而弃秽兮，何不改乎此度？
乘骐骥以驰骋兮，来吾道夫先路！
昔三后之纯粹兮，固众芳之所在：
杂申椒与菌桂兮，岂维纫夫蕙茝[9]！
彼尧舜之耿介兮，既遵道而得路。
何桀[10]纣之猖披兮，夫惟捷径以窘步。
惟党人之偷乐兮，路幽昧以险隘。
岂余身之惮殃兮，恐皇舆之败绩！
忽奔走以先后兮，及前王之踵武。
荃[11]不揆余之中情兮，反信谗而齌怒！
余固知謇[12]謇之为患兮，忍而不能舍也！
指九天以为正兮，夫唯灵修之故也！
曰黄昏以为期兮，羌中道而改路。

注音

［1］裔：yì。［2］陬：zōu。［3］揆：kuí。［4］肇：zhào。［5］扈：hù。［6］纫：rèn。［7］搴：qiān。［8］阰：pí。［9］茝：chǎi。［10］桀：jié。［11］荃：quán。［12］謇：jiǎn。

国　殇[1]

战国·楚·屈原

操吴戈兮被[2]犀[3]甲，车错毂[4]兮短兵接。

旌蔽日兮敌若云，矢交坠[5]兮士争先。
凌余阵兮躐[6]余行，左骖[7]殪[8]兮右刃伤。
霾两轮兮絷[9]四马，援玉枹[10]兮击鸣鼓。
天时怼[11]兮威灵怒，严杀尽兮弃原壄。
出不入兮往不反，平原忽兮路超远。
带长剑兮挟秦弓，首虽离兮心不惩。
诚既勇兮又以武，终刚强兮不可凌。
身既死兮神以灵，魂魄毅兮为鬼雄。

注音

［1］殇：shāng。　［2］被：pī（通“披”）。　［3］犀：xī。　［4］毂：gǔ。　［5］坠：zhuì。　［6］躐：liè。　［7］骖：cān。　［8］殪：yì。　［9］絷：zhí。　［10］枹：fú。　［11］怼：duì。

垓[1]下歌

秦末·项羽

力拔山兮气盖世。时不利兮骓[2]不逝。
骓不逝兮可奈何！虞兮虞兮奈若何！

注音

［1］垓：gāi。　［2］骓：zhuī。

延伸阅读

项羽（公元前232—前202），名籍，字羽，秦末下相（今江苏省宿迁市）人，楚国名将项燕之孙。他是中国军事思想“兵形势”的代表人物（兵家四势：兵形势、兵权谋、兵阴阳、兵技巧），堪称中国历史上最强的武将之一，古人对其有“羽之神勇，千古无二”的评价。项羽早年跟随叔父项梁在吴中（今江苏省苏州市）起义，项梁阵亡后他率军渡河救赵王歇，在巨鹿之战中击破章邯、王离领导的秦军主力。秦亡后项羽称西楚霸王，实行分封制，封灭秦功臣及六国贵族为王。而后，汉王刘邦从汉中出兵进攻项羽，项羽与其展开了历时四年的楚汉战争，在此期间虽然屡屡大破刘邦军队，但项羽始终无法拥有固定的后方补给，粮草消耗殆尽，又猜疑亚父范增，最后反因兵败而自杀。

大风歌

汉·刘邦

大风起兮云飞扬，威加海内兮归故乡。安得猛士兮守四方！

延伸阅读

刘邦（公元前256—前195），字季（一说原名季），战国时期魏国丰邑中阳里（今江苏省丰县）人，出身平民阶级，秦朝时曾担任泗水亭长，起兵于沛（今江苏省沛县），故称沛公。秦亡后刘邦被封为汉王，于楚汉战争中打败西楚霸王项羽，统一天下。公元前202年2月28日，刘邦于荥阳氾（fán）水之阳即皇帝位，定都长安。刘邦成为汉朝（西汉）的开国皇帝，庙号为高祖，汉景帝时改为太祖，自汉武帝时期开始，多以最初庙号“高祖”称之，谥号为“高皇帝”，故史称汉高祖、太祖高皇帝或汉高帝。他对汉民族统一、中国统一强大、汉文化保护和发扬有巨大贡献。

江　南

汉 · 《乐府歌辞》

江南可采莲，莲叶何田田，鱼戏莲叶间。
鱼戏莲叶东，鱼戏莲叶西，鱼戏莲叶南，鱼戏莲叶北。

延伸阅读

《乐府歌辞》是古代诗歌总集，分为郊庙歌辞、燕射歌辞、鼓吹曲辞、横吹曲辞、相和歌辞、清商曲辞、舞曲歌辞、琴曲歌辞、杂曲歌辞、近代曲辞、杂歌谣辞和新乐府辞12大类。其中又分若干小类，如横吹曲辞又分汉横吹曲、梁鼓角横吹曲等类；相和歌辞又分为相和六引、相和曲、吟叹曲、平调曲、清调曲、瑟调曲、楚调曲和大曲等类；清商曲辞中又分为吴声歌与西曲歌等类。

涉江采芙蓉

汉 · 《古诗十九首》

涉江采芙蓉，兰泽多芳草。采之欲遗[1]谁？所思在远道。
还顾望旧乡，长路漫浩浩。同心而离居，忧伤以终老。

注音

[1] 遗：wèi。

延伸阅读

《古诗十九首》是乐府古诗文人化的显著标志，由南朝梁萧统从传世无名氏古诗中选

录十九首编入《昭明文选》（又称《文选》）而成。《古诗十九首》深刻地再现了文人在汉末社会思想大转变时期，追求的幻灭与沉沦，心灵的觉醒与痛苦；语言朴素自然，描写生动真切，具有浑然天成的艺术风格。《古诗十九首》所抒发的是人生最基本、最普遍的情感和思绪，令古往今来的读者常读常新。

迢[1]迢牵牛星

汉·《古诗十九首》

迢迢牵牛星，皎皎河汉女。纤纤擢[2]素手，札[3]札弄机杼[4]。终日不成章，泣涕零如雨。河汉清且浅，相去复几许？盈盈一水间，脉[5]脉不得语。

注音

[1] 迢：tiáo。 [2] 擢：zhuó。 [3] 札：zhá。 [4] 杼：zhù。 [5] 脉：mò。

羽 林 郎

汉·辛延年

昔有霍家奴，姓冯名子都。依倚将军势，调笑酒家胡。
胡姬年十五，春日独当垆[1]。长裾连理带，广袖合欢襦[2]。
头上蓝田玉，耳后大秦珠。两鬟[3]何窈窕，一世良所无。
一鬟五百万，两鬟千万余。不意金吾子，娉[4]婷[5]过我庐。
银鞍何煜[6]爚[7]，翠盖空踟[8]蹰[9]。就我求清酒，丝绳提玉壶；
就我求珍肴，金盘脍[10]鲤鱼。贻我青铜镜，结我红罗裾。
不惜红罗裂，何论轻贱躯！男儿爱后妇，女子重前夫。
人生有新故，贵贱不相逾。多谢金吾子，私爱徒区区。

注音

[1] 垆：lú。 [2] 襦：rú。 [3] 鬟：huán。 [4] 娉：pīng。 [5] 婷：tíng。 [6] 煜：yù。 [7] 爚：yuè。 [8] 踟：chí。 [9] 蹰：chú。 [10] 脍：kuài。

延伸阅读

辛延年（公元前 220—？），秦汉间著名诗人。其作品仅存《羽林郎》一首，为汉诗中优秀之作，始见于《玉台新咏》。《乐府诗集》将它归入《杂曲歌辞》，与《陌上桑》相提并论，被誉为“诗家之正则，学者所当揣摩”（费锡璜《汉诗总说》）。

上 邪

汉 · 《乐府诗集》

上邪[1]！我欲与君相知，长命无绝衰。

山无陵，江水为竭，冬雷震震夏雨[2]雪，天地合，乃敢与君绝！

注音

[1] 邪：yé。 [2] 雨：yù。

延伸阅读

《乐府诗集》为宋代郭茂倩所编。“乐府”本是古代朝廷中掌管音乐的机关名称，最早设立于汉武帝时期，南北朝也有乐府机关。其具体任务是制作乐谱、收集歌词和训练音乐人才。其歌词的来源有二：一部分是文人专门作的，另一部分是从民间收集的。后来，人们将乐府机关采集的诗歌称为乐府，或称乐府诗、乐府歌辞，于是乐府便由官府名称变成了诗体名称。郭茂倩编的这部《乐府诗集》现存100卷，是现存收集乐府歌辞最完备的一部，主要记录汉魏到唐、五代的乐府歌辞兼及先秦至唐末的歌谣，共5000多首。它搜集广泛，各类有总序，每曲有题解。它是继《诗经 · 风》之后，又一部总括中国古代乐府歌辞的著名诗歌总集。

长 歌 行

汉 · 《乐府诗集》

青青园中葵，朝露待日晞[1]。
阳春布德泽，万物生光辉。
常恐秋节至，焜[2]黄华叶衰。
百川东到海，何时复西归？
少壮不努力，老大徒伤悲。

注音

[1] 晞：xī。 [2] 焜：kūn。

紫骝马歌辞（节选）

汉 · 《乐府诗集》

十五从军征，八十始得归。道逢乡里人：家中有阿谁？

遥看是君家，松柏冢[1]累累。兔从狗窦[2]入，雉[3]从梁上飞。
中庭生旅谷，井上生旅葵。舂[4]谷持作饭，采葵持作羹[5]。
羹饭一时熟，不知饴[6]阿谁？出门东向看，泪落沾我衣。

注音

［1］冢：zhǒng。 ［2］窦：dòu。 ［3］雉：zhì。 ［4］舂：chōng。 ［5］羹：gēng。［6］饴：yí。

折杨柳歌辞（节选）

汉·《乐府诗集》

健儿须快马，快马须健儿。
跸[1]跋[2]黄尘下，然后别雄雌。

注音

［1］跸：bì。 ［2］跋：bá。

陌上桑

汉·《乐府诗集》

日出东南隅，照我秦氏楼。秦氏有好女，自名为罗敷。罗敷憙蚕桑，采桑城南隅。青丝为笼系[1]，桂枝为笼钩。头上倭[2]堕髻，耳中明月珠，缃绮为下裙，紫绮为上襦。行者见罗敷，下担捋[3]髭[4]须。少年见罗敷，脱帽著帩[5]头。耕者忘其犁，锄者忘其锄。来归相怨怒，但坐观罗敷。

（一解）使君从南来，五马立踟[6]蹰[7]。使君遣吏往，问是谁家姝[8]？秦氏有好女，自名为罗敷。罗敷年几何？二十尚不足，十五颇有余。使君谢罗敷："宁可共载不？"罗敷前致辞："使君一何愚！使君自有妇，罗敷自有夫。"

（二解）东方千余骑，夫婿居上头。何用识夫婿？白马从骊驹。青丝系马尾，黄金络马头。腰中鹿卢剑，可值千万余。十五府小吏，二十朝大夫，三十侍中郎，四十专城居。为人洁白皙，鬑[9]鬑颇有须。盈盈公府步，冉冉府中趋。坐中数千人，皆言夫婿殊。

注音

［1］系：jì。 ［2］倭：wō。 ［3］捋：lǚ。 ［4］髭：zī。 ［5］帩：qiào。［6］踟：chí。 ［7］蹰：chú。 ［8］姝：shū。 ［9］鬑：lián。

子夜歌

汉·《乐府诗集》

始欲识郎时，两心望如一。
理丝入残机，何悟不成匹！

孔雀东南飞（并序）

汉·乐府民歌

汉末建安中，庐江府小吏焦仲卿妻刘氏，为仲卿母所遣，自誓不嫁。其家逼之，乃没水而死。仲卿闻之，亦自缢于庭树。时人伤之而为此辞也。

孔雀东南飞，五里一徘徊。

“十三能织素，十四学裁衣，十五弹箜篌，十六诵诗书，十七为君妇，心中常苦悲。君既为府吏，守节情不移，贱妾留空房，相见常日稀。鸡鸣入机织，夜夜不得息。三日断五疋（同匹），大人故嫌迟。非为织作迟，君家妇难为！妾不堪驱使，徒留无所施，便可白公姥[1]，及时相遣归。”

府吏得闻之，堂上启阿母：“儿已薄禄相，幸复得此妇，结发同枕席，黄泉共为友。共事二三年，始尔未为久，女行无偏斜，何意致不厚？”

阿母谓府吏：“何乃太区区！此妇无礼节，举动自专由。吾意久怀忿，汝岂得自由！东家有贤女，自名秦罗敷。可怜体无比，阿母为汝求。便可速遣之，遣去慎莫留！”

府吏长跪告：“伏惟启阿母，今若遣此妇，终老不复取！”

阿母得闻之，槌床便大怒：“小子无所畏，何敢助妇语！吾已失恩义，会不相从许！”

府吏默无声，再拜还入户。举言谓新妇，哽咽不能语：“我自不驱卿，逼迫有阿母。卿但暂还家，吾今且报府。不久当归还，还必相迎取。以此下心意，慎勿违吾语。”

新妇谓府吏：“勿复重纷纭！往昔初阳岁，谢家来贵门。奉事循公姥，进止敢自专？昼夜勤作息，伶俜[2]萦苦辛。谓言无罪过，供养卒大恩；仍更被驱遣，何言复来还！妾有绣腰襦，葳[3]蕤[4]自生光；红罗复斗帐，四角垂香囊；箱帘六七十，绿碧青丝绳。物物各自异，种种在其中。人贱物亦鄙，不足迎后人。留待作遗施，于今无会因。时时为安慰，久久莫相忘！”

鸡鸣外欲曙，新妇起严妆。著我绣夹裙，事事四五通。足下蹑丝履，头上玳瑁光。腰若流纨[5]素，耳著明月珰。指如削葱根，口如含朱丹。纤纤作细步，精妙世无双。

上堂谢阿母，母听去不止：“昔作女儿时，生小出野里。本自无教训，兼愧贵家子。受母钱帛多，不堪母驱使。今日还家去，念母劳家里。”却与小姑别，泪落连珠子：“新妇初来时，（小姑始扶床；今日被驱遣，）小姑如我长。勤心养公姥，好自相扶将。初七及下九，嬉戏莫相忘。”出门登车去，涕落百余行。

府吏马在前，新妇车在后，隐隐何甸甸，俱会大道口。下马入车中，低头共耳语：“誓不相隔卿。且暂还家去，吾今且赴府。不久当还归，誓天不相负！”

新妇谓府吏：“感君区区怀，君既若见录，不久望君来。君当作磐石，妾当作蒲苇，蒲苇纫如丝，磐石无转移。我有亲父兄，性行暴如雷。恐不任我意，逆以煎我怀。”举手长劳劳，二情同依依。

入门上家堂，进退无颜仪。阿母大拊掌：“不图子自归。十三教汝织，十四能裁衣，十五弹箜篌，十六知礼仪，十七遣汝嫁，谓言无誓违。汝今无罪过，不迎而自归。”兰芝惭阿母：“儿实无罪过。”阿母大悲摧。

还家十余日，县令遣媒来。云有第三郎，窈窕世无双，年始十八九，便言多令才。

阿母谓阿女：“汝可去应之。”

阿女衔泪答：“兰芝初还时，府吏见丁宁，结誓不别离。今日违情义，恐此事非奇。自可断来信，徐徐更谓之。”

阿母白媒人：“贫贱有此女，始适还家门，不堪吏人妇，岂合令郎君？幸可广问讯，不得便相许。”

媒人去数日，寻遣丞请还，说有兰家女，承籍有宦官。云有第五郎，娇逸未有婚。遣丞为媒人，主簿通语言。直说太守家，有此令郎君，既欲结大义，故遣来贵门。

阿母谢媒人：“女子先有誓，老姥岂敢言！”

阿兄得闻之，怅然心中烦。举言谓阿妹：“作计何不量！先嫁得府吏，后嫁得郎君。否泰[6]如天地，足以荣汝身。不嫁义郎体，其往欲何云？”

兰芝仰头答：“理实如兄言。谢家事夫婿，中道还兄门。处分适兄意，那得自任专！虽与府吏要，渠会永无缘。登即相许和，便可作婚姻。”

媒人下床去，诺诺复尔尔。还部白府君：“下官奉使命，言谈大有缘。”府君得闻之，心中大欢喜。视历复开书，便利此月内。六合正相应，良吉三十日。“今已二十七，卿可去成婚。”交语速装束，络绎如浮云。青雀白鹄[7]舫，四角龙子幡，婀娜随风转。金车玉作轮，踯[8]躅[9]青骢[10]马，流苏金镂鞍。赍[11]钱三百万，皆用青丝穿。杂彩三百匹，交广市鲑珍。从人四五百，郁郁登郡门。

阿母谓阿女：“适得府君书，明日来迎汝。何不作衣裳，莫令事不举！”

阿女默无声，手巾掩口啼，泪落便如泻。移我琉璃榻，出置前窗下。左手持刀尺，右手执绫罗。朝成绣夹裙，晚成单罗衫。晻晻日欲暝，愁思出门啼。

府吏闻此变，因求假暂归。未至二三里，摧藏马悲哀。新妇识马声，蹑履相逢迎。怅然遥相望，知是故人来。举手拍马鞍，嗟叹使心伤：“自君别我后，人事不可量。果不如先愿，又非君所详。我有亲父母，逼迫兼弟兄，以我应他人，君还何所望！”

府吏谓新妇：“贺卿得高迁！磐石方且厚，可以卒千年；蒲苇一时纫，便作旦夕间。卿

当日胜贵，吾独向黄泉！”

新妇谓府吏：“何意出此言！同是被逼迫，君尔妾亦然。黄泉下相见，勿违今日言！”执手分道去，各各还家门。生人作死别，恨恨那可论？念与世间辞，千万不复全！

府吏还家去，上堂拜阿母：“今日大风寒，寒风摧树木，严霜结庭兰。儿今日冥冥，令母在后单。故作不良计，勿复怨鬼神！命如南山石，四体康且直！”

阿母得闻之，零泪应声落：“汝是大家子，仕宦于台阁，慎勿为妇死，贵贱情何薄！东家有贤女，窈窕艳城郭，阿母为汝求，便复在旦夕。”

府吏再拜还，长叹空房中，作计乃尔立。转头向户里，渐见愁煎迫。

其日牛马嘶，新妇入青庐。奄奄黄昏后，寂寂人定初。我命绝今日，魂去尸长留！揽裙脱丝履，举身赴清池。

府吏闻此事，心知长别离，徘徊庭树下，自挂东南枝。

两家求合葬，合葬华山傍。东西植松柏，左右种梧桐。枝枝相覆盖，叶叶相交通。中有双飞鸟，自名为鸳鸯，仰头相向鸣，夜夜达五更。行人驻足听，寡妇起彷徨。多谢后世人，戒之慎勿忘！

注音

[1] 姥：mǔ。 [2] 僜：pīng。 [3] 葳：wēi。 [4] 蕤：ruí。 [5] 纨：wán。[6] 否：pǐ。 [7] 鹄：hú。 [8] 踯：zhí。 [9] 躅：zhú。 [10] 骢：cōng。[11] 赍：jī。

延伸阅读

“乐府民歌”是汉族民歌音乐。乐府最初始于秦代，到汉朝时沿用了秦时的名称。公元前112年，汉王朝在汉武帝时正式设立乐府，其任务是收集编纂各地民间音乐，整理改编与创作音乐，进行演唱及演奏等。汉魏六朝以乐府民歌闻名。“乐府”本是汉武帝设立的音乐机构，用来训练乐工、制定乐谱和采集歌词，采集了大量民歌，后来“乐府”成为一种带有音乐性的诗体名称。今保存的汉乐府民歌有五六十首，真实地反映了下层人民的苦难生活，如《东门行》《十五从军征》《陌上桑》等，其文体较《诗经》《楚辞》更为活泼自由，发展了五言体、七言体及长短句等，并多以叙事为主，塑造了具有一定性格的人物形象。《孔雀东南飞》（又名《焦仲卿妻》）和《木兰辞》是汉魏以来乐府中叙事民歌的优秀代表作。

赠从弟（其二）

东汉 · 刘桢[1]

亭亭山上松，瑟瑟谷中风。风声一何盛，松枝一何劲！
冰霜正惨凄，终岁常端正。岂不罹[2]凝寒，松柏有本性！

注音

[1] 桢：zhēn。　[2] 罹：lí。

刘桢（186—217），字公干，东平宁阳（今山东省宁阳县）人，东汉名士，建安七子之一。刘桢博学有才，与魏文帝友善。但后来以不敬罪被处刑罚，刑后署吏。他所作的五言诗，风格遒劲，语言质朴，传名于世，著有《刘公干集》。

桓灵时童谣

《全汉三国晋南北朝诗》

举秀才，不知书。举孝廉，父别居。
寒素清白浊如泥，高第良将怯如鸡。

《全汉三国晋南北朝诗》共54卷，依时代次序分为11集，意在前接《全唐诗》。此书以明代冯惟讷的《古诗纪》为根据，取其中自汉朝至隋朝的诗歌，并参酌清代冯舒的《诗纪匡谬》，加以修订而成。

短 歌 行

东汉 · 曹操

对酒当歌，人生几何？譬如朝露，去日苦多。
慨当以慷，忧思难忘。何以解忧？唯有杜康。
青青子衿[1]，悠悠我心。但为君故，沉吟至今。
呦[2]呦鹿鸣，食野之苹。我有嘉宾，鼓瑟吹笙[3]。
明明如月，何时可掇[4]？忧从中来，不可断绝。
越陌度阡，枉用相存。契阔谈谯[5]，心念旧恩。
月明星稀，乌鹊南飞。绕树三匝，何枝可依？
山不厌高，海不厌深。周公吐哺[6]，天下归心。

注音

[1] 衿：jīn。　[2] 呦：yōu。　[3] 笙：shēng。　[4] 掇：duō（《乐府诗集》作“辍”）。
[5] 谯：yàn（通“宴”）。　[6] 哺：bǔ。

延伸阅读

曹操（155—220），字孟德，一名吉利，小字阿瞒，沛国谯县（今安徽省亳州市）人。东汉末年杰出的政治家、军事家、文学家、书法家，三国中曹魏政权的缔造者。以汉天子的名义征讨四方，对内消灭二袁、吕布、刘表、马超、韩遂等割据势力，对外降服南匈奴、乌桓、鲜卑等，统一了中国北方，并实行一系列政策以恢复经济生产和社会秩序，奠定了曹魏立国的基础。曹操在世时，曾担任东汉丞相，后为魏王，谥号为“武王”。其子曹丕称帝后，追尊为武皇帝，庙号太祖。曹操善用诗歌抒发自己的政治抱负，并反映汉末人民的苦难生活，气魄雄伟，慷慨悲凉；其散文亦清峻整洁，开启并繁荣了建安文学，给后人留下了宝贵的精神财富，史称“建安风骨”，鲁迅评价其为“改造文章的祖师”。曹操也擅长书法，尤工章草，唐朝张怀瓘在《书断》中评其书法为“妙品”。

观沧海

东汉 · 曹操

东临碣[1]石，以观沧海。
水何澹[2]澹，山岛竦[3]峙[4]。
树木丛生，百草丰茂。
秋风萧瑟，洪波涌起。
日月之行，若出其中；
星汉灿烂，若出其里。
幸甚至哉，歌以咏志。

注音

［1］碣：jié。 ［2］澹：dàn。 ［3］竦：sǒng。 ［4］峙：zhì。

龟虽寿

东汉 · 曹操

神龟虽寿，犹有竟时。
腾蛇乘雾，终为土灰。
老骥[1]伏枥[2]，志在千里。
烈士暮年，壮心不已。
盈缩之期，不但在天；
养怡之福，可得永年。
幸甚至哉，歌以咏志。

注音

[1] 骥：jì。 [2] 枥：lì。

七步诗（其一）

三国 · 曹植

煮豆燃豆萁，豆在釜中泣。
本是同根生，相煎何太急！

延伸阅读

曹植（192—232），字子建，沛国谯县（今安徽省亳州市）人。三国曹魏著名文学家，建安文学代表人物。魏武帝曹操之子，魏文帝曹丕之弟，生前曾为陈王，去世后谥号“思”，因此又称陈思王。曹丕继位后，因嫉妒才华横溢的弟弟曹植，故意贬低他，以致他含恨而死。后人因曹植文学上的造诣而将他与曹操、曹丕合称为“三曹”，在建安时期就有人盛传曹植胜过“建安七子”。南朝宋文学家谢灵运更有“天下才有一石，曹子建独占八斗”的评价。清朝诗人王士祯尝论汉魏以来2000年间诗家堪称“仙才”者只有曹植、李白、苏轼三人。

七步诗（其二）

三国 · 曹植

煮豆持作羹[1]，漉[2]菽[3]以为汁。
萁[4]在釜[5]下燃，豆在釜中泣。
本是同根生，相煎何太急？

注音

[1] 羹：gēng。 [2] 漉：lù。 [3] 菽：shū。 [4] 萁：qí。 [5] 釜：fǔ。

杂诗（其一）

晋 · 陶渊明

人生无根蒂，飘如陌上尘。分散逐风转，此已非常身。
落地为兄弟，何必骨肉亲！得欢当作乐，斗酒聚比邻。
盛年不重来，一日难再晨。及时当勉励，岁月不待人。

延伸阅读

陶渊明（约365—427），字元亮，又名潜，浔阳柴桑（今江西省九江市）人。东晋末至南朝宋初期伟大诗人、辞赋家。自号“五柳先生”，卒后友人私谥“靖节征士”。陶渊明出生于一个衰落的世家，生活在晋宋易代之际。父亲早死，因家贫，曾做过几年官，却因“质性自然”，不愿“以心为形役”，不肯“为五斗米折腰，拳拳事乡里小人”而解绶去职，过起了躬耕自足的田园生活。陶渊明的诗、辞赋、散文在艺术上具有独特的风格和极高的造诣，是田园诗的鼻祖，为古典诗歌开辟了新的境界。其作品平淡自然，出于真实感受，对唐代诗歌创作的影响很大。

杂诗（其二）

晋·陶渊明

白日沦西阿，素月出东岭。
遥遥万里辉，荡荡空中景。
风来入房户，夜中枕席冷。
气变悟时易，不眠知夕永。
欲言无予和，挥杯劝孤影。
日月掷人去，有志不获骋。
念此怀悲凄，终晓不能静。

饮酒（其五）

晋·陶渊明

结庐在人境，而无车马喧。
问君何能尔？心远地自偏。
采菊东篱下，悠然见南山。
山气日夕佳，飞鸟相与还。
此中有真意，欲辨已忘言。

归园田居（其一）

晋·陶渊明

少无适俗韵，性本爱丘山。误落尘网中，一去三十年。
羁鸟恋旧林，池鱼思故渊。开荒南野际，守拙归园田。
方宅十余亩，草屋八九间。榆柳荫后檐，桃李罗堂前。

暖暖远人村，依依墟里烟。狗吠深巷中，鸡鸣桑树颠。
户庭无尘杂，虚室有余闲。久在樊笼里，复得返自然。

归园田居（其三）

晋·陶渊明

种豆南山下，草盛豆苗稀。晨兴理荒秽[1]，带月荷锄归。
道狭草木长，夕露沾我衣。衣沾不足惜，但使愿无违。

注音

［1］秽：huì。

山中杂诗

南朝梁·吴均

山际见来烟，竹中窥落日。
鸟向檐上飞，云从窗里出。

吴均（469—520），又名吴筠（yún），字叔庠（xiáng），吴兴故鄣（今浙江省安吉县）人，生于宋明帝泰始五年（469年），卒于梁武帝普通元年（520年），是南朝梁时期的文学家。吴均好学有俊才，其诗文深受南宋史学家、文学家沈约的称赞。其诗清新且多为反映社会现实之作。其文工于写景，诗文自成一家，常描写山水景物，称为“吴均体”，开创了一代诗风。梁武帝天监初年，为郡主簿。天监六年（506年），被建安郡王萧伟引为记室。临川王萧宏将他推荐给武帝，很受欣赏。后又被任为奉朝请（一种闲职文官）。欲撰《齐书》，求借齐“起居注”及群臣行状，武帝不许，于是私撰《齐春秋》，称梁武帝为齐明帝佐命之臣，触犯武帝，书焚，并被免职。不久奉旨撰写《通史》，未及成书即去世，时年52岁。吴均是史学家，著有《齐春秋》30卷、注释范晔《后汉书》90卷等；他又是著名的文学家，著有《吴均集》20卷，惜皆已亡佚。

敕勒歌

北朝民歌

敕[1]勒[2]川，阴山下。天似穹庐，笼盖四野。
天苍苍，野茫茫，风吹草低见[3]牛羊。

注音

[1] 敕：chì。　[2] 勒：lè。　[3] 见：xiàn（通“现”）。

延伸阅读

北朝民歌产生于黄河流域，歌辞的作者主要是鲜卑族，也有氐族、羌族、汉族的人民。歌辞有的是汉语，有的是北方少数民族的语言，后被译为汉语。主要是北魏以后用汉语记录的作品，大约是传入南朝后由乐府机关采集的，传世的有60多首，主要收录在《乐府诗集》中。歌辞的主要内容，有的反映战争和北方人民的尚武精神（如《木兰诗》），有的反映人民的疾苦，有的反映婚姻爱情生活，有的描写北方特有的风光景色（如《敕勒歌》）。北朝民歌内容丰富，语言质朴，风格豪放；形式上以五言四句为主，也有七言四句的七绝体和七言古体及杂言体，对唐代诗歌发展有较大影响。

木兰诗

北朝民歌

唧唧复唧唧，木兰当户织。不闻机杼[1]声，唯闻女叹息。问女何所思，问女何所忆。女亦无所思，女亦无所忆。昨夜见军帖，可汗大点兵，军书十二卷，卷卷有爷名。阿爷无大儿，木兰无长兄，愿为市鞍马，从此替爷征。

东市买骏马，西市买鞍鞯[2]，南市买辔[3]头，北市买长鞭。旦辞爷娘去，暮宿黄河边，不闻爷娘唤女声，但闻黄河流水鸣溅溅。旦辞黄河去，暮至黑山头，不闻爷娘唤女声，但闻燕山胡骑鸣啾啾。

万里赴戎机，关山度若飞。朔气传金柝[4]，寒光照铁衣。将军百战死，壮士十年归。归来见天子，天子坐明堂。策勋十二转，赏赐百千强。可汗问所欲，“木兰不用尚书郎；愿驰千里足，送儿还故乡。

爷娘闻女来，出郭相扶将；阿姊[5]闻妹来，当户理红妆；小弟闻姊来，磨刀霍霍向猪羊。开我东阁门，坐我西阁床，脱我战时袍，著我旧时裳，当窗理云鬓[6]，对镜帖花黄。出门看火伴，火伴皆惊忙：同行十二年，不知木兰是女郎。

雄兔脚扑朔，雌兔眼迷离；双兔傍地走，安能辨我是雄雌？

注音

[1] 杼：zhù。　[2] 鞯：jiān。　[3] 辔：pèi。　[4] 柝：tuò。　[5] 姊：zǐ。　[6] 鬓：bìn。

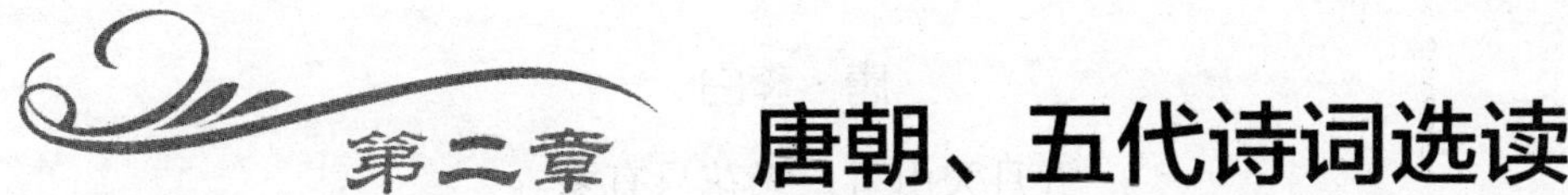

第二章 唐朝、五代诗词选读

秋浦歌

唐 · 李白

白发三千丈，缘愁似个长。
不知明镜里，何处得秋霜。

延伸阅读

李白（701—762），字太白，陇西成纪（今甘肃天水市泰安县）人，唐代伟大浪漫主义诗人。号青莲居士，有“诗仙”“诗侠”“酒仙”“谪仙人”等美誉。李白与杜甫合称“大李杜”（“小李杜”是李商隐、杜牧）。其作品天马行空，浪漫奔放，意境奇异，才华横溢；诗句如行云流水，宛若天成。李白诗以抒情为主，风格豪放，洒脱大气，清新俊逸，语言流转自然，音律和谐多变，构成其特有的瑰丽绚烂的色彩。他是继屈原之后，中国古代最杰出的诗人之一。他的大量诗篇，既反映了盛唐时代的繁荣气象，也揭露和批判了统治集团的腐败，表现出忧国忧民的情感，抒发其内心的幽怨之气；存诗近千首，收入《李太白集》。

静夜思

唐 · 李白

床前明月光，疑是地上霜。
举头望明月，低头思故乡。

独坐敬亭山

唐 · 李白

众鸟高飞尽，孤云独去闲。
相看两不厌，只有敬亭山。

塞下曲

唐·李白

五月天山雪，无花只有寒。
笛中闻折柳，春色未曾看。
晓战随金鼓，宵眠抱玉鞍。
愿将腰下剑，直为斩楼兰。

子夜吴歌（子夜四时歌·秋歌）

唐·李白

长安一片月，万户捣[1]衣声。
秋风吹不尽，总是玉关情。
何日平胡虏[2]，良人罢远征！

注音

［1］捣：dǎo。 ［2］虏：lǔ。

送友人

唐·李白

青山横北郭，白水绕东城。
此地一为别，孤蓬万里征。
浮云游子意，落日故人情！
挥手自兹去，萧萧班马鸣。

渡荆门送别

唐·李白

渡远荆门外，来从楚国游。
山随平野尽，江入大荒流。
月下飞天镜，云生结海楼。
仍怜故乡水，万里送行舟。

秋登宣城谢朓[1]北楼

唐·李白

江城如画里，山晓望晴空。

两水夹明镜，双桥落彩虹。
人烟寒橘柚[2]，秋色老梧桐。
谁念北楼上，临风怀谢公？

注音

［1］朓：tiǎo。　［2］柚：yòu

月下独酌[1]

唐 · 李白

花间一壶酒，独酌无相亲。
举杯邀明月，对影成三人。
月既不解饮，影徒随我身。
暂伴月将影，行乐须及春。
我歌月徘徊[2]，我舞影零乱。
醒时相交欢，醉后各分散。
永结无情游，相期邈[3]云汉。

注音

［1］酌：zhuó。　［2］徊：huái。　［3］邈：miǎo。

秋下荆门

唐 · 李白

霜落荆门江树空，布帆无恙挂秋风。
此行不为鲈鱼脍，自爱名山入剡中。

赠汪伦

唐 · 李白

李白乘舟将欲行，忽闻岸上踏歌声。
桃花潭水深千尺，不及汪伦送我情。

早发白帝城

唐・李白

朝辞白帝彩云间，千里江陵一日还。
两岸猿声啼不住，轻舟已过万重山。

望天门山

唐・李白

天门中断楚江开，碧水东流至此回。
两岸青山相对出，孤帆一片日边来。

望庐山瀑布

唐・李白

日照香炉生紫烟，遥看瀑布挂前川。
飞流直下三千尺，疑是银河落九天。

客中作

唐・李白

兰陵美酒郁金香，玉碗盛来琥[1]珀[2]光。
但使主人能醉客，不知何处是他乡。

注音

［1］琥：hǔ。　［2］珀：pò。

春夜洛城闻笛

唐・李白

谁家玉笛暗飞声？散入东风满洛城。
此夜曲中闻折柳，何人不起故园情？

峨眉山月歌

唐 · 李白

峨眉山月半轮秋，影入平羌江水流。
夜发清溪向三峡，思君不见下渝州。

黄鹤楼送孟浩然之广陵

唐 · 李白

故人西辞黄鹤楼，烟花三月下扬州。
孤帆远影碧空尽，惟见长江天际流。

闻王昌龄左迁龙标遥有此寄

唐 · 李白

杨花落尽子规啼，闻道龙标过五溪。
我寄愁心与明月，随风直到夜郎西。

金陵酒肆留别

唐 · 李白

风吹柳花满店香，吴姬[1]压酒唤客尝。
金陵子弟来相送，欲行不行各尽觞[2]。
请君试问东流水，别意与之谁短长。

注音

［1］姬：jī。　［2］觞：shāng。

行路难（其一）

唐 · 李白

金樽清酒斗十千，玉盘珍馐直万钱。
停杯投箸不能食，拔剑四顾心茫然。
欲渡黄河冰塞川，将登太行雪满山。

闲来垂钓碧溪上，忽复乘舟梦日边。
行路难！行路难！多歧路，今安在？
长风破浪会有时，直挂云帆济沧海。

宣州谢朓楼饯别校书叔云

唐·李白

弃我去者，昨日之日不可留。
乱我心者，今日之日多烦忧。
长风万里送秋雁，对此可以酣高楼。
蓬莱文章建安骨，中间小谢又清发。
俱怀逸兴壮思飞，欲上青天览明月。
抽刀断水水更流，举杯消愁愁更愁。
人生在世不称[1]意，明朝散发弄扁[2]舟。

注音

［1］称：chèn。　［2］扁：piān。

把酒问月

唐·李白

青天有月来几时？我今停杯一问之。
人攀明月不可得，月行却与人相随。
皎如飞镜临丹阙，绿烟灭尽清辉发。
但见宵从海上来，宁知晓向云间没。
白兔捣药秋复春，嫦娥孤栖与谁邻。
今人不见古时月，今月曾经照古人。
古人今人若流水，共看明月皆如此。
唯愿当歌对酒时，月光常照金樽里。

将[1]进酒

唐·李白

君不见黄河之水天上来，奔流到海不复回。
君不见高堂明镜悲白发，朝如青丝暮成雪。

人生得意须尽欢，莫使金樽空对月。
天生我材必有用，千金散尽还复来。
烹羊宰牛且为乐，会须一饮三百杯。
岑[2]夫子，丹丘生，将进酒，杯莫停。
与君歌一曲，请君为我倾耳听。
钟鼓馔[3]玉不足贵，但愿长醉不复醒。
古来圣贤皆寂寞，惟有饮者留其名。
陈王昔时宴平乐，斗酒十千恣[4]欢谑[5]。
主人何为言少钱？径须沽[6]取对君酌。
五花马，千金裘，呼儿将出换美酒，与尔同销万古愁。

注音

［1］将：qiāng。 ［2］岑：cén。 ［3］馔：zhuàn。 ［4］恣：zì。 ［5］谑：xuè。 ［6］沽：gū。

梦游天姥[1]吟留别

唐·李白

海客谈瀛洲，烟涛微茫信难求。越人语天姥，云霞明灭或可睹。
天姥连天向天横，势拔五岳掩赤城。天台四万八千丈，对此欲倒东南倾。
我欲因之梦吴越，一夜飞度镜湖月。湖月照我影，送我至剡[2]溪。
谢公宿处今尚在，渌[3]水荡漾清猿啼。脚著谢公屐[4]，身登青云梯。
半壁见海日，空中闻天鸡。千岩万转路不定，迷花倚石忽已暝。
熊咆龙吟殷[5]岩泉，栗深林兮惊层巅。云青青兮欲雨，水澹[6]澹兮生烟。
列缺霹雳，丘峦崩摧。洞天石扉[7]，訇[8]然中开。
青冥浩荡不见底，日月照耀金银台。霓为衣兮风为马，云之君兮纷纷而来下。
虎鼓瑟兮鸾[9]回车，仙之人兮列如麻。
忽魂悸以魄动，恍惊起而长嗟[10]。惟觉时之枕席，失向来之烟霞。
世间行乐亦如此，古来万事东流水。别君去兮何时还？且放白鹿青崖间，须行即骑访名山。
安能摧眉折腰事权贵，使我不得开心颜？

注音

［1］姥：mǔ。 ［2］剡：shàn。 ［3］渌：lù。 ［4］屐：jī。 ［5］殷：yǐn。 ［6］澹：dàn。 ［7］扉：fēi。 ［8］訇：hōng。 ［9］鸾：luán。 ［10］嗟：jiē。

蜀 道 难

唐 · 李白

噫吁[1]嚱[2]，危乎高哉！蜀道之难，难于上青天！
蚕丛及鱼凫[3]，开国何茫然！尔来四万八千岁，不与秦塞通人烟。
西当太白有鸟道，可以横绝峨嵋巅。地崩山摧壮士死，然后天梯石栈相钩连。
上有六龙回日之高标，下有冲波逆折之回川。
黄鹤之飞尚不得过，猿猱[4]欲度愁攀缘。青泥何盘盘，百步九折萦岩峦。
扪[5]参历井仰胁息，以手抚膺坐长叹。问君西游何时还，畏途巉[6]岩不可攀。
但见悲鸟号古木，雄飞雌从绕林间。又闻子规啼夜月，愁空山。
蜀道之难，难于上青天，使人听此凋朱颜！连峰去天不盈尺，枯松倒挂倚绝壁。
飞湍[7]瀑流争喧豗[8]，砯[9]崖转石万壑雷。其险也如此，嗟[10]尔远道之人胡为乎来哉！
剑阁峥嵘而崔嵬[11]，一夫当关，万夫莫开。所守或匪亲，化为狼与豺。
朝避猛虎，夕避长蛇；磨牙吮[12]血，杀人如麻。锦城虽云乐，不如早还家。
蜀道之难，难于上青天，侧身西望长咨[13]嗟！

注音

[1] 吁：xū。 [2] 嚱：xī。 [3] 凫：fú。 [4] 猱：náo。 [5] 扪：mén。
[6] 巉：chán。 [7] 湍：tuān。 [8] 豗：huī。 [9] 砯：pīng。 [10] 嗟：jiē。
[11] 嵬：wéi。 [12] 吮：shǔn。 [13] 咨：zī。

绝 句 二 首

唐 · 杜甫

迟日江山丽，春风花草香。泥融飞燕子，沙暖睡鸳鸯。
江碧鸟逾白，山青花欲燃。今春看又过，何日是归年。

延伸阅读

杜甫（712—770），字子美，河南巩县（今河南巩义）人，自号少陵野老，世称杜少陵、杜工部等。杜甫是我国唐代伟大的现实主义诗人，留下1500多首诗歌（一生作诗3000多首）。这些诗歌像一面镜子，广泛深刻地反映了安史之乱前后，唐代社会由盛而衰的真实历史面貌。他的诗歌自唐以来，即被公认为“诗史”，其人也被看作一代诗宗，被尊为“诗圣”。在艺术上，杜甫力倡“转益多师”，注意吸收融合各家之长，又坚持“别裁伪体”的批判精神，成就极高，以律诗和古体见长，具有“沉郁顿挫”的独特的艺术风格。

丽 春

唐 · 杜甫

百草竞春华，丽春应最胜。
少须颜色好，多漫枝条剩。
纷纷桃李枝，处处总能移。
如何此贵重？却怕有人知。

春 夜 喜 雨

唐 · 杜甫

好雨知时节，当春乃发生。
随风潜入夜，润物细无声。
野径云俱黑，江船火独明。
晓看红湿处，花重锦官城。

水 槛[1] 遣[2] 心

唐 · 杜甫

去郭轩楹[3]敞，无村眺望赊[4]。
澄[5]江平少岸，幽树晚多花。
细雨鱼儿出，微风燕子斜。
城中十万户，此地两三家。

注音

［1］槛：jiàn。 ［2］遣：qiǎn。 ［3］楹：yíng。 ［4］赊：shē。 ［5］澄：chéng。

旅 夜 书 怀

唐 · 杜甫

细草微风岸，危樯独夜舟。
星垂平野阔，月涌大江流。
名岂文章著，官应老病休。
飘飘何所似，天地一沙鸥。

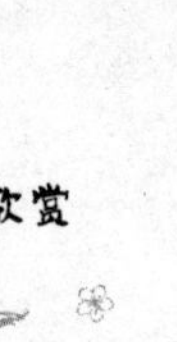

登岳阳楼

唐·杜甫

昔闻洞庭水，今上岳阳楼。
吴楚东南坼[1]，乾坤日夜浮。
亲朋无一字，老病有孤舟。
戎马关山北，凭轩涕泗[2]流。

注音

［1］坼：chè。　［2］泗：sì。

望　岳

唐·杜甫

岱[1]宗夫如何？齐鲁青未了。
造化钟神秀，阴阳割昏晓。
荡胸生曾云，决眦[2]入归鸟。
会当凌绝顶，一览众山小。

注音

［1］岱：dài。　［2］眦：zì。

春　望

唐·杜甫

国破山河在，城春草木深。
感时花溅泪，恨别鸟惊心。
烽火连三月，家书抵万金。
白头搔[1]更短，浑欲不胜簪[2]。

注音

［1］搔：sāo。　［2］簪：zān。

月　夜

唐 · 杜甫

今夜鄜[1]州月，闺中只独看。
遥怜小儿女，未解忆长安。
香雾云鬟湿，清辉玉臂寒。
何时倚虚幌[2]，双照泪痕干。

注音

［1］鄜：fū。　［2］幌：huǎng。

羌村三首（之三）

唐 · 杜甫

群鸡正乱叫，客至鸡斗争。驱鸡上树木，始闻叩柴荆。
父老四五人，问我久远行。手中各有携，倾榼[1]浊复清。
莫辞酒味薄，黍[2]地无人耕。兵戈既未息，儿童尽东征。
请为父老歌，艰难愧深情。歌罢仰天叹，四座泪纵横。

注音

［1］榼：kē。　［2］黍：shǔ。

石壕吏

唐 · 杜甫

暮投石壕村，有吏夜捉人。老翁逾墙走，老妇出门看。吏呼一何怒，妇啼一何苦！
听妇前致词：三男邺[1]城戍[2]。一男附书至，二男新战死。存者且偷生，死者长已矣！
室中更无人，惟有乳下孙。有孙母未去，出入无完裙。老妪[3]力虽衰，请从吏夜归。
急应河阳役，犹得备晨炊[4]。
夜久语声绝，如闻泣幽咽。天明登前途，独与老翁别。

注音

［1］邺：yè。　［2］戍：shù。　［3］妪：yù。　［4］炊：chuī。

绝句·七言

唐·杜甫

两个黄鹂鸣翠柳，一行白鹭上青天。
窗含西岭千秋雪，门泊东吴万里船。

江畔独步寻花

唐·杜甫

黄四娘家花满蹊，千朵万朵压枝低。
留连戏蝶时时舞，自在娇莺恰恰啼。

赠花卿

唐·杜甫

锦城丝管日纷纷，半入江风半入云。
此曲只应天上有，人间能有几回闻？

江南逢李龟年

唐·杜甫

岐[1]王宅里寻常见，崔九堂前几度闻。
正是江南好风景，落花时节又逢君。

注音

[1] 岐：qí。

客至

唐·杜甫

舍南舍北皆春水，但见群鸥日日来。
花径不曾缘客扫，蓬门今始为君开。
盘飧[1]市远无兼味，樽酒家贫只旧醅[2]。
肯与邻翁相对饮，隔篱呼取尽余杯。

注音

［1］飧：sūn。　［2］醅：pēi。

蜀　相

唐·杜甫

丞相祠堂何处寻，锦官城外柏森森。
映阶碧草自春色，隔叶黄鹂空好音。
三顾频烦天下计，两朝开济老臣心。
出师未捷身先死，长使英雄泪满襟。

闻官军收河南河北

唐·杜甫

剑外忽传收蓟[1]北，初闻涕泪满衣裳。
却看妻子愁何在，漫卷诗书喜欲狂。
白日放歌须纵酒，青春作伴好还乡。
即从巴峡穿巫峡，便下襄阳向洛阳。

注音

［1］蓟：jì。

登　楼

唐·杜甫

花近高楼伤客心，万方多难此登临。
锦江春色来天地，玉垒浮云变古今。
北极朝廷终不改，西山寇盗莫相侵。
可怜后主还祠庙，日暮聊为《梁甫吟》。

登　高

唐·杜甫

风急天高猿啸哀，渚[1]清沙白鸟飞回。
无边落木萧萧下，不尽长江滚滚来。

万里悲秋常作客，百年多病独登台。
艰难苦恨繁霜鬓，潦[2]倒新停浊酒杯。

注音

［1］渚：zhǔ。　［2］潦：liáo。

兵车行

唐·杜甫

车辚[1]辚，马萧萧，行人弓箭各在腰。爷娘妻子走相送，尘埃不见咸阳桥。
牵衣顿足拦道哭，哭声直上干云霄。道旁过者问行人，行人但云点行频。
或从十五北防河，便至四十西营田。去时里正与裹头，归来头白还戍边。
边庭流血成海水，武皇开边意未已。君不闻汉家山东二百州，千村万落生荆杞[2]。
纵有健妇把锄犁，禾生陇亩无东西。况复秦兵耐苦战，被驱不异犬与鸡。
长者虽有问，役夫敢申恨？且如今年冬，未休关西卒。县官急索租，租税从何出？
信知生男恶，反是生女好。生女犹得嫁比邻，生男埋没随百草。
君不见，青海头，古来白骨无人收。新鬼烦冤旧鬼哭，天阴雨湿声啾[3]啾！

注音

［1］辚：lín。　［2］杞：qǐ。　［3］啾：jiū。

茅屋为秋风所破歌

唐·杜甫

八月秋高风怒号，卷我屋上三重茅。茅飞渡江洒江郊，高者挂罥[1]长林梢，下者飘转沉塘坳[2]。

南村群童欺我老无力，忍能对面为盗贼。公然抱茅入竹去，唇焦口燥呼不得，归来倚杖自叹息。

俄顷风定云墨色，秋天漠漠向昏黑。布衾多年冷似铁，娇儿恶卧踏里裂。床头屋漏无干处，雨脚如麻未断绝。自经丧乱少睡眠，长夜沾湿何由彻！

安得广厦千万间，大庇天下寒士俱欢颜，风雨不动安如山？呜呼！何时眼前突兀见此屋，吾庐独破受冻死亦足！

注音

［1］罥：juàn。　［2］坳：ào。

饮中八仙歌

唐 · 杜甫

知章骑马似乘船，眼花落井水底眠。
汝阳三斗始朝天，道逢麴车口流涎[1]，恨不移封向酒泉。
左相日兴费万钱，饮如长鲸[2]吸百川，衔杯乐圣称世贤。
宗之潇洒美少年，举觞[3]白眼望青天，皎如玉树临风前。
苏晋长斋绣佛前，醉中往往爱逃禅。
李白一斗诗百篇，长安市上酒家眠，天子呼来不上船，自称臣是酒中仙。
张旭三杯草圣传，脱帽露顶王公前，挥毫落纸如云烟。
焦遂五斗方卓然，高谈雄辩惊四筵[4]。

注音

［1］涎：xián。　［2］鲸：jīng。　［3］觞：shāng。　［4］筵：yán。

忆 江 南

唐 · 白居易

江南好，风景旧曾谙[1]。日出江花红胜火，春来江水绿如蓝，能不忆江南？

注音

[1]谙：ān。

白居易（772—846），字乐天，祖籍山西省太原市，号香山居士。到了其曾祖父时，又迁居下邽（guī）（今陕西省渭南市北部）。846 年白居易在洛阳城去世，葬于龙门香山。与李白、杜甫并称“李杜白”，为现实派诗人。他的诗歌题材广泛，形式多样，语言平易通俗，有“诗魔”和“诗王”之称。白居易官至翰林学士、左赞善大夫，晚年曾任太子少傅；有《白氏长庆集》传世，代表诗作有《长恨歌》《卖炭翁》《琵琶行》等。白居易与元稹共同倡导新乐府运动，世称“元白”；他与刘禹锡并称“刘白”。

赋得古原草送别

唐 · 白居易

离离原上草，一岁一枯荣。

野火烧不尽，春风吹又生。
远芳侵古道，晴翠接荒城。
又送王孙去，萋萋满别情。

观刈[1]麦

唐·白居易

田家少闲月，五月人倍忙。夜来南风起，小麦覆陇黄。
妇姑荷箪[2]食，童稚[3]携壶浆，相随饷[4]田去，丁壮在南冈。
足蒸暑土气，背灼炎天光。力尽不知热，但惜夏日长。
复有贫妇人，抱子在其旁，右手秉遗穗，左臂悬敝筐。
听其相顾言，闻者为悲伤。家田输税尽，拾此充饥肠。
今我何功德，曾不事农桑。吏禄三百石[5]，岁晏[6]有余粮。
念此私自愧，尽日不能忘。

注音

［1］刈：yì。 ［2］箪：dān。 ［3］稚：zhì。 ［4］饷：xiǎng。 ［5］石：dàn。 ［6］晏：yàn。

买花

唐·白居易

帝城春欲暮，喧喧车马度。共道牡丹时，相随买花去。
贵贱无常价，酬直看花数。灼[1]灼百朵红，戋[2]戋五束素。
上张幄[3]幕庇，旁织笆篱护。水洒复泥封，移来色如故。
家家习为俗，人人迷不悟。有一田舍翁，偶来买花处。
低头独长叹，此叹无人喻。一丛深色花，十户中人赋。

注音

［1］灼：zhuó。 ［2］戋：jiān。 ［3］幄：wò。

琵琶行

唐·白居易

浔阳江头夜送客，枫叶荻[1]花秋瑟瑟。主人下马客在船，举酒欲饮无管弦。
醉不成欢惨将别，别时茫茫江浸月。忽闻水上琵琶声，主人忘归客不发。

寻声暗问弹者谁？琵琶声停欲语迟。移船相近邀相见，添酒回灯重开宴。
千呼万唤始出来，犹抱琵琶半遮面。转轴拨弦三两声，未成曲调先有情。
弦弦掩抑声声思，似诉平生不得志。低眉信手续续弹，说尽心中无限事。
轻拢慢捻[2]抹复挑，初为《霓裳[3]》后《六幺》。大弦嘈嘈如急雨，小弦切切如私语。
嘈嘈切切错杂弹，大珠小珠落玉盘。间关莺语花底滑，幽咽泉流冰下难。
冰泉冷涩弦凝绝，凝绝不通声暂歇。别有幽愁暗恨生，此时无声胜有声。
银瓶乍破水浆迸[4]，铁骑突出刀枪鸣。曲终收拨当心画，四弦一声如裂帛。
东船西舫悄无言，唯见江心秋月白。沉吟放拨插弦中，整顿衣裳起敛容。
自言本是京城女，家在虾蟆陵下住。十三学得琵琶成，名属教坊第一部。
曲罢曾教善才服，妆成每被秋娘妒。五陵年少争缠头，一曲红绡不知数。
钿[5]头云篦[6]击节碎，血色罗裙翻酒污。今年欢笑复明年，秋月春风等闲度。
弟走从军阿姨死，暮去朝来颜色故。门前冷落鞍马稀，老大嫁作商人妇。
商人重利轻别离，前月浮梁买茶去。去来江口守空船，绕船月明江水寒。
夜深忽梦少年事，梦啼妆泪红阑干。我闻琵琶已叹息，又闻此语重唧唧。
同是天涯沦落人，相逢何必曾相识！我从去年辞帝京，谪居卧病浔阳城。
浔阳地僻无音乐，终岁不闻丝竹声。住近湓江地低湿，黄芦苦竹绕宅生。
其间旦暮闻何物？杜鹃啼血猿哀鸣。春江花朝秋月夜，往往取酒还独倾。
岂无山歌与村笛，呕[7]哑[8]嘲[9]哳[10]难为听。今夜闻君琵琶语，如听仙乐耳暂明。
莫辞更坐弹一曲，为君翻作《琵琶行》。感我此言良久立，却坐促弦弦转急。
凄凄不似向前声，满座重闻皆掩泣。座中泣下谁最多？江州司马青衫湿。

注音

[1] 荻：dí。 [2] 捻：niǎn。 [3] 裳：cháng。 [4] 迸：bèng。 [5] 钿：diàn。 [6] 篦：bì。 [7] 呕：ōu。 [8] 哑：yā。 [9] 嘲：zhāo。 [10] 哳：zhā。

暮江吟

唐 · 白居易

一道残阳铺水中，半江瑟瑟半江红。
可怜九月初三夜，露似珍珠月似弓。

钱塘湖春行

唐 · 白居易

孤山寺北贾亭西，水面初平云脚低。
几处早莺争暖树，谁家新燕啄春泥。

乱花渐欲迷人眼，浅草才能没马蹄。
最爱湖东行不足，绿杨阴里白沙堤。

望月有感

唐·白居易

时难年荒世业空，弟兄羁旅各西东。
田园寥落干戈后，骨肉流离道路中。
吊影分为千里雁，辞根散作九秋蓬。
共看明月应垂泪，一夜乡心五处同。

卖炭翁

唐·白居易

卖炭翁，伐薪烧炭南山中。满面尘灰烟火色，两鬓苍苍十指黑。
卖炭得钱何所营？身上衣裳口中食。可怜身上衣正单，心忧炭贱愿天寒。
夜来城外一尺雪，晓驾炭车辗[1]冰辙[2]。牛困人饥日已高，市南门外泥中歇。
翩翩两骑来是谁？黄衣使者白衫儿。手把文书口称敕[3]，回车叱[4]牛牵向北。
一车炭，千余斤，宫使驱将惜不得。半匹红绡一丈绫[5]，系向牛头充炭直。

注音

[1] 辗：niǎn。 [2] 辙：zhé。 [3] 敕：chì。 [4] 叱：chì。 [5] 绫：líng。

竹里馆

唐·王维

独坐幽篁里，弹琴复长啸。
深林人不知，明月来相照。

延伸阅读

王维（701—761），字摩诘，河东蒲州（今山西省运城市）人，祖籍山西省祁县，唐朝著名诗人、画家。号摩诘居士，世称“王右丞”。早年信道，后期因受到打击彻底禅化。王维的存诗有400余首，代表诗作有《相思》《山居秋暝》等。王维参禅悟理，学庄信道，精通诗、书、画、音乐等，与孟浩然合称“王孟”。苏轼对他的评价是：“味摩诘之诗，诗中有画；观摩诘之画，画中有诗。”

鹿 柴

唐·王维

空山不见人，但闻人语响。
返景入深林，复照青苔上。

鸟 鸣 涧

唐·王维

人闲桂花落，夜静春山空。
月出惊山鸟，时鸣春涧中。

相 思

唐·王维

红豆生南国，春来发几枝？
愿君多采撷[1]，此物最相思。

注音

[1] 撷：xié。

终 南 别 业

唐·王维

中岁颇好道，晚家南山陲[1]。
兴来每独往，胜事空自知。
行到水穷处，坐看云起时。
偶然值林叟，谈笑无还期。

注音

[1] 陲：chuí。

送梓[1]州李使君

唐·王维

万壑树参天，千山响杜鹃。

山中一夜雨，树杪[2]百重泉。
汉女输橦[3]布，巴人讼[4]芋田。
文翁翻教授，不敢倚先贤。

注音

［1］梓：zǐ。　［2］杪：miǎo。　［3］橦：tóng。　［4］讼：sòng。

山居秋暝

唐·王维

空山新雨后，天气晚来秋。
明月松间照，清泉石上流。
竹喧归浣女，莲动下渔舟。
随意春芳歇，王孙自可留。

辋[1]川闲居赠裴[2]秀才迪

唐·王维

寒山转苍翠，秋水日潺[3]湲[4]。
倚杖柴门外，临风听暮蝉。
渡头余落日，墟[5]里上孤烟。
复值接舆[6]醉，狂歌五柳前。

注音

［1］辋：wǎng。　［2］裴：péi。　［3］潺：chán。　［4］湲：yuán。　［5］墟：xū。［6］舆：yú。

汉江临泛

唐·王维

楚塞三湘接，荆门九派通。
江流天地外，山色有无中。
郡邑浮前浦，波澜动远空。
襄阳好风日，留醉与山翁。

观猎

唐 · 王维

风劲角弓鸣，将军猎渭城。
草枯鹰眼疾，雪尽马蹄轻。
忽过新丰市，还归细柳营。
回看射雕处，千里暮云平。

使至塞上

唐 · 王维

单车欲问边，属国过居延。
征蓬出汉塞，归雁入胡天。
大漠孤烟直，长河落日圆。
萧关逢候骑，都护在燕然。

送元二使安西

唐 · 王维

渭城朝雨浥[1]轻尘，客舍青青柳色新。
劝君更尽一杯酒，西出阳关无故人。

注音

[1] 浥：yì。

九月九日忆山东兄弟

唐 · 王维

独在异乡为异客，每逢佳节倍思亲。
遥知兄弟登高处，遍插茱[1]萸[2]少一人。

注音

[1] 茱：zhū。 [2] 萸：yú。

赠　　别

唐 · 杜牧

多情却似总无情，唯觉樽前笑不成。
蜡烛有心还惜别，替人垂泪到天明。

延伸阅读

杜牧（803—852），字牧之，京兆万年（今陕西省西安市）士族，晚唐著名诗人、古文家，擅长五言古诗和七律。号樊川居士。曾任职中书省（别名紫微省），故又称“杜紫微”。其诗英发俊爽，多切经世之物，在晚唐成就颇高，世人称为“小杜”，以别于杜甫；又与李商隐齐名，合称“小李杜”。

清　　明

唐 · 杜牧

清明时节雨纷纷，路上行人欲断魂。
借问酒家何处有？牧童遥指杏花村。

江南春绝句

唐 · 杜牧

千里莺啼绿映红，水村山郭酒旗风。
南朝四百八十寺，多少楼台烟雨中。

山　　行

唐 · 杜牧

远上寒山石径斜，白云深处有人家。
停车坐爱枫林晚，霜叶红于二月花。

秋　　夕

唐 · 杜牧

银烛秋光冷画屏，轻罗小扇扑流萤。
天阶夜色凉如水，坐看牵牛织女星。

泊[1] 秦 淮

唐 · 杜牧

烟笼寒水月笼沙，夜泊秦淮近酒家。
商女不知亡国恨，隔江犹唱后庭花。

注音

［1］泊：bó。

过华清宫

唐 · 杜牧

长安回望绣成堆，山顶千门次第开。
一骑红尘妃子笑，无人知是荔枝来。

赤 壁

唐 · 杜牧

折戟[1]沉沙铁未销，自将磨洗认前朝。
东风不与周郎便，铜雀春深锁二乔。

注音

［1］戟：jǐ。

题乌江亭

唐 · 杜牧

胜败兵家事不期，包羞忍耻是男儿。
江东子弟多才俊，卷土重来未可知。

竹 枝 词

唐 · 刘禹锡

杨柳青青江水平，闻郎江上唱歌声。
东边日出西边雨，道是无晴却有晴。

延伸阅读

刘禹锡（约772—约842），字梦得，洛阳（今河南省洛阳市）人，唐代政治家、文学家、诗人。号庐山人。贞元九年（793年）进士及第，初在淮南节度使杜佑幕府中任记室，为杜佑所器重，后从杜佑入朝，为监察御史。贞元末，与柳宗元、陈谏、韩晔等人结交于王叔文，形成了一个以王叔文为首的政治集团。后历任朗州司马、连州刺史、夔州刺史、和州刺史、主客郎中、礼部郎中、苏州刺史等职。会昌时，加检校礼部尚书。卒年70岁，赠户部尚书。刘禹锡诗文俱佳，与白居易并称“刘白”，与柳宗元并称“刘柳”，与李白也称“刘白”。刘禹锡有诗集18卷，今编为12卷，存世有《刘宾客集》。

望洞庭

唐·刘禹锡

湖光秋月两相和，潭面无风镜未磨。
遥望洞庭山水翠，白银盘里一青螺。

秋词

唐·刘禹锡

自古逢秋悲寂寥，我言秋日胜春朝。
晴空一鹤排云上，便引诗情到碧霄。

浪淘沙

唐·刘禹锡

九曲黄河万里沙，浪淘风簸[1]自天涯。
如今直上银河去，同到牵牛织女家。

注音

[1] 簸：bǒ。

石头城

唐·刘禹锡

山围故国周遭在，潮打空城寂寞回。

淮水东边旧时月，夜深还过女墙来。

乌衣巷

唐 · 刘禹锡

朱雀桥边野草花，乌衣巷口夕阳斜。
旧时王谢堂前燕，飞入寻常百姓家。

酬乐天扬州初逢席上见赠

唐 · 刘禹锡

巴山楚水凄凉地，二十三年弃置身。
怀旧空吟闻笛赋，到乡翻似烂柯人。
沉舟侧畔千帆过，病树前头万木春。
今日听君歌一曲，暂凭杯酒长精神。

春晓

唐 · 孟浩然

春眠不觉晓，处处闻啼鸟。
夜来风雨声，花落知多少。

孟浩然（689—740），名浩，字浩然，襄州襄阳（今湖北省襄樊市）人，世称“孟襄阳”，唐代山水田园诗人。号孟山人。前半生主要居家侍亲读书，以诗自适。曾隐居鹿门山。40岁游京师，应进士不第，返襄阳。在长安时，与李白、张九龄、王维、王昌龄交谊甚笃。后漫游吴越，穷极山水，以排遣仕途的失意。因纵情宴饮，食鲜疾发而亡。孟浩然诗歌绝大部分为五言短篇，题材不宽，多写山水田园和隐逸、行旅等内容，更多属于诗人的自我表现。

宿建德江

唐 · 孟浩然

移舟泊烟渚，日暮客愁新。
野旷天低树，江清月近人。

早寒江上有怀

唐·孟浩然

木落雁南度，北风江上寒。
我家襄水曲，遥隔楚云端。
乡泪客中尽，孤帆天际看。
迷津欲有问，平海夕漫漫。

过故人庄

唐·孟浩然

故人具鸡黍，邀我至田家。
绿树村边合，青山郭外斜。
开轩[1]面场圃[2]，把酒话桑麻。
待到重阳日，还来就菊花。

注音

［1］轩：xuān。　［2］圃：pǔ。

临洞庭湖赠张丞相

唐·孟浩然

八月湖水平，涵虚混太清。
气蒸云梦泽，波撼岳阳城。
欲济无舟楫[1]，端居耻圣明。
坐观垂钓者，徒有羡鱼情。

注音

［1］楫：jí。

马　诗（其五）

唐·李贺

大漠沙如雪，燕山月似钩。
何当金络脑，快走踏清秋。

延伸阅读

李贺（790—816），字长吉，河南福昌（今河南洛阳宜阳县）人，唐代诗人，世称“李长吉”“鬼才”“诗鬼”等，与李白、李商隐并称唐代“三李”。李贺的诗受楚辞、古乐府、齐梁宫体、“李杜”、韩愈等的影响，经自己熔铸、苦吟，形成非常独特的风格。李贺的诗最大的特色是想象丰富神奇，语言旖旎绚烂、瑰丽奇峭；上访天河游月宫，下论古今探鬼魅。

南园（其一）

唐·李贺

花枝草蔓眼中开，小白长红越女腮。
可怜日暮嫣香落，嫁与春风不用媒。

南园（其六）

唐·李贺

寻章摘句老雕虫，晓月当帘挂玉弓。
不见年年辽海上，文章何处哭秋风。

雁门太守行

唐·李贺

黑云压城城欲摧，甲光向日金鳞开。
角声满天秋色里，塞上燕脂凝夜紫。
半卷红旗临易水，霜重鼓寒声不起。
报君黄金台上意，提携玉龙为君死。

李凭箜[1]篌[2]引

唐·李贺

吴丝蜀桐张高秋，空山凝云颓不流。
江娥啼竹素女愁，李凭中国弹箜篌。
昆山玉碎凤凰叫，芙蓉泣露香兰笑。
十二门前融冷光，二十三丝动紫皇。
女娲炼石补天处，石破天惊逗秋雨。

梦入神山教神妪，老鱼跳波瘦蛟舞。
吴质不眠倚桂树，露脚斜飞湿寒兔。

注音

［1］箜：kōng。　［2］篌：hóu。

乐游原

唐 · 李商隐

向晚意不适，驱车登古原。
夕阳无限好，只是近黄昏。

延伸阅读

李商隐（约 813—约 858），字义山，晚唐诗人，号玉谿生、樊南生。原籍怀州河内（今河南省沁阳市），祖辈迁荥阳（今河南省郑州市）。李商隐的诗作文学价值很高。他和杜牧合称“小李杜”，与温庭筠合称“温李”；其诗作与同时期的段成式、温庭筠风格相近，且三人都在家族里排行十六，故并称为“三十六体”。

嫦　娥

唐 · 李商隐

云母屏风烛影深，长河渐落晓星沉。
嫦娥应悔偷灵药，碧海青天夜夜心。

夜雨寄北

唐 · 李商隐

君问归期未有期，巴山夜雨涨秋池。
何当共剪西窗烛，却话巴山夜雨时。

无　题（其一）

唐 · 李商隐

相见时难别亦难，东风无力百花残。
春蚕到死丝方尽，蜡炬成灰泪始干。

晓镜但愁云鬓改，夜吟应觉月光寒。
蓬山此去无多路，青鸟殷勤为探看。

无　题（其三）

唐 · 李商隐

昨夜星辰昨夜风，画楼西畔桂堂东。
身无彩凤双飞翼，心有灵犀一点通。
隔座送钩春酒暖，分曹射覆蜡灯红。
嗟余听鼓应官去，走马兰台类转蓬。

锦　瑟

唐 · 李商隐

锦瑟无端五十弦，一弦一柱思华年。
庄生晓梦迷蝴蝶，望帝春心托杜鹃。
沧海月明珠有泪，蓝田日暖玉生烟。
此情可待成追忆，只是当时已惘然。

行　宫

唐 · 元稹[1]

寥落古行宫，宫花寂寞红。
白头宫女在，闲坐说玄宗。

注音

[1] 稹：zhěn。

延伸阅读

元稹（779—831），字微之，河南府东都洛阳（今河南省洛阳市）人，唐代著名诗人、文学家。8岁丧父，母郑氏贤能知书，亲授书传。15岁以明两经擢第。21岁初仕河中府。25岁与白居易同科及第，并结为终生诗友。28岁授左拾遗，补校书郎。元和初，应制策第一。大和三年（829年）为尚书左丞，逝于武昌军节度使任上，时年53岁，赠尚书右仆射。元稹是新乐府运动的倡导者和中坚力量，与白居易齐名，世称“元白”，诗作号为“元和体”。

其诗辞浅意哀，仿佛孤凤悲吟，极为扣人心扉，动人肺腑。元稹的创作，以诗成就最高。其乐府诗创作，多受张籍、王建的影响，而其“新题乐府”则直接源于李绅。撰有传奇小说《莺莺传》，又名《会真记》，为后来《西厢记》故事所由。著有《元氏长庆集》60卷，补遗6卷，存诗830多首，收录诗赋、诏册、铭谏、论议等共100卷。

离　思

唐·元稹

曾经沧海难为水，除却巫山不是云。
取次花丛懒回顾，半缘修道半缘君。

菊　花

唐·元稹

秋丛绕舍似陶家，遍绕篱边日渐斜。
不是花中偏爱菊，此花开尽更无花。

闻乐天左降江州司马

唐·元稹

残灯无焰影幢[1]幢，此夕闻君谪九江。
垂死病中惊坐起，暗风吹雨入寒窗。

注音

［1］幢：chuáng。

商山早行

唐·温庭筠[1]

晨起动征铎[2]，客行悲故乡。
鸡声茅店月，人迹板桥霜。
槲[3]叶落山路，枳[4]花明驿墙。
因思杜陵梦，凫[5]雁满回塘。

注音

［1］筠：yún。　［2］铎：duó。　［3］槲：hú。　［4］枳：zhǐ。　［5］凫：fú。

延伸阅读

温庭筠（约812—约866），本名岐，艺名庭筠，字飞卿，并州祁（qí）县（今山西省祁县）人，晚唐诗人、词人。唐初宰相温彦博之后裔。出生于没落贵族家庭，多次考进士均落榜，一生很不得志，行为放浪。他曾任随县和方城县县尉，官至国子监助教。富有天才，文思敏捷，每入试，押官韵，八叉手而成八韵，所以也有“温八叉”之称。然恃才不羁，又好讥刺权贵，多犯忌讳，取憎于时，故屡举进士不第，长被贬抑，终生不得志。温庭筠精通音律；工诗，与李商隐齐名，时称“温李”，其诗辞藻华丽，浓艳精致，内容多写闺情，少数作品对时政有所反映；其词艺术成就在晚唐诸词人之上，为“花间派”首要词人，对词的发展影响较大。在词史上，与韦庄齐名，并称“温韦”。存词70余首，有《花间集》遗存。后人辑有《温飞卿集》及《金奁集》。其词作更是刻意求精，注重词的文采和声情，被尊为“花间词派”的鼻祖。

望江南·梳洗罢

唐·温庭筠

梳洗罢，独倚望江楼。过尽千帆皆不是，斜晖脉脉水悠悠，肠断白蘋[1]洲。

注音

［1］蘋：pín。

菩[1]萨[2]蛮[3]·小山重叠金明灭

唐·温庭筠

小山重叠金明灭，鬓云欲度香腮雪。懒起画蛾眉，弄妆梳洗迟。
照花前后镜，花面交相映。新帖绣罗襦[4]，双双金鹧[5]鸪[6]。

注音

［1］菩：pú。　［2］萨：sà。　［3］蛮：mán。　［4］襦：rú。　［5］鹧：zhè。　［6］鸪：gū。

咏　柳

唐·贺知章

碧玉妆成一树高，万条垂下绿丝绦[1]。

不知细叶谁裁出，二月春风似剪刀。

注音

[1] 绦：tāo。

延伸阅读

贺知章（659—744），字季真，越州永兴（今浙江省杭州市）人，唐代诗人、书法家。号石窗，晚年号四明狂客。三国时东吴名将贺齐的十八世孙。他流传下来的诗不多，收录于《全唐诗》中的只有20首，著名的作品有《咏柳》《回乡偶书》等。

回乡偶书（其一）

唐 · 贺知章

少小离家老大回，乡音无改鬓毛衰[1]。
儿童相见不相识，笑问客从何处来。

注音

[1] 衰：cuī。

回乡偶书（其二）

唐 · 贺知章

离别家乡岁月多，近来人事半消磨。
惟有门前镜湖水，春风不改旧时波。

逢入京使

唐 · 岑[1]参[2]

故园东望路漫漫，双袖龙钟泪不干。
马上相逢无纸笔，凭君传语报平安。

注音

[1] 岑：cén。 [2] 参：shēn。

延伸阅读

岑参（约715—770），祖籍南阳（今属河南），唐代边塞诗人，太宗时功臣岑文本重孙，

后徙居荆州江陵（今湖北江陵）。岑参早岁孤贫，从兄就读，遍览史籍。天宝三年（744年）中进士，初为率府兵曹参军。后两次从军边塞，先在安西节度使高仙芝幕府掌书记。天宝末年，为安西北庭节度使封常清幕府判官。代宗时，曾任嘉州刺史，世称“岑嘉州”。大历五年（770年）卒于成都。岑参工诗，长于七言歌行，代表作是《白雪歌送武判官归京》。现存诗360首。因对边塞风光、军旅生活，以及少数民族的文化风俗有亲切的感受，故其边塞诗尤多佳作。其诗风格与高适相近，后人多将两人并称“高岑”。有《岑参集》10卷，已佚。今有《岑嘉州集》7卷（或为8卷）行世。《全唐诗》编诗4卷。

白雪歌送武判官归京

唐·岑参

北风卷地白草折，胡天八月即飞雪。
忽如一夜春风来，千树万树梨花开。
散入珠帘湿罗幕，狐裘不暖锦衾[1]薄。
将军角弓不得控，都护铁衣冷难着。
瀚[2]海阑干百丈冰，愁云惨淡万里凝。
中军置酒饮归客，胡琴琵琶与羌笛。
纷纷暮雪下辕门，风掣[3]红旗冻不翻。
轮台东门送君去，去时雪满天山路。
山回路转不见君，雪上空留马行处。

注音

[1] 衾：qīn。　[2] 瀚：hàn。　[3] 掣：chè。

走马川行奉送封大夫出师西征

唐·岑参

君不见，走马川行雪海边，平沙莽莽黄入天。
轮台九月风夜吼，一川碎石大如斗，随风满地石乱走。
匈奴草黄马正肥，金山西见烟尘飞，汉家大将西出师。
将军金甲夜不脱，半夜军行戈相拨，风头如刀面如割。
马毛带雪汗气蒸，五花连钱旋作冰，幕中草檄砚水凝。
虏骑闻之应胆慑，料知短兵不敢接，车师西门伫献捷。

芙蓉楼送辛渐

唐 · 王昌龄

寒雨连江夜入吴，平明送客楚山孤。
洛阳亲友如相问，一片冰心在玉壶。

延伸阅读

王昌龄（690—756），字少伯，河东晋阳（今山西省太原市）人。盛唐著名边塞诗人，后人誉为“七绝圣手”。早年贫贱，困于农耕，年近不惑，始中进士。初任秘书省校书郎，又中博学宏词，授汜水尉，因事贬岭南。开元末返长安，改授江宁丞。被谤，谪龙标尉，故世称“王龙标”。安史乱起，为刺史闾丘晓所杀。其诗以七绝见长，尤以登第之前赴西北边塞所作边塞诗最佳。他的边塞诗气势雄浑，格调高昂，充满了积极向上的精神。存诗170余首，作品有《王昌龄集》。

从 军 行

唐 · 王昌龄

青海长云暗雪山，孤城遥望玉门关。
黄沙百战穿金甲，不破楼兰终不还。

出 塞

唐 · 王昌龄

秦时明月汉时关，万里长征人未还。
但使龙城飞将在，不教胡马度阴山。

寻隐者不遇

唐 · 贾岛

松下问童子，言师采药去。
只在此山中，云深不知处。

延伸阅读

贾岛（779—843），字阆仙，一作浪仙，河北道幽州范阳县（今河北省涿州市）人，唐

代著名诗人。早年贫寒，落发为僧，法名无本。曾居房山石峪口石村，遗有贾岛题跋版刻像庵。19岁云游，识孟郊等，因诗和韩愈“推敲”。还俗后屡举进士不第。唐文宗时任长江县（今四川省蓬溪县）主簿，故被称为“贾长江”。但后又迁普州司仓参军，卒于任所。其诗精于雕琢，喜写荒凉、枯寂之境，多凄苦情味，自谓“两句三年得，一吟双泪流”。有《长江集》10卷，录诗370余首。另有小集3卷，《诗格》1卷传世。贾岛人称“诗囚”，又称“诗奴”，一生不喜与人往来，《唐才子传》称他“所交悉尘外之士”。他唯喜作诗苦吟，在字句上下功夫。

题 诗 后

唐 · 贾岛

两句三年得，一吟双泪流。
知音如不赏，归卧故山秋。

题李凝幽居

唐 · 贾岛

闲居少邻并，草径入荒园。
鸟宿池边树，僧敲月下门。
过桥分野色，移石动云根。
暂去还来此，幽期不负言。

逢雪宿芙蓉山主人

唐 · 刘长卿

日暮苍山远，天寒白屋贫。
柴门闻犬吠，风雪夜归人。

延伸阅读

刘长卿（约726—约786），字文房，宣城（今属安徽省）人，唐代诗人。后迁居洛阳，河间（今属河北省）为其郡望。玄宗天宝年间进士。肃宗至德中官监察御史，后为长洲县尉，因事下狱，贬南巴尉。代宗大历中任转运使判官，知淮西、鄂岳转运留后，又被诬再贬睦州司马。德宗建中年间，官终随州刺史，世称“刘随州”。刘长卿工于诗，长于五言，自称“五言长城”。《骚坛秘语》有谓：“刘长卿最得骚人之兴，专主情景。”

送灵澈上人

唐 · 刘长卿

苍苍竹林寺，杳[1]杳钟声晚。
荷笠带斜阳，青山独归远。

注音

[1] 杳：yǎo。

登鹳雀楼

唐 · 王之涣

白日依山尽，黄河入海流。
欲穷千里目，更上一层楼。

王之涣（688—742），字季凌，并州（今山西省太原市）人，盛唐时期著名诗人，以《登鹳雀楼》脍炙人口而著称，善五言诗，以描写边塞风光为胜。王之涣“慷慨有大略，倜傥有异才”，早年精于文章，并善于写诗，多引为歌词，常与王昌龄、高适等诗人互相唱和，名动一时。他的诗现今仅存6首，以《登鹳雀楼》《凉州词》为代表作。近代著名学者章太炎推《凉州词》为“绝句之最”。

凉 州 词

唐 · 王之涣

黄河远上白云间，一片孤城万仞山。
羌笛何须怨杨柳，春风不度玉门关。

初 春 小 雨

唐 · 韩愈

天街小雨润如酥，草色遥看近却无。
最是一年春好处，绝胜烟柳满皇都。

延伸阅读

韩愈（768—824），字退之，河南河阳（今河南省孟州市）人，祖籍郡望昌黎郡（今河北省昌黎县），自称“昌黎先生”，世称“韩昌黎”。晚年任吏部侍郎，又称“韩吏部”。卒谥“文”，世称“韩文公”。唐代文学家，与柳宗元共同倡导“中唐古文运动”，合称“韩柳”。苏轼称赞他“文起八代之衰，而道济天下之溺；忠犯人主之怒，而勇夺三军之帅”（八代：东汉、魏、晋、宋、齐、梁、陈、隋）。散文、诗，均有名。著作有《昌黎先生集》。他与柳宗元、苏轼、苏辙、苏洵、曾巩、欧阳修、王安石合称为“唐宋八大家”。

左迁至蓝关示侄孙湘

唐 · 韩愈

一封朝奏九重天，夕贬潮阳路八千。
欲为圣明除弊事，肯将衰朽惜残年！
云横秦岭家何在？雪拥蓝关马不前。
知汝远来应有意，好收吾骨瘴江边。

江　雪

唐 · 柳宗元

千山鸟飞绝，万径人踪灭。
孤舟蓑[1]笠[2]翁，独钓寒江雪。

注音

［1］蓑：suō。　［2］笠：lì。

延伸阅读

柳宗元（773—819），字子厚，河东（今山西运城永济一带）人，“唐宋八大家”之一，唐代文学家、哲学家、散文家和思想家，世称“柳河东”“河东先生”，因官终柳州刺史，又称“柳柳州”。柳宗元与韩愈并称“韩柳”，与刘禹锡并称“刘柳”，与王维、孟浩然、韦应物并称“王孟韦柳”。柳宗元一生留诗、骈文、散文达600余篇，其文的成就大于诗。散文论说性强，笔锋犀利，讽刺辛辣。游记写景状物，多有所寄托。著有《河东先生集》。

渔　　翁

唐 · 柳宗元

渔翁夜傍西岩宿，晓汲[1]清湘燃楚竹。
烟销日出不见人，欸[2]乃一声山水绿。
回看天际下中流，岩上无心云相逐。

注音

［1］汲：jí。　［2］欸：ǎi。

咏　　鹅

唐 · 骆宾王

鹅鹅鹅，曲项向天歌。
白毛浮绿水，红掌拨清波。

延伸阅读

骆宾王（约 640—684），字观光，婺州义乌（今属浙江省）人，唐代诗人、文学家，与王勃、杨炯、卢照邻并称为“初唐四杰”。7 岁能诗文，尤妙于五言诗，尝作《帝京篇》，当时以为绝唱。初为道王府属，历武功、长安主簿。有《骆宾王文集》遗世。

于易水送人

唐 · 骆宾王

此地别燕丹，壮士发冲冠。
昔时人已没，今日水犹寒。

春江花月夜

唐 · 张若虚

春江潮水连海平，海上明月共潮生。滟[1]滟随波千万里，何处春江无月明！
江流宛转绕芳甸，月照花林皆似霰[2]；空里流霜不觉飞，汀[3]上白沙看不见。
江天一色无纤尘，皎皎空中孤月轮。江畔何人初见月？江月何年初照人？
人生代代无穷已，江月年年望相似。不知江月待何人，但见长江送流水。
白云一片去悠悠，青枫浦上不胜愁。谁家今夜扁舟子？何处相思明月楼？

可怜楼上月徘徊，应照离人妆镜台。玉户帘中卷不去，捣衣砧[4]上拂还来。
此时相望不相闻，愿逐月华流照君。鸿雁长飞光不度，鱼龙潜跃水成文。
昨夜闲潭梦落花，可怜春半不还家。江水流春去欲尽，江潭落月复西斜。
斜月沉沉藏海雾，碣[5]石潇湘无限路。不知乘月几人归，落月摇情满江树。

注音

[1] 滟：yàn。　[2] 霰：xiàn。　[3] 汀：tīng。　[4] 砧：zhēn。　[5] 碣：jié。

张若虚（约660—约720），扬州（今属江苏省）人，唐代诗人。字号不详。曾任兖州兵曹。事迹略见于《旧唐书·贺知章传》。中宗神龙（705—707）中，与贺知章、贺朝、万齐融、邢巨、包融俱以文词俊秀驰名于京都，与贺知章、张旭、包融并称“吴中四士”。张若虚的诗仅存两首于《全唐诗》中，另一首是《代答闺梦还》。《春江花月夜》是一篇脍炙人口的名作，它沿用陈隋乐府旧题，抒写真挚动人的离情别绪及富有哲理意味的人生感慨，语言清新优美，韵律宛转悠扬，洗去了宫体诗的浓脂艳粉，给人以澄澈空明、清丽自然的感觉。这首诗被著名诗人、学者闻一多先生誉为“诗中的诗，顶峰上的顶峰”。

黄鹤楼

唐·崔颢[1]

昔人已乘黄鹤去，此地空余黄鹤楼。
黄鹤一去不复返，白云千载空悠悠。
晴川历历汉阳树，芳草萋萋鹦鹉洲。
日暮乡关何处是？烟波江上使人愁。

注音

[1] 颢：hào。

崔颢（704—754），唐朝汴州（今河南省开封市）人，唐代诗人，字不详。唐玄宗开元十一年（723年）进士。《旧唐书·文苑传》把崔颢和王昌龄、高适、孟浩然并提，但崔颢宦海浮沉，终不得志。他秉性耿直，才思敏捷，其作品激昂豪放，气势宏伟，著有《崔颢集》。天宝中为尚书司勋员外郎。少年为诗，意浮艳，多陷轻薄。晚年忽变常体，风骨凛然，一窥塞垣，状极戎旅。后游武昌，登黄鹤楼，感慨赋诗。及李白来，曰：“眼前有景道不得，崔颢题诗在上头。”无作而去。崔颢诗名很大，代表作有《黄鹤楼》，但事迹流传甚少，现存诗仅四十几首。

题都城南庄

唐 · 崔护

去年今日此门中，人面桃花相映红。
人面不知何处去，桃花依旧笑春风。

延伸阅读

崔护（生卒年不详），字殷功，唐代博陵（今河北省博野县）人。贞元十二年（796 年）登第（进士及第）。大和三年（829 年）为京兆尹，同年为御史大夫、广南节度使。其诗风精练婉丽，语言清新。《全唐诗》存诗 6 首，皆是佳作，尤以《题都城南庄》流传最广，脍炙人口，有目共赏。该诗以“人面桃花，物是人非”这样一个看似简单的人生经历，道出了千万人都似曾有过的生活体验，为诗人赢得了不朽的诗名。所谓一诗定诗名，崔护则以这一首诗而名垂青史。

城东早春

唐 · 杨巨源

诗家清景在新春，绿柳才黄半未匀。
若待上林花似锦，出门俱是看花人。

延伸阅读

杨巨源（755—？），字景山，河中（今山西省永济市）人，贞元年间进士。贞元五年（789 年）为张弘靖从事，由秘书郎擢太常博士、礼部员外郎，出为凤翔少尹。复召除国子司业，年 70 致仕归，时为河中少尹，食其禄终身。集 5 卷。今编诗 1 卷。杨巨源与白居易、元稹、刘禹锡、王建等人交好，甚受尊重。

春山夜月

唐 · 于良史

春山多胜事，赏玩夜忘归。
掬[1]水月在手，弄花香满衣。
兴来无远近，欲去惜芳菲。
南望鸣钟处，楼台深翠微。

注音

［1］掬：jū。

于良史（生卒年不详），肃宗至德年间曾任侍御史，德宗贞元年间，徐州节度使张建封辟为从事。其五言诗词语清丽超逸，讲究对仗，十分工整。《春山夜月》中“掬水月在手，弄花香满衣”是很有名的佳句。

月　夜

唐 · 刘方平

更深月色半人家，北斗阑干南斗斜。
今夜偏知春气暖，虫声新透绿窗纱。

刘方平（生卒年不详），河南洛阳人。天宝前期曾应进士试，未考取，从此隐居颍水、汝河之滨，终生未仕。与皇甫冉为诗友，为萧颖士赏识。工诗，善画山水。其诗多为咏物写景之作，尤擅绝句，其诗多写闺情、乡思，思想内容较贫弱，但艺术性较高，善于寓情于景，意蕴无穷。其《月夜》《春怨》《新春》《秋夜泛舟》等都是历来为人传诵的名作。

滁[1]州西涧

唐 · 韦[2]应物

独怜幽草涧[3]边生，上有黄鹂深树鸣。
春潮带雨晚来急，野渡无人舟自横。

注音

［1］滁：chú。　［2］韦：wéi。　［3］涧：jiàn。

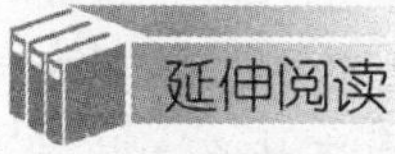

韦应物（737—约 792），长安（今陕西省西安市）人，唐代田园派诗人。玄宗时，曾在宫廷中任三卫郎，后应举成进士，历官滁州、江州、苏州等地刺史。由于他长期担任地方行政官，亲身接触到战火离乱的社会现实，因此写了不少具有一定现实意义的好作品。在宦海浮沉的生活中，他对当时的政治腐败黑暗的一面有所认识，但又缺乏抗争的勇气，

感到无可奈何，陷于苦闷的矛盾状态中。其诗多送别、寄赠、感怀之作，情感真挚动人。田园山水诸作，语言简淡，风格秀朗，气韵澄澈。著有《韦苏州集》。

山亭夏日

唐·高骈[1]

绿树浓阴夏日长，楼台倒影入池塘。
水晶帘动微风起，满架蔷薇一院香。

注音

[1] 骈：pián。

延伸阅读

高骈（821—887），字千里，南平郡王高崇文之孙。祖籍渤海蓚县（今河北省景县），先世乃山东（太行山以东）汉族名门渤海高氏。昭宗时任淮南节度副使，封渤海郡王。光启中为毕师铎所杀。家世禁卫，颇修饰，折节为文学，笔研固非其所事，然字亦不俗。

野 望

唐·王绩

东皋[1]薄暮望，徙[2]倚欲何依。
树树皆秋色，山山唯落晖。
牧人驱犊返，猎马带禽归。
相顾无相识，长歌怀采薇。

注音

[1] 皋：gāo。 [2] 徙：xǐ。

延伸阅读

王绩（约590—644），字无功，绛州龙门（今山西省河津市）人。号东皋子。隋末举孝廉，除秘书正字。不乐在朝，辞疾，复授扬州六合丞。时天下大乱，弃官还故乡。唐武德中，诏以前朝官待诏门下省。贞观初，以疾罢归河渚间，躬耕东皋，自号“东皋子”。性简傲，嗜酒，能饮五斗，自作《五斗先生传》，撰《酒经》《酒谱》。其诗近而不浅，质而不俗，真率疏放，有旷怀高致，直追魏晋高风。

题 菊 花

唐 · 黄巢

飒[1]飒西风满院栽，蕊[2]寒香冷蝶难来。
他年我若为青帝，报与桃花一处开。

注音

［1］飒：sà。　［1］蕊：ruǐ。

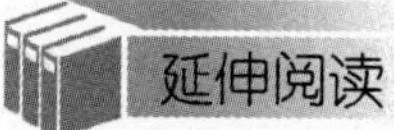

黄巢（835—884），曹州冤句（今山东省菏泽市）人，唐末农民起义领袖。乾符二年（875年）六月，黄巢与兄侄8人起兵响应王仙芝。乾符四年（877年）二月，黄巢率军攻陷郓州，杀死节度使薛崇。乾符五年（878年）王仙芝死，众推黄巢为主，号称“冲天大将军”，改元王霸。乾符六年（879年）正月，兵围广州。广明元年（880年）十一月十七，东都留守刘允章迎黄巢军入洛阳。十二月初一，兵抵潼关。十二月十三，于含元殿即皇帝位，国号“大齐”，建元金统，大赦天下。中和四年（884年）六月十五，黄巢败死狼虎谷，唐末农民起义结束。

寒 食

唐 · 韩翃[1]

春城无处不飞花，寒食东风御柳斜。
日暮汉宫传蜡烛，轻烟散入五侯家。

注音

［1］翃：hóng。

韩翃（？—754），字君平，南阳（今河南省南阳市）人，唐代诗人。天宝十三年（754年）考中进士，宝应年间，在淄青节度使侯希逸幕府中任从事，后随侯希逸回朝，闲居长安十年。建中年间，因作《寒食》诗被唐德宗所赏识，被提拔为中书舍人，官至驾部郎中。在“大历十才子”中，韩翃和李益最为有名。韩翃诗笔法轻巧，写景别致，在当时传诵很广泛。

乞 巧

唐·林杰

七夕今宵看碧霄，牵牛织女渡河桥。
家家乞巧望秋月，穿尽红丝几万条。

延伸阅读

林杰（831—847），字智周，福建人，唐代诗人。小时候非常聪明，6岁就能赋诗，下笔即成章，得到了唐扶的赏识。又精书法棋艺，被推举为神童，年仅16岁卒。《全唐诗》存其诗两首。《乞巧》是一首描写民间七夕乞巧盛况的名诗，想象丰富、浅显易懂，涉及家喻户晓的神话传说故事，表达了少女们乞取智巧、追求幸福的美好心愿。农历七月初七夜晚，俗称“七夕”，又称“女儿节”“少女节”，是传说中隔着“天河”的牛郎和织女在鹊桥上相会的日子。过去，七夕的民间活动主要是乞巧，所谓乞巧，就是向织女乞求一双巧手的意思。乞巧最普遍的方式是对月穿针，如果线从针孔穿过，就叫得巧，这一习俗在唐宋最盛。

咏 田 家

唐·聂夷中

二月卖新丝，五月粜[1]新谷。
医得眼前疮，剜[2]却心头肉。
我愿君王心，化作光明烛。
不照绮罗筵[3]，只照逃亡屋。

注音

［1］粜：tiào。　［2］剜：wān。　［3］筵：yán。

延伸阅读

聂夷中（约837—约884），字坦之，唐末诗人。出身贫寒，备尝艰辛。咸通十二年（871年）中进士。由于时局动乱，他在长安滞留很久，才得补华阴尉。到任时，除琴书外，身无余物。聂夷中的诗作，风格平易而内容深刻，在晚唐靡丽的诗风中独树一帜。如《公子行二首》《公子家》讽刺贵族公子的骄奢淫逸，《田家》《咏田家》谴责封建社会赋役对劳动人民的惨重剥削，《相和歌辞·杂怨三首》表现连年战乱造成人们家庭离散的痛苦，写来都

情真意切，感人肺腑。《唐才子传》谓其“伤俗闵时”“警省之辞，裨补政治”。聂夷中喜欢采用短篇五言古诗和乐府的形式，以质直的语言，白描的手法，寥寥几笔，将触目惊心的社会现象暴露在人们眼前。

社　日

唐·王驾

鹅湖山下稻粱肥，豚[1]栅鸡栖[2]半掩扉[3]。
桑柘[4]影斜春社散，家家扶得醉人归。

注音

[1] 豚：tún。　[2] 栖：qī。　[3] 扉：fēi。　[4] 柘：zhè。

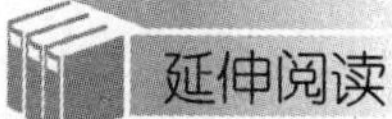

王驾（851—?），字大用，河中（今山西省永济市）人，晚唐诗人。自号守素先生。大顺元年（890年）登进士第，仕至礼部员外郎。后弃官归隐。与郑谷、司空图友善，诗风亦相近。其绝句构思巧妙，自然流畅。司空图《与王驾评诗书》赞曰：“今王生者，寓居其间，浸渍益久，五言所得，长于思与境偕，乃诗家之所尚者。”

悯[1]　农

唐·李绅[2]

锄禾日当午，汗滴禾下土。
谁知盘中餐，粒粒皆辛苦。

注音

[1] 悯：mǐn。　[2] 绅：shēn。

延伸阅读

李绅（772—846），字公垂，亳州谯（今安徽省亳州市谯城区）人，生于乌程县（今浙江省湖州市），中书令李敬玄曾孙。青年时曾在润州无锡（今属江苏省）惠山寺读书。27岁考中进士，补国子助教。与元稹、白居易交游甚密。他一生最闪光的部分在于诗歌，他是在文学史上产生过巨大影响的新乐府运动的参与者。作有《乐府新题》20首，已佚。所著的《悯农》脍炙人口，妇孺皆知，千古传诵。《全唐诗》存其诗4首。

渔歌子

唐·张志和

西塞[1]山前白鹭飞，桃花流水鳜[2]鱼肥。
青箬[3]笠，绿蓑[4]衣，斜风细雨不须归。

注音

［1］塞：sài。 ［2］鳜：guì。 ［3］箬：ruò。 ［4］蓑：suō。

延伸阅读

张志和（生卒年不详），原名龟龄，字子同，自号玄真子，婺州（今浙江省金华市）人。他自幼聪明好学，年纪不大就明经及第。唐肃宗即位后，因向肃宗献策，被授予左金吾卫录事参军，赐名“志和”。后因事遭贬，不再复出，到处漂泊，四海为家。著有《玄真子》12卷和《述大易》15卷，均已散佚。他的词仅存《渔歌子》等5首。

雨过山村

唐·王建

雨里鸡鸣一两家，竹溪村路板桥斜。
妇姑相唤浴蚕去，闲着中庭栀[1]子花。

注音

［1］栀：zhī。

延伸阅读

王建（约767—约831），字仲初，颍川（今河南省许昌市）人。门第衰微，早岁即离家寓居魏州乡间。20岁左右，与张籍相识，一道从师求学，并开始写乐府诗，同情百姓疾苦。贞元十三年（797年），辞家从戎，曾北至幽州、南至荆州等地，写了一些以边塞战争和军旅生活为题材的诗篇。在“从军走马十三年”（《别杨校书》）后，离开军队，寓居咸阳乡间，过着“终日忧衣食”的生活。元和八年（813年）前后，“白发初为吏”，任昭应县丞。长庆元年（821年），迁太府寺丞，转秘书郎。在长安时，与张籍、韩愈、白居易、刘禹锡、杨巨源等人均有往来。

小儿垂钓

唐 · 胡令能

蓬头稚子学垂纶，侧坐莓苔草映身。
路人借问遥招手，怕得鱼惊不应人。

延伸阅读

胡令能（785—826），隐居圃田（河南省中牟县，另说福建莆田）。唐贞元、元和间人。家贫，年轻时以修补锅碗盆缸为生，人称“胡钉铰”。传说诗人梦人剖其腹，以一卷书纳之，遂能吟咏。他的诗语言浅显而构思精巧，生活情趣很浓，现仅存七绝诗 4 首。

牧　童

唐 · 吕岩

草铺横野六七里，笛弄晚风三四声。
归来饱饭黄昏后，不脱蓑衣卧月明。

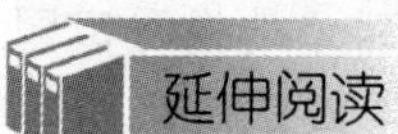

延伸阅读

吕岩（生卒年不详），一名岩客，字洞宾，河中永乐（一云蒲坂）人（《唐才子传》作京兆人）。咸通初中第，两调县令。值黄巢之乱，遂携家归终南，放迹江湖间。相传他后来在长安酒肆，遇到仙人钟离权，遂得道，不知所终。这就是民间盛传的“黄粱梦”故事，许多小说家、戏曲家取其为小说、戏曲的题材。吕岩所作诗，流传甚多，全唐诗辑为 4 卷，行于世。

风

唐 · 李峤

解落三秋叶，能开二月花。
过江千尺浪，入竹万竿斜。

延伸阅读

李峤（644—713），字巨山，赵州赞皇（今属河北省）人。20 岁时，擢进士第，调安定尉。举制策甲科，迁长安后，累官监察御史。武后及中宗朝，屡居相位，封赵国公。睿宗时，左迁怀州刺史。玄宗即位，贬滁州别驾，改庐州别驾。李峤对唐代律诗和歌行的发展有一定的作用与影响。他前与王勃、杨炯相接，又和杜审言、崔融、苏味道并称“文章四友”。诸人去世后，他成了文坛老宿，为时人所崇仰。其诗绝大部分为五言近体，风格近似苏味道而词采过之。唐代曾以汉代苏武、李陵比，与苏味道亦称“苏李”。

题破山寺后禅院

唐 · 常建

清晨入古寺，初日照高林。
曲径通幽处，禅房花木深。
山光悦鸟性，潭影空人心。
万籁此俱寂，但余[1]钟磬[2]音。

[1] 余：yú。 [2] 磬：qìng。

延伸阅读

常建（708—？），字号不详。《唐才子传》说为长安（今陕西省西安市）人。其诗意境清迥，语言洗练自然，艺术上有独特造诣。现存诗 57 首，题材较窄，绝大部分是描写田园风光、山林逸趣的。名作如《题破山寺后禅院》《吊王将军墓》，尤其前首“曲径通幽处，禅房花木深”一联，广为传诵。他还有一些优秀的边塞诗，今存《常建诗集》3 卷和《常建集》2 卷。

次北固山下

唐 · 王湾

客路青山外，行舟绿水前。
潮平两岸阔，风正一帆悬。
海日生残夜，江春入旧年。
乡书何处达？归雁洛阳边。

延伸阅读

王湾（693—751），字号不详。洛阳（今属河南省洛阳市）人。玄宗先天年间（712—713）进士及第，授荥阳县（今属荥阳市）主簿。开元五年（717 年）唐朝政府编次官府所藏图书，9 年书成，共 200 卷，名为《群书四部录》。王湾由荥阳主簿受荐编书，参与集部的编撰辑集工作，书成之后，因功授任洛阳尉。约在开元十七年（729 年），他曾作诗赠当时宰相萧嵩和裴光庭。

送杜少府之任蜀州

唐 · 王勃

城阙辅三秦，风烟望五津。
与君离别意，同是宦游人。
海内存知己，天涯若比邻。
无为在歧路，儿女共沾巾。

王勃（649 或 650—676 或 675），字子安，古绛州龙门（今山西省运城市河津市）人，唐代文学家。与杨炯、卢照邻、骆宾王并称“初唐四杰”。

游 子 吟

唐 · 孟郊

慈母手中线，游子身上衣。
临行密密缝，意恐迟迟归。
谁言寸草心，报得三春晖。

孟郊（751—814），字东野，湖州武康（今浙江省德清县）人，唐代著名诗人，祖籍平昌（今山东省德州市临邑县），先世居汝州（今属河南省汝州）。现存诗歌 500 余首，以短篇五言古诗最多，代表作有《游子吟》。有“诗囚”之称，又与贾岛齐名，人称“郊寒岛瘦”。元和九年（814 年），在阌乡（今河南省灵宝市）因病去世。张籍私谥其为“贞曜先生”。

塞 下 曲

唐 · 卢纶

月黑雁飞高，单于夜遁逃。
欲将轻骑逐，大雪满弓刀。

延伸阅读

卢纶（739—799），字允言，河中蒲（今山西省永济县）人，唐代诗人，“大历十才子”之一。天宝末举进士，遇乱不第；代宗朝又应举，屡试不第。大历六年（771 年），宰相元

载举荐，授阌乡尉；后由王缙荐为集贤学士，秘书省校书郎，升监察御史。出为陕府户曹、河南密县令。后元载、王缙获罪，遭到牵连。德宗朝复为昭应令，又任河中浑瑊元帅府判官，官至检校户部郎中。著有《卢户部诗集》。

凉州词

唐·王翰

葡萄美酒夜光杯，欲饮琵琶马上催。
醉卧沙场君莫笑，古来征战几人回！

延伸阅读

王翰（生卒年不详），字子羽，并州晋阳（今山西省太原市）人，唐代边塞诗人。与王昌龄同时，其集不传。其诗载于《全唐诗》的，仅有14首。登进士第，举直言极谏，调昌乐尉。复举超拔群类，召为秘书正字。擢通事舍人、驾部员外。出为汝州长史，改仙州别驾。

从军行

唐·杨炯[1]

烽火照西京，心中自不平。
牙璋[2]辞凤阙[3]，铁骑绕龙城。
雪暗凋旗画，风多杂鼓声。
宁为百夫长，胜作一书生。

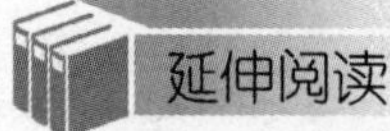

注音

[1] 炯：jiǒng。　[2] 璋：zhāng。　[3] 阙：què。

延伸阅读

杨炯（650—692），字盈川，华州华阴（今陕西省华阴市）人。他自幼聪明好学，博涉经传，尤爱学诗词。唐高宗显庆四年（659年），他10岁应神童试登第，待制弘文馆。上元三年（676年），再应制举试及第，补授校书郎。永淳元年（682年），中书侍郎薛元超推荐他为弘文馆学士，后迁太子詹事司直。

别 董 大

唐 · 高适

千里黄云白日曛，北风吹雁雪纷纷。
莫愁前路无知己，天下谁人不识君！

高适（约 704—765），字达夫、仲武，唐朝渤海郡（今河北省景县）人，后迁居宋州宋城（今河南省商丘市），唐代著名边塞诗人。曾任刑部侍郎、散骑常侍、渤海县侯，世称“高常侍”。他与岑参并称“高岑”，有《高常侍集》等传世。其诗笔力雄健，气势奔放，洋溢着盛唐时期特有的奋发进取、蓬勃向上的时代精神。开封禹王台五贤祠，即专为高适、李白、杜甫、何景明、李梦阳而立。后人又把高适、岑参、王昌龄、王之涣合称“边塞四诗人”。

淮上与友人别

唐 · 郑谷

扬子江头杨柳春，杨花愁杀渡江人。
数声风笛离亭晚，君向潇湘我向秦。

郑谷（约 851—约 910），字守愚，江西省宜春市袁州区人，唐朝末期著名诗人。僖宗时进士，官都官郎中，人称“郑都官”。又以《鹧鸪诗》得名，人称郑鹧鸪。其诗多为写景咏物之作，表现士大夫的闲情逸致。风格清新通俗，但流于浅率。曾与许棠、张乔等唱和往还，号“芳林十哲”。原有集，已散佚，存《云台编》。

金 陵 图

唐 · 韦庄

谁谓伤心画不成，画人心逐世人情。
君看六幅南朝事，老木寒云满故城。

韦庄（836—910），字端己，杜陵（今陕西省西安市附近）人，诗人韦应物的四代孙。

曾任前蜀宰相，谥“文靖”。唐朝花间派词人。词风清丽，有《浣花词》流传。

焚 书 坑

唐 · 章碣[1]

竹帛烟销帝业虚，关河空锁祖龙居。
坑灰未冷山东乱，刘项原来不读书。

[1] 碣：jié。

延伸阅读

章碣（836—905），字丽山，章孝标之子。唐乾符三年（876年）进士。章碣首创“变体诗”。在律诗中，一变通常只需偶句押韵的格律，要求偶句、单句平仄声各自为韵，一时赶时髦者竞起效仿。章氏三代皆以风雅著称，浙中一时传为佳话。有《章碣集》1卷传世。

秋 思

唐 · 张籍

洛阳城里见秋风，欲作家书意万重。
复恐匆匆说不尽，行人临发又开封。

延伸阅读

张籍（约767—约830），字文昌，和州乌江（今安徽省和县）人，郡望苏州吴（今江苏省苏州市）。先世移居和州，遂为和州乌江（今安徽省和县乌江镇）人。贞元十五年（799年）进士，历太常寺太祝、国子监助教、秘书郎、国子博士、水部员外郎、主客郎中，仕终国子司业。世称“张水部”“张司业”。与韩愈、白居易、孟郊、王建交厚。

望 月 怀 远

唐 · 张九龄

海上生明月，天涯共此时。
情人怨遥夜，竟夕起相思。
灭烛怜光满，披衣觉露滋。
不堪盈手赠，还寝梦佳期。

延伸阅读

张九龄（678—740），字子寿，一名博物，韶州曲江（今广东省韶关市）人，唐开元尚书丞相，诗人。长安年间进士。官至中书侍郎同中书门下平章事，宰相。后罢相，为荆州长史。诗风清淡，著有《曲江集》。张九龄是一位有胆识、有远见的著名政治家、文学家、诗人、名相。为官期间忠耿尽职，秉公守则，直言敢谏，选贤任能，不徇私枉法，不趋炎附势，敢与恶势力做斗争，为“开元之治”做出了积极贡献。他的五言古诗，以素练质朴的语言，寄托深远的人生慨望，对扫除唐初所沿袭的六朝绮靡诗风，贡献尤大。被誉为“岭南第一人”。

枫桥夜泊

唐·张继

月落乌啼霜满天，江枫渔火对愁眠。
姑苏城外寒山寺，夜半钟声到客船。

延伸阅读

张继（约715—约779），字懿孙，襄州（今湖北省襄阳市）人。生平不甚详，据诸家记录，仅知他是天宝十二年（753年）的进士。大历中，以检校祠部员外郎为洪州（今江西省南昌市）盐铁判官。他的诗爽朗激越，不事雕琢，比兴幽深，事理双切，对后世颇有影响，但可惜流传下来的不到50首。他最著名的诗是《枫桥夜泊》。

登幽州台歌

唐·陈子昂

前不见古人，后不见来者。
念天地之悠悠，独怆然而涕下！

延伸阅读

陈子昂（661—702），字伯玉，梓州射洪（今属四川省）人，唐代文学家。因曾任右拾遗，后世称“陈拾遗”。青少年时轻财好施，慷慨任侠。24岁举进士，以上书论政得到武后重视，授麟台正字。后迁右拾遗。曾因“逆党”反对武后而株连下狱。在26岁、36岁时两次从军边塞，对边防颇有远见。38岁辞官还乡，后被县令段简迫害，冤死狱中，时年42岁。有《陈伯玉集》《感遇》传世。

相见欢·无言独上西楼

南唐·李煜[1]

无言独上西楼，月如钩。寂寞梧桐深院锁清秋。
剪不断，理还乱，是离愁，别是一般滋味在心头。

注音

［1］煜：yù。

延伸阅读

李煜（937—978），原名从嘉，字重光，世称李后主，为南唐的末代君主，祖籍徐州。号钟隐、莲峰居士。政治上虽无建树，却是中国历史上首屈一指的词人，被誉为词中之帝，作品千古流传。

相见欢·林花谢了春红

南唐·李煜

林花谢了春红，太匆匆。无奈朝来寒雨晚来风。
胭脂泪，相留醉，几时重？自是人生长恨水长东。

浪淘沙·帘外雨潺潺

南唐·李煜

帘外雨潺[1]潺，春意阑[2]珊[3]，罗衾[4]不耐五更寒。梦里不知身是客，一晌贪欢。
独自莫凭栏，无限江山，别时容易见时难。流水落花春去也，天上人间。

注音

［1］潺：chán。　［2］阑：lán。　［3］珊：shān。　［4］衾：qīn。

虞美人·春花秋月何时了

南唐·李煜

春花秋月何时了，往事知多少？小楼昨夜又东风，故国不堪回首月明中。
雕栏玉砌应犹在，只是朱颜改。问君能有几多愁？恰似一江春水向东流。

第三章 宋朝诗词选读

赠刘景文

宋 · 苏轼

荷尽已无擎雨盖，菊残犹有傲霜枝。
一年好景君须记，最是橙黄橘绿时。

延伸阅读

苏轼（1037—1101），字子瞻，又字和仲，眉州眉山（今四川省眉山市）人，北宋文豪。号东坡居士。其诗、词、赋、散文均成就极高，且善书法和绘画，是中国文学艺术史上罕见的全才，也是中国数千年历史上公认的文学艺术造诣杰出的大家之一。其散文与欧阳修并称“欧苏”；其诗与黄庭坚并称“苏黄”，又与陆游并称“苏陆”；其词与辛弃疾并称“苏辛”；其画开创了湖州画派。苏轼现存诗词 3900 余首，代表作品有《水调歌头 · 明月几时有》《念奴娇 · 赤壁怀古》《赤壁赋》等。

海 棠

宋 · 苏轼

东风袅[1]袅泛崇[2]光，香雾空蒙月转廊。
只恐夜深花睡去，故烧高烛照红妆。

注音

［1］袅：niǎo。　［2］崇：chóng。

题西林壁

宋 · 苏轼

横看成岭侧成峰，远近高低各不同。
不识庐山真面目，只缘身在此山中。

惠崇《春江晚景》

宋 · 苏轼

竹外桃花三两枝，春江水暖鸭先知。
蒌[1]蒿[2]满地芦芽短，正是河豚[3]欲上时。

注音

［1］蒌：lóu。　［2］蒿：hāo。　［3］豚：tún。

六月二十七日望湖楼醉书

宋 · 苏轼

黑云翻墨未遮山，白雨跳珠乱入船。
卷地风来忽吹散，望湖楼下水如天。

饮湖上初晴后雨

宋 · 苏轼

水光潋[1]滟[2]晴方好，山色空蒙雨亦奇。
欲把西湖比西子，淡妆浓抹总相宜。

注音

［1］潋：liàn。　［2］滟：yàn。

浣溪沙 · 簌[1]簌衣巾落枣花

宋 · 苏轼

簌簌衣巾落枣花，村南村北响缫[2]车，牛衣古柳卖黄瓜。
酒困路长惟欲睡，日高人渴漫思茶，敲门试问野人家。

注音

［1］簌：sù。　［2］缫：sāo。

浣溪沙·游蕲水清泉寺

宋·苏轼

山下兰芽短浸溪，松间沙路净无泥，潇潇暮雨子规啼。
谁道人生无再少？门前流水尚能西！休将白发唱黄鸡。

江城子·乙卯[1]正月二十日夜记梦

宋·苏轼

十年生死两茫茫，不思量，自难忘。千里孤坟，无处话凄凉。纵使相逢应不识，尘满面，鬓如霜。

夜来幽梦忽还乡，小轩窗，正梳妆。相顾无言，惟有泪千行。料得年年肠断处，明月夜，短松冈[2]。

注音

［1］卯：mǎo。　［2］冈：gāng。

江城子·密州出猎

宋·苏轼

老夫聊发少年狂，左牵黄，右擎[1]苍。锦帽貂裘，千骑[2]卷平冈。为报倾城随太守，亲射虎，看孙郎。

酒酣[3]胸胆尚开张，鬓微霜，又何妨！持节云中，何日遣冯唐？会挽雕弓如满月，西北望，射天狼。

注音

［1］擎：qíng。　［2］骑：jì。　［3］酣：hān。

念奴娇·赤壁怀古

宋·苏轼

大江东去，浪淘尽，千古风流人物。故垒[1]西边，人道是，三国周郎赤壁。乱石穿空，惊涛拍岸，卷起千堆雪。江山如画，一时多少豪杰。

遥想公瑾当年，小乔初嫁了，雄姿英发。羽扇纶[2]巾，谈笑间，樯[3]橹灰飞烟灭。故国

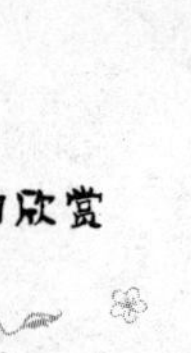

神游，多情应笑我，早生华发。人生如梦，一樽还酹[4]江月。

注音

［1］垒：lěi。［2］纶：guān。［3］樯：qiáng。［4］酹：lèi。

水调歌头·明月几时有

宋·苏轼

明月几时有？把酒问青天。不知天上宫阙[1]，今夕是何年。我欲乘风归去，又恐琼楼玉宇，高处不胜寒。起舞弄清影，何似在人间！

转朱阁，低绮[2]户，照无眠。不应有恨，何事长向别时圆？人有悲欢离合，月有阴晴圆缺，此事古难全。但愿人长久，千里共婵娟。

注音

［1］阙：què。［2］绮：qǐ。

冬夜读书示子聿[1]

宋·陆游

古人学问无遗力，少壮工夫老始成。
纸上得来终觉浅，绝知此事要躬行。

注音

［1］聿：yù。

延伸阅读

陆游（1125—1210），字务观，号放翁，越州山阴（今浙江省绍兴市）人，南宋诗人、词人。陆游12岁即能作诗文，一生笔耕不辍，是现留诗作最多的诗人，现存9000多首，内容极为丰富。陆游与王安石、苏轼、黄庭坚并称“宋代四大诗人”，又与杨万里、范成大、尤袤合称“南宋四大家”。陆游还有“小李白”之称。陆游出身于一个由“贫居苦学”而仕进的世宦家庭，他于襁褓中即随家人颠沛流离，因受社会及家庭环境影响，自幼便立志“杀胡救国”。因此，写下许多爱国诗作。陆游20岁时与唐琬成亲，后被其母强行拆散，且唐琬后来早逝，导致这种感情伤痛终其一生，并写下《钗头凤》《沈园》等哀怨忧思、悼念亡妻的名作。

示　儿

宋 · 陆游

死去元知万事空，但悲不见九州同。
王师北定中原日，家祭无忘告乃翁。

十一月四日风雨大作

宋 · 陆游

僵卧孤村不自哀，尚思为国戍轮台。
夜阑卧听风吹雨，铁马冰河入梦来。

秋夜将晓出篱门迎凉有感

宋 · 陆游

三万里河东入海，五千仞岳上摩天。
遗民泪尽胡尘里，南望王师又一年。

书　愤

宋 · 陆游

早岁那知世事艰，中原北望气如山。
楼船夜雪瓜洲渡，铁马秋风大散关。
塞上长城空自许，镜中衰鬓已先斑。
出师一表真名世，千载谁堪伯仲间！

游 山 西 村

宋 · 陆游

莫笑农家腊酒浑，丰年留客足鸡豚。
山重水复疑无路，柳暗花明又一村。
箫鼓追随春社近，衣冠简朴古风存。
从今若许闲乘月，拄杖无时夜叩门。

钗[1]头凤·红酥手①

宋·陆游

红酥[2]手，黄滕酒，满城春色宫墙柳。东风恶，欢情薄。一怀愁绪，几年离索。错！错！错！

春如旧，人空瘦，泪痕红浥[3]鲛[4]绡透。桃花落，闲池阁。山盟虽在，锦书难托。莫！莫！莫！

注音

［1］钗：chāi。［2］酥：sū。［3］浥：yì。［4］鲛：jiāo。

诉 衷 情

宋·陆游

当年万里觅封侯，匹马戍梁州。关河梦断何处？尘暗旧貂裘。
胡未灭，鬓先秋，泪空流。此生谁料，心在天山，身老沧州。

卜算子·咏梅

宋·陆游

驿外断桥边，寂寞开无主。已是黄昏独自愁，更著风和雨。
无意苦争春，一任群芳妒。零落成泥碾作尘，只有香如故。

夏 日 绝 句

宋·李清照

生当作人杰，死亦为鬼雄。
至今思项羽，不肯过江东。

延伸阅读

李清照（1084—1155），齐州济南（今山东省济南市章丘区）人，宋代（南北宋之交）著名女词人，号易安居士，婉约词派代表，有“千古第一才女”之称。李清照的词，前期

① 此词与唐琬的《钗头凤·世情薄》相对应。

多写其悠闲生活，后期多悲叹身世，情调感伤；形式上善用白描手法，独辟蹊径，语言清丽；论词强调协律，崇尚典雅，提出词“别是一家”之说，反对以作诗文之法作词。李清照的诗作，留存不多，部分篇章感时咏史，情辞慷慨，与其词风不同。曾有《易安居士文集》《易安词》，今已散佚。后人有《漱玉词》辑本，今有《李清照集校注》。

题八咏楼

宋·李清照

千古风流八咏楼，江山留与后人愁。
水通南国三千里，气压江城十四州。

如梦令·昨夜雨疏风骤

宋·李清照

昨夜雨疏风骤，浓睡不消残酒。
试问卷帘人，却道海棠依旧。
知否？知否？应是绿肥红瘦。

如梦令·常记溪亭日暮

宋·李清照

常记溪亭日暮，沉醉不知归路。
兴尽晚回舟，误入藕花深处。
争渡，争渡，惊起一滩鸥鹭。

一剪梅·红藕香残玉簟[1]秋

宋·李清照

红藕香残玉簟[1]秋。轻解罗裳[2]，独上兰舟。云中谁寄锦书来？雁字回时，月满西楼。花自飘零水自流。一种相思，两处闲愁。此情无计可消除，才下眉头，却上心头。

注音

［1］簟：diàn。 ［2］裳：cháng。

武陵春·春晚

宋·李清照

风住尘香花已尽，日晚倦梳头。物是人非事事休，欲语泪先流。

闻说双溪春尚好，也拟泛轻舟。只恐双溪舴[1]艋[2]舟，载不动许多愁。

注音

［1］舴：zé。 ［2］艋：měng。

醉花阴·薄雾浓云愁永昼

宋·李清照

薄雾浓云愁永昼，瑞脑消金兽。佳节又重阳，玉枕纱厨，半夜凉初透。

东篱把酒黄昏后，有暗香盈袖。莫道不消魂，帘卷西风，人比黄花瘦。

声声慢·寻寻觅觅

宋·李清照

寻寻觅觅，冷冷清清，凄凄惨惨戚戚。乍暖还寒时候，最难将息。三杯两盏淡酒，怎敌他晚来风急？雁过也，正伤心，却是旧时相识。

满地黄花堆积，憔悴损，如今有谁堪摘？守着窗儿，独自怎生得黑？梧桐更兼细雨，到黄昏，点点滴滴。这次第，怎一个“愁”字了得？

清平乐·村居

宋·辛弃疾

茅檐[1]低小，溪上青青草。
醉里吴音相媚好，白发谁家翁媪[2]？
大儿锄豆溪东，中儿正织鸡笼。
最喜小儿无赖，溪头卧剥莲蓬。

注音

［1］檐：yán。 ［2］媪：ǎo。

延伸阅读

辛弃疾（1140—1207），字幼安，山东济南府历城县（今济南市历城区）人，南宋豪放派词人，号稼轩，人称“词中之龙”，与苏轼合称“苏辛”，与李清照并称“济南二安”。辛弃疾生于金国，少年抗金归宋，曾任江西安抚使、福建安抚使等职，逝后追赠为少师，谥“忠敏”。辛弃疾现存的词有600多首，基本思想内容是强烈的爱国主义思想和战斗精神；艺术风格多样，以豪放为主；热情洋溢，慷慨悲壮，笔力雄厚。

西江月·夜行黄沙道中

宋·辛弃疾

明月别枝惊鹊，清风半夜鸣蝉。稻花香里说丰年，听取蛙声一片。

七八个星天外，两三点雨山前。旧时茅店社林边，路转溪桥忽见[1]。

注音

［1］见：xiàn（通“现”）。

青玉案·元夕

宋·辛弃疾

东风夜放花千树，更吹落，星如雨。宝马雕车香满路。凤箫声动，玉壶光转，一夜鱼龙舞。

蛾儿雪柳黄金缕，笑语盈盈暗香去。众里寻他千百度，蓦然回首，那人却在，灯火阑珊处。

南乡子·登京口北固亭有怀

宋·辛弃疾

何处望神州？满眼风光北固楼。千古兴亡多少事？悠悠。不尽长江滚滚流。

年少万兜[1]鍪[2]，坐断东南战未休。天下英雄谁敌手？曹刘。生子当如孙仲谋。

注音

［1］兜：dōu。　［2］鍪：móu。

菩萨蛮·书江西造口壁

宋·辛弃疾

郁孤台下清江水，中间多少行人泪！西北望长安，可怜无数山。
青山遮不住，毕竟东流去。江晚正愁余（一作“予”），山深闻鹧鸪。

破阵子·为陈同甫赋壮词以寄

宋·辛弃疾

醉里挑灯看剑，梦回吹角连营。八百里分麾[1]下炙[2]，五十弦翻塞外声。沙场秋点兵。
马作的卢飞快，弓如霹雳弦惊。了却君王天下事，赢得生前身后名。可怜白发生！

注音

［1］麾：huī。　［2］炙：zhì。

永遇乐·京口北固亭怀古

宋·辛弃疾

千古江山，英雄无觅孙仲谋处。舞榭歌台，风流总被雨打风吹去。斜阳草树，寻常巷陌，人道寄奴曾住。想当年，金戈铁马，气吞万里如虎。

元嘉草草，封狼居胥，赢得仓皇北顾。四十三年，望中犹记，烽火扬州路。可堪回首，佛狸祠下，一片神鸦社鼓。凭谁问：廉颇老矣，尚能饭否？

丑奴儿·书博山道中壁

宋·辛弃疾

少年不识愁滋味，爱上层楼；爱上层楼，为赋新词强说愁。
而今识尽愁滋味，欲说还休；欲说还休，却道“天凉好个秋！”

宿新市徐公店

宋·杨万里

篱落疏疏一径深，树头花落未成阴。
儿童急走追黄蝶，飞入菜花无处寻。

延伸阅读

杨万里（1127—1206），字廷秀，吉州吉水（今属江西省）人，南宋杰出爱国诗人，号诚斋，绍兴二十四年（1154年）进士，授赣州司户参军，调零陵丞。乾道，知奉新县，擢国子博士，迁太常博士，权吏部右侍郎官，将作少监。淳熙间，历知常州，提举广东常平茶盐，迁广东提点刑狱。淳熙十一年（1184年），召为吏部员外郎。历任枢密院检详官，尚书右、左司郎中，秘书少监。与尤袤、范成大、陆游合称南宋“中兴四大诗人”。杨万里诗歌大多描写自然景物，且以此见长，也有不少篇章反映民间疾苦，抒发爱国感情；语言浅近明白，清新自然，富有幽默情趣，称为“诚斋体”。代表作品有《晓出净慈寺送林子方》《小池》《宿新市徐公店》《舟过安仁》等。

舟过安仁

宋·杨万里

一叶渔船两小童，收篙[1]停棹[2]坐船中。
怪生无雨都张伞，不是遮头是使风。

注音

[1] 篙：gāo。　[2] 棹：zhào。

小　池

宋·杨万里

泉眼无声惜细流，树阴照水爱晴柔。
小荷才露尖尖角，早有蜻蜓立上头。

晓出净慈寺送林子方

宋·杨万里

毕竟西湖六月中，风光不与四时同。
接天莲叶无穷碧，映日荷花别样红。

过松源晨炊漆公店

宋·杨万里

莫言下岭便无难，赚得行人空喜欢。

正入万山圈子里，一山放过一山拦。

梅花

宋 · 王安石

墙角数枝梅，凌寒独自开。
遥知不是雪，为有暗香来。

延伸阅读

王安石（1021—1086），字介甫，小字獾郎，北宋临川（今江西省抚州）人，封荆国公，世人称其“王荆公”，晚号半山，谥“文”。中国杰出的政治家、文学家、思想家、改革家，新党领袖。宋神宗执政之时，王安石任宰相，曾发动改革，史称“王安石变法”，是中国历史上一次著名的变法改革。王安石变法之时，宋朝全盛，熙河之捷，扩地数千里，开国百年以来所未有者。其诗“学杜得其瘦硬”，擅长说理与修辞，善于用典故，风格遒劲有力，警辟精绝，也有情韵深婉的作品，内容亦能反映社会现实。词虽不多，却风格高峻豪放，感慨深沉，别具一格。著有《临川先生文集》。

泊船瓜州

宋 · 王安石

京口瓜州一水间，钟山只隔数重山。
春风又绿江南岸，明月何时照我还？

元日

宋 · 王安石

爆竹声中一岁除，春风送暖入屠苏。
千门万户曈[1]曈日，总把新桃换旧符。

注音

[1] 曈：tóng。

登飞来峰

宋 · 王安石

飞来山上千寻塔，闻说鸡鸣见日升。

不畏浮云遮望眼，只缘身在最高层。

叠题乌江亭

宋 · 王安石

百战疲劳壮士哀，中原一败势难回。
江东子弟今虽在，肯为君王卷土来。

桂枝香 · 金陵怀古

宋 · 王安石

登临送目，正故国晚秋，天气初肃。千里澄江似练，翠峰如簇[1]。征帆去棹[2]残阳里，背西风，酒旗斜矗。彩舟云淡，星河鹭起，画图难足。

念往昔，豪华竞逐。叹门外楼头，悲恨相续。千古凭高对此，慢嗟荣辱。六朝旧事随流水，但寒烟衰草凝绿。至今商女，时时犹唱，《后庭》遗曲。

注音

［1］簇：cù。　［2］棹：zhào。

破阵子 · 春景

宋 · 晏[1]殊[2]

燕子来时新社，梨花落后清明。池上碧苔三四点，叶底黄鹂一两声，日长飞絮轻。

巧笑东邻女伴，采桑径里逢迎。疑怪昨宵春梦好，元是今朝斗草赢，笑从双脸生。

注音

［1］晏：yàn。　［2］殊：shū。

延伸阅读

晏殊（991—1055），字同叔，抚州府临川城（今江西进贤县文港镇沙河村，位于香楠峰下）人，北宋著名词人、诗人、散文家，其父为抚州府手力节级。晏殊是当时的抚州籍第一个宰相。晏殊与其第七子晏几道，在当时北宋词坛上，被称为“大晏”和“小晏”。北宋前期婉约派词人之一。14 岁时就因才华洋溢而被朝廷赐为进士。之后到秘书省做正字，北宋仁宗即位之后，升官做了集贤殿学士，仁宗至和二年（1055 年），时年 65 岁过世。性刚简，自奉清俭。能荐拔人才，如范仲淹、欧阳修均出其门下。他生平著作相当丰富，计

有文集 140 卷，及删次梁陈以下名臣述作为《集选》100 卷，一说删并《世说新语》。主要作品有《珠玉词》。

踏莎行·小径红稀

宋·晏殊

小径红稀，芳郊绿遍。高台树色阴阴见。春风不解禁杨花，蒙蒙乱扑行人面。
翠叶藏莺，朱帘隔燕。炉香静逐游丝转。一场愁梦酒醒时，斜阳却照深深院。

浣溪沙·一曲新词酒一杯

宋·晏殊

一曲新词酒一杯，去年天气旧池台①，夕阳西下几时回？
无可奈何花落去，似曾相识燕归来，小园香径独徘徊。

蝶恋花·槛菊愁烟兰泣露

宋·晏殊

槛[1]菊愁烟兰泣露。罗幕轻寒，燕子双飞去。明月不谙[2]离恨苦，斜光到晓穿朱户。
昨夜西风凋碧树。独上高楼，望尽天涯路。欲寄彩笺[3]兼尺素，山长水阔知何处？

注音

［1］槛：jiàn。　［2］谙：ān。　［3］笺：jiān。

雨霖铃·寒蝉凄切

宋·柳永

寒蝉凄切，对长亭晚，骤雨初歇。都门帐饮无绪，留恋处兰舟催发。执手相看泪眼，竟无语凝噎。念去去千里烟波，暮霭沈沈楚天阔。

多情自古伤离别，更那堪冷落清秋节！今宵酒醒何处？杨柳岸晓风残月。此去经年，应是良辰好景虚设。便纵有千种风情，更与何人说！

延伸阅读

柳永（约 987—约 1053），祖籍河东（今属山西省），后移居崇安（今福建省武夷山市

---

① 有的教材中为“亭台”。

上梅乡白水村）。原名三变，字景庄，后改名永，字耆卿，称“白衣卿相”，排行第七，又称“柳七”。北宋词人，婉约派最具代表性的人物，代表作有《雨霖铃•寒蝉凄切》。

蝶恋花·伫倚危楼风细细

宋·柳永

伫倚危楼风细细。望极春愁，黯黯生天际。草色烟光残照里，无言谁会凭栏意。
拟把疏狂图一醉。对酒当歌，强乐还无味。衣带渐宽终不悔，为伊消得人憔悴。

望海潮·东南形胜

宋·柳永

东南形胜，江吴都会，钱塘自古繁华。烟柳画桥，风帘翠幕，参差十万人家。云树绕堤沙，怒涛卷霜雪，天堑无涯。市列珠玑，户盈罗绮[1]，竞豪奢。

重湖叠巘[2]清嘉，有三秋桂子，十里荷花。羌管弄晴，菱歌泛夜，嬉嬉钓叟莲娃。千骑拥高牙，乘醉听箫鼓，吟赏烟霞。异日图将好景，归去凤池夸。

注音

［1］绮：qǐ。　［1］巘：yǎn。

生查子·元夕

宋·欧阳修

去年元夜时，花市灯如昼。月上柳梢头，人约黄昏后。
今年元夜时，月与灯依旧。不见去年人，泪湿春衫袖。

延伸阅读

欧阳修（1007—1072），字永叔，绵州（今四川省绵阳市）人，号醉翁、六一居士，谥号“文忠”，汉族江右民系。北宋法家人物，且在政治上负有盛名。因吉州原属庐陵郡，以“庐陵欧阳修”自居。官至翰林学士、枢密副使、兵部尚书、参知政事，世称欧阳文忠公。后人又将其与韩愈、柳宗元和苏轼合称“千古文章四大家”。

踏莎[1]行·候馆梅残

宋·欧阳修

候馆梅残，溪桥柳细。草薰风暖摇征辔[2]。离愁渐远渐无穷，迢[3]迢不断如春水。

寸寸柔肠，盈盈粉泪。楼高莫近危栏倚。平芜尽处是春山，行人更在春山外。

注音

［1］莎：suō。 ［2］辔：pèi。 ［3］迢：tiáo。

蝶恋花·庭院深深深几许

宋·欧阳修

庭院深深深几许？杨柳堆烟，帘幕无重数。玉勒[1]雕鞍游冶[2]处，楼高不见章台路。

雨横风狂三月暮，门掩黄昏，无计留春住。泪眼问花花不语，乱红飞过秋千去。

注音

［1］勒：lè。 ［2］冶：yě。

丰乐亭游春

宋·欧阳修

红树青山日欲斜，长郊草色绿无涯。
游人不管春将老，来往亭前踏落花。

江 上 渔 者

宋·范仲淹

江上往来人，但爱鲈鱼美。
君看一叶舟，出没风波里。

延伸阅读

范仲淹（989—1052），字希文，谥“文正”，亦称范履霜，祖籍邠州（今陕西省彬县），后迁居苏州吴县（今江苏省吴县），北宋著名政治家、文学家、军事家、教育家。他为政清廉，体恤民情，刚直不阿，力主改革，屡遭奸佞诬谤，数度被贬。他的文学素养很高，其著作《岳阳楼记》中的“先天下之忧而忧，后天下之乐而乐”为千古名句。有《范文正公集》等传世。

渔家傲·秋思

宋·范仲淹

塞下秋来风景异，衡阳雁去无留意。四面边声连角起，千嶂里，长烟落日孤城闭。

浊酒一杯家万里，燕然未勒归无计。羌管悠悠霜满地，人不寐，将军白发征夫泪。

苏幕遮·怀旧

宋·范仲淹

碧云天，黄叶地。秋色连波，波上寒烟翠。
山映斜阳天接水。芳草无情，更在斜阳外。
黯乡魂，追旅思。夜夜除非，好梦留人睡。
明月楼高休独倚。酒入愁肠，化作相思泪。

池州翠微亭

宋·岳飞

经年尘土满征衣，特特寻芳上翠微。
好水好山看不足，马蹄催趁月明归。

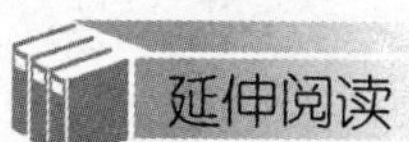

岳飞（1103—1142），字鹏举，宋代相州汤阴（今河南省汤阴市）人，南宋杰出的军事家、战略家，抗金名将。他精通韬略、精于骑射，又善诗词、书法。岳飞治军，赏罚分明，纪律严整，又能体恤部属，以身作则，他率领的军队被称为“岳家军”，号称“冻杀不拆屋，饿杀不打掳”。金人流传着“撼山易，撼岳家军难”的哀叹，这是对“岳家军”的最高赞誉。岳飞反对宋廷“仅令自守以待敌，不敢远攻而求胜”的消极防御战略，一贯主张积极进攻，以夺取抗金斗争的胜利。他是南宋初唯一组织大规模进攻战役的统帅。在宋金议和过程中，岳飞遭受秦桧、张俊等人的诬陷，被捕入狱。1142 年 1 月 27 日，岳飞以“莫须有”的“谋反”罪名被朝廷杀害。后平反昭雪，追谥“武穆”、追赠“太师”、追封“鄂王”，改谥“忠武”。

小重山·昨夜寒蛩不住鸣

宋·岳飞

昨夜寒蛩[1]不住鸣。惊回千里梦，已三更。起来独自绕阶行。人悄悄，帘外月胧明。

白首为功名，旧山松竹老，阻归程。欲将心事付瑶琴。知音少，弦断有谁听？

注音

［1］蛩：qióng。

满江红·写怀

宋·岳飞

怒发冲冠，凭阑处，潇潇雨歇。抬望眼，仰天长啸，壮怀激烈。三十功名尘与土，八千里路云和月。莫等闲，白了少年头，空悲切！

靖康耻，犹未雪；臣子恨，何时灭！驾长车，踏破贺兰山缺。壮志饥餐胡虏[1]肉，笑谈渴饮匈奴血。待从头，收拾旧山河，朝天阙[2]！

注音

［1］虏：lǔ。　［2］阙：què。

春　日

宋·朱熹

胜日寻芳泗[1]水滨[2]，无边光景一时新。
等闲识得东风面，万紫千红总是春。

注音

［1］泗：sì。　［2］滨：bīn。

延伸阅读

朱熹（1130—1200），小名沋郎，小字季延，字元晦，一字仲晦，南宋江南东路徽州婺源（今江西省婺源县）人，号晦庵，晚称晦翁，又称“紫阳先生”“考亭先生”“沧州病叟”“云谷老人”。谥“文”，又称“朱文公”，尊称“朱子”。朱熹家境穷困，自小聪颖，弱冠及第，中绍兴十八年（1148年）进士，历高孝光宁四朝。于建阳云谷结草堂名“晦庵”，在此讲学，世称“考亭学派”，承北宋周敦颐与二程学说，创立宋代研究哲理的学风，称为理学。其著作甚多，辑定《大学》《中庸》《论语》《孟子》为四书作为教本。南宋诗人、哲学家、教育家。宋代理学的集大成者，继承了北宋程颢、程颐的理学，完成了理气一元论的体系。

观书有感

宋·朱熹

半亩方塘一鉴开，天光云影共徘徊。
问渠那得清如许？为有源头活水来。

夜书所见

宋·叶绍翁

萧萧梧叶送寒声，江上秋风动客情。
知有儿童挑促织，夜深篱落一灯明。

叶绍翁（生卒年不详），字嗣宗，处州龙泉（今浙江省丽水市龙泉市）人，南宋著名诗人。号靖逸。叶绍翁属江湖派诗人，多写田园风光，富生活情趣，尤善七言绝句，代表作《游园不值》有“春色满园关不住，一枝红杏出墙来”两句，匠心独具，富生活情趣。

游园不值

宋·叶绍翁

应怜屐齿印苍苔，小扣柴扉久不开。
春色满园关不住，一枝红杏出墙来。

酒泉子（十之一）

宋·潘阆[1]

长忆钱塘，不是人寰[2]是天上。万家掩映翠微间，处处水潺[3]潺。
异花四季当窗放，出入分明在屏障。别来垂柳几经秋，何日得重游？

注音

［1］阆：làng。［2］寰：huán。［3］潺：chán。

潘阆（?—1009），字梦空，一说字逍遥，大名（今属河北省）人，一说扬州（今属江

苏省）人，宋初著名隐士、文人。号逍遥子。性格疏狂，曾两次坐事亡命。真宗时释其罪，任滁州参军。其诗风格类孟郊、贾岛，亦工词，今仅存《酒泉子》10首。

鲁山山行

宋 · 梅尧[1]臣

适与野情惬[2]，千山高复低。
好峰随处改，幽径独行迷。
霜落熊升树，林空鹿饮溪。
人家在何许，云外一声鸡。

注音

［1］尧：yáo。　［2］惬：qiè。

延伸阅读

梅尧臣（1002—1060），字圣俞，宣城（今安徽省宣城市）人，世称“宛陵先生”。北宋著名现实主义诗人。少时应进士不第，历任州县官属。中年后赐同进士出身，授国子监直讲，官至尚书都官员外郎。在北宋诗文革新运动中，与欧阳修、苏舜钦齐名，并称“梅欧”或“苏梅”。其早期诗歌创作，曾受西昆诗派影响，后诗风变化，强调《诗经》《离骚》的传统，反对浮艳空泛。艺术上，注重诗歌的形象性、意境含蓄等特点，主张“状难写之景如在目前，含不尽之意见于言外”。所作多反映社会现实和民生疾苦，如《田家语》《汝坟贫女》《襄城对雪》之二、《猛虎行》等。诗风平淡含蓄，语言朴素自然，形象清澈新颖，如《鲁山山行》，细腻地描写晚秋山间荒凉幽静的景致。

绝　句

宋 · 志南

古木阴中系短篷，杖藜扶我过桥东。
沾衣欲湿杏花雨，吹面不寒杨柳风。

延伸阅读

志南（生卒年不详），南宋诗僧，志南是他的法号。他在当时的文坛上没有“中兴四大诗人”有名，但仅这短短的一首诗却使其闻名于世。

淮中晚泊犊[1]头

宋·苏舜钦[2]

春阴垂野草青青，时有幽花一树明。
晚泊孤舟古祠[3]下，满川风雨看潮生。

注音

［1］犊：dú。　［2］钦：qīn。　［3］祠：cí。

延伸阅读

苏舜钦（1008—1048），字子美，梓州铜山（今四川省中江县）人，迁居开封（今属河南省），北宋诗人。曾任县令、大理评事、集贤殿校理、监进奏院等职。因支持范仲淹的庆历革新，为守旧派所恨，御史中丞王拱辰让其属官劾奏苏舜钦，劾其在进奏院祭神时用卖废纸之钱宴请宾客，遂罢职闲居苏州。后来复起为湖州长史，但不久就病故了。他与梅尧臣齐名，人称“梅苏”。著有《苏学士文集》。

卜算子·送鲍浩然之浙东

宋·王观

水是眼波横，山是眉峰聚。欲问行人去那边？眉眼盈盈处。
才始送春归，又送君归去。若到江南赶上春，千万和春住。

延伸阅读

王观（1035—1100），字通叟，如皋（今属江苏省）人，宋代词人。王安石为开封府试官时，科举及第。宋仁宗嘉祐二年（1057年）考中进士。高太后对王安石等变法不满，认为王观属于王安石门生，就以《清平乐》亵渎了宋神宗为名，第二天便将王观罢职。王观于是自号“逐客”，从此以一介平民生活。

山园小梅

宋·林逋[1]

众芳摇落独喧[2]妍[3]，占尽风情向小园。
疏影横斜水清浅，暗香浮动月黄昏。

霜禽欲下先偷眼，粉蝶如知合断魂。
幸有微吟可相狎[4]，不须檀[5]板共金樽。

注音

[1] 逋：bū。 [2] 喧：xuān。 [3] 妍：yán。 [4] 狎：xiá。 [5] 檀：tán。

延伸阅读

林逋（967—1028），字君复，奉化大里黄贤村（一说杭州钱塘）人。幼时刻苦好学，通晓经史百家。书载性孤高自好，喜恬淡，勿趋荣利。长大后，曾漫游江淮间，后隐居杭州西湖，结庐孤山，终身不仕，未娶妻室，与梅花、仙鹤做伴，称“梅妻鹤子”。常驾小舟遍游西湖诸寺庙，与高僧诗友相往还。每逢客至，叫门童子纵鹤放飞，林逋见鹤必棹舟归来。作诗随就随弃，从不留存。宋仁宗赐谥“和靖先生”。

鄂[1]州南楼书事（其一）

宋 · 黄庭坚

四顾山光接水光，凭栏十里芰[2]荷香。
清风明月无人管，并作南楼一味凉。

注音

[1] 鄂：è。 [2] 芰：jì。

延伸阅读

黄庭坚（1045—1105），字鲁直，洪州分宁（今江西省九江市修水县）人。北宋诗人，乃江西诗派祖师，号山谷道人，晚号涪翁。书法亦能树格，为“宋四家”之一。黄庭坚笃信佛教，事亲颇孝，虽居官，却自为亲洗涤便器，亦为“二十四孝”之一。

宿甘露寺僧舍

宋 · 曾公亮

枕中云气千峰近，床底松声万壑[1]哀。
要看银山拍天浪，开窗放入大江来。

注音

[1] 壑：hè。

延伸阅读

曾公亮（998—1078），字明仲，泉州晋江（今福建省泉州市）人。北宋著名政治家、军事家、军火家。号乐正。仁宗天圣二年（1024 年）进士，仕仁宗、英宗、神宗三朝，历官知县、知州，知府、知制诰、翰林学士、端明殿学士，参知政事，枢密使和同中书门下平章事等。封兖国公、鲁国公，卒赠太师、中书令，配享英宗庙廷，赐谥“宣靖”。曾公亮与丁度承旨编撰《武经总要》，为中国古代第一部官方编纂的军事科学百科全书。

乡 村 四 月

宋 · 翁卷[1]

绿遍山原白满川，子规声里雨如烟。
乡村四月闲人少，才了蚕桑又插田。

［1］卷：juān。

延伸阅读

翁卷（生卒年不详），字续古，一字灵舒，乐清（今属浙江省）人，南宋诗人。工诗，为“永嘉四灵”之一。曾领乡荐《四库提要》作“尝登淳祐癸卯乡荐”，《乐清县志》承此，而近人以为是淳熙癸卯，相差一个甲子。衡诸翁卷生平，前者过早，后者过尽，疑都不确，生平未仕。以诗游士大夫间。著有《四岩集》。

四时田园杂兴

宋 · 范成大

昼出耘田夜绩麻，村庄儿女各当家。
童孙未解供耕织，也傍桑阴学种瓜。

延伸阅读

范成大（1126—1193），字致能，吴郡（今江苏省苏州市）人，号石湖居士，谥“文穆”。其诗风格轻巧，但好用僻典、佛典。杨万里称其：“大篇决流，短章敛芒；缛而不酿，缩而不僒。清新妩媚，奄有鲍谢；奔逸隽伟，穷追太白。求其支字之陈陈，一唱之呜呜，不可得世。”晚年所作《四时田园杂兴》60 首是其代表作，钱钟书在《宋诗选注》中谓之“也

算得中国古代田园诗的集大成”。他同时还是著名的词作家、地理学家。出使金国有日记《揽辔录》。

约　客

宋·赵师秀

黄梅时节家家雨，青草池塘处处蛙。
有约不来过夜半，闲敲棋子落灯花。

延伸阅读

赵师秀（1170—1219），字紫芝，号灵秀、灵芝、天乐。永嘉（今浙江省温州市）人，南宋诗人。光宗绍熙元年（1190 年）进士。宁宗庆元元年（1195 年）任上元主簿，后为筠州推官。晚年宦游，逝于临安。

鹊　桥　仙

宋·秦观

纤云弄巧，飞星传恨，银汉迢迢暗度。金风玉露一相逢，便胜却人间无数。
柔情似水，佳期如梦，忍顾鹊桥归路。两情若是久长时，又岂在朝朝暮暮！

延伸阅读

秦观（1049—1100），字少游、太虚，扬州高邮（今属江苏省）人，北宋中后期著名词人、文字家。号淮海居士、邗沟居士。颇得苏轼赏识，与黄庭坚、张耒（lěi）、晁补之合称“苏门四学士”。熙宁十一年（1078 年）作《黄楼赋》，苏轼赞他“有屈宋之才”。元丰七年（1084 年）秦观自编文集十卷后，苏轼为之作书，向王安石推荐，王安石称他“有鲍、谢清新之致”。

登岳阳楼（其一）

宋·陈与义

洞庭之东江水西，帘旌不动夕阳迟。
登临吴蜀横分地，徙倚湖山欲暮时。
万里来游还望远，三年多难更凭危。
白头吊古风霜里，老木沧波无限悲。

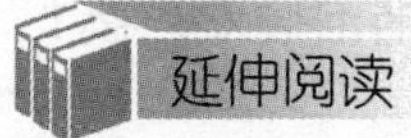

延伸阅读

陈与义（1090—1138），字去非，洛阳（今属河南省）人，号简斋。徽宗政和三年（1113年）甲科进士，授开德府教授。宣和四年（1122年）擢太学博士、著作佐郎。宋室南渡后，避乱于襄汉。高宗建炎四年（1130年），召为兵部员外郎。绍兴元年（1131年）迁中书舍人。绍兴五年（1135年），召为给事中。绍兴六年（1136年），拜翰林学士。绍兴八年（1138年）以资政殿学士知湖州。作品有《登岳阳楼》《襄邑道中》等。

扬州慢·淮左名都

宋·姜夔[1]

淮[2]左名都，竹西佳处，解[3]鞍少驻初程。过春风十里，尽荠麦青青。自胡马窥江去后，废池乔木，犹厌言兵。渐黄昏，清角吹寒，都在空城。

杜郎俊赏，算而今重到须惊。纵豆蔻[4]词工，青楼梦好，难赋深情。二十四桥仍在，波心荡冷月无声。念桥边红药，年年知为谁生！

注音

［1］夔：kuí。　［2］淮：huái。　［3］解：xiè。　［4］蔻：kòu。

延伸阅读

姜夔（1154—1221），字尧章，饶州鄱阳（今江西省鄱阳县）人，南宋文学家、音乐家。号白石道人。他少年孤贫，屡试不第，终生未仕，一生转徙江湖，靠卖字和朋友接济为生。他多才多艺，精通音律，能自度曲，其词格律严密。其作品素以空灵含蓄著称。姜夔对诗词、散文、书法、音乐，无不精善，是继苏轼之后又一难得的艺术全才。姜夔的词，题材广泛，有感时、抒怀、咏物、恋情、写景、记游、节序、交游、酬赠等。他在词中抒发了自己虽流落江湖，但不忘君国的感时伤世思想，描写了自己漂泊羁旅的生活，抒发了自己不得入仕及情场失意苦闷心情的，以及超凡脱俗、飘然不群，有如孤云野鹤般的个性。姜夔晚居西湖，卒葬西马塍。有《白石道人诗集》《白石道人歌曲》《续书谱》《绛帖平》等书传世。

钗头凤·世情薄

宋·唐琬

世情薄，人情恶，雨送黄昏花易落。晓风干，泪痕残。欲笺心事，独语斜阑。难！难！难！

人成各，今非昨，病魂常似秋千索。角声寒，夜阑珊，怕人寻问，咽泪装欢。瞒！瞒！瞒！

延伸阅读

唐琬（生卒年不详），字蕙仙，是陆游母舅唐诚的女儿，自幼文静灵秀，才华横溢。她是陆游的第一任妻子，与陆游两情相悦，后因陆母偏见而被拆散。绍兴二十一年（1155 年），陆游礼部会试失利后到沈园散心，偶然遇见了唐琬，两个人都非常难过。陆游感伤地在墙上题了一首《钗头凤 · 红酥手》。1156 年，唐琬再次来到沈园，瞥见陆游的题词，不由感慨万千，她也因此写下著名的《钗头凤 · 世情薄》，此后不久，便抑郁而终。因此，也就有了陆游众多纪念佳人的千古绝唱。

苏幕遮 · 燎沉香

宋 · 周邦彦

燎沉香，消溽暑，鸟雀呼晴，侵晓窥檐语。叶上初阳干宿雨，水面清圆，一一风荷举。故乡遥，何日去？家住吴门，久作长安旅。五月渔郎相忆否？小楫轻舟，梦入芙蓉浦。

延伸阅读

周邦彦（1056—1121），字美成，钱塘（今浙江省杭州市）人，北宋末期著名的词人、音乐家。号清真居士。周邦彦少年时期个性比较疏散，但相当喜欢读书。宋神宗时，他写了一篇《汴都赋》，赞扬新法，因此由诸生擢为太学正，任教太学。当上学正后，常有积极作为，但在仕途上并没有得意的成果，长期在州县间担任小官职。倒是词越写越受世人喜爱，加上精通音律，能自创新曲，词名越来越大。周邦彦在徽宗时期作品最多，大部分作品带有华美、轻狂的特质，长期被后人尊为“词家之冠”。

过零丁洋

宋 · 文天祥

辛苦遭逢起一经，干戈寥落四周星。
山河破碎风飘絮，身世浮沉雨打萍。
惶恐滩头说惶恐，零丁洋里叹零丁。
人生自古谁无死，留取丹心照汗青。

延伸阅读

文天祥（1236—1283），初名云孙，字天祥，后换以天祥为名，改字履善，宝祐四年（1256

年）中状元后再改字宋瑞，后因住过文山，而号文山，汉族江右民系，吉州吉水（今江西省吉安县）人。宋理宗宝祐四年举进士第一，宋恭帝德祐元年（1275年），元兵长驱东下，文天祥于家乡起兵抗元。次年，临安被围，任右丞相兼枢密使，奉命往敌营议和，因坚决抗争被拘，后得以脱逃，转战于赣、闽、岭等地，兵败被俘。受俘期间，元世祖忽必烈以高官厚禄劝降，文天祥宁死不屈，从容赴义。生平事迹被后世称颂，与陆秀夫、张世杰并称为“宋末三杰”。

题临安邸[1]

宋·林升

山外青山楼外楼，西湖歌舞几时休？
暖风熏得游人醉，直把杭州作汴[2]州。

注音

［1］邸：dǐ。　［2］汴：biàn。

延伸阅读

林升（?—1393），平阳盖竹人，阳江县（今广东省阳江市）尹林淳之子。明洪武五年（1372年）由荐入仕，官至刑部主事，四川左参政（从三品），后退出官场。

第四章 元朝、明朝、清朝诗词曲选读

墨 梅

元 · 王冕[1]

我家洗砚池头树，朵朵花开淡墨痕。
不要人夸颜色好，只留清气满乾[2]坤。

注音

[1] 冕：miǎn。 [2] 乾：qián。

延伸阅读

王冕（1287—1359），字元章，一字元肃，诸暨（属浙江省）人，元代著名画家。号煮石山农，别号很多，有竹斋生、会稽山农、会稽外史、梅花屋主、九里先生、江南古客、江南野人、山阴野人、浮萍轩子、竹冠草人、梅叟、饭牛翁、煮石道者、闲散大夫、老龙、老村等。工画墨梅，枝叶密繁，生意盎然，劲健有力，或用胭脂作没骨梅；亦擅竹石。

山坡羊 · 潼关怀古

元 · 张养浩

峰峦如聚，波涛如怒，山河表里潼关路。望西都，意踌躇。
伤心秦汉经行处，宫阙万间都做了土。兴，百姓苦；亡，百姓苦！

延伸阅读

张养浩（1270—1329），字希孟，济南（今属山东省济南市）人，唐朝名相张九龄的弟弟张九皋的第23代孙。号云庄。元代散曲家。诗文兼擅，而以散曲著称。

山坡羊 · 骊[1]山怀古

元 · 张养浩

骊山四顾，阿[2]房一矩，当时奢侈今何处？草萧疏，水萦[3]纡[4]。

至今遗恨迷烟树，列国周齐秦汉楚。赢，都变做了土；输，都变做了土。

注音

［1］骊：lí。［2］阿：ē。［3］萦：yíng。［4］纡：yū。

雁儿落带得胜令

元 · 张养浩

云来山更佳，云去山如画。山因云晦明，云共山高下。
倚杖立云沙，回首见山家。野鹿眠山草，山猿戏野花。
云霞，我爱山无价，看时行踏，云山也爱咱。

天净沙 · 秋思

元 · 马致远

枯藤老树昏鸦，小桥流水人家，古道西风瘦马。
夕阳西下，断肠人在天涯。

延伸阅读

马致远（1250—1324），字千里，大都（今北京市）人。号东篱。他是一位“姓名香贯满梨园”的著名作家，又是“元贞书会”的重要人物。与关汉卿、郑光祖、白朴并称为“元曲四大家”（另有一说为关汉卿、马致远、王实甫、白朴），关汉卿为“元曲四大家”之首。被尊称为“曲状元”，在元代的文学史上具有极高的声誉。著有杂剧 15 种，其散曲作品也负盛名，剧本全都涉及全真教的故事。元末明初贾仲明在诗中说：“万花丛中马神仙，百世集中说致远。”

蟾宫曲 · 叹世

元 · 马致远

咸阳百二山河，两字功名，几阵干戈。项废东吴，刘兴西蜀，梦说南柯。
韩信功兀[1]的般证果，蒯[2]通言那里是风魔？成也萧何，败也萧何，醉了由他[3]。

注音

［1］兀：wū。［2］蒯：kuǎi。［3］他：tuō。

天净沙·秋

元·白朴

孤村落日残霞，轻烟老树寒鸦，一点飞鸿影下。
青山绿水，白草红叶黄花。

延伸阅读

白朴（1226—约1306），原名恒，字仁甫，后改名朴，字太素，号兰谷。祖籍隩州（今山西省河曲县），后徙居真定（今河北省正定县），晚岁寓居金陵（今南京市），终身未仕。他是元代著名的杂剧作家，代表作主要有《唐明皇秋夜梧桐雨》《裴少俊墙头马上》《董秀英花月东墙记》等。

一枝花，不伏老（节选）

元·关汉卿

我是个蒸不烂、煮不熟、捶不匾、炒不爆、响珰珰一粒铜豌豆。
恁子弟每谁教你钻入他锄不断、斫[1]不下、解不开、顿不脱、慢腾腾千层锦套头。
我玩的是梁园月，饮的是东京酒，赏的是洛阳花，攀的是章台柳。
我也会围棋，会蹴鞠，会打围，会插科，会歌舞，会吹弹，会咽作，会吟诗，会双陆。
你便是落了我牙，歪了我嘴，瘸了我腿，折了我手。
天赐与我这几般儿歹症候，尚兀自不肯休。
则除是阎王亲自唤，神鬼自来勾，三魂归地府，七魄丧冥幽。
天哪，那其间才不向烟花路儿上走。

注音

［1］斫：zhuó。

延伸阅读

关汉卿（约1220—1300），金末元初杂剧作家，是中国古代戏曲创作的代表人物。号已斋（一作一斋）、已斋叟。解州人（今山西省运城市），关于他的籍贯，还有祁州（今河北省保定市安国市）伍仁村和大都（今北京市）两种说法，大约生于金代末年（约1220年），卒于元成宗大德初年（约1300年）。

周瑜舞剑作歌

元末明初 · 罗贯中《三国演义》

丈夫处世兮立功名，立功名兮慰平生。
慰平生兮吾将醉，吾将醉兮发狂吟！

罗贯中（约 1330—约 1400），名本，字贯中，山西并州（今山西省太原市）人，号湖海散人。元末明初著名小说家、戏曲家，是中国章回小说的鼻祖。他的一生著作颇丰，主要作品有剧本《赵太祖龙虎风云会》《忠正孝子连环谏》《三平章死哭蜚虎子》，小说《隋唐两朝志传》《残唐五代史演义》《三遂平妖传》《粉妆楼》，代表作《三国演义》等。

群英会蒋干中计

元末明初 · 罗贯中《三国演义》

曹操奸雄不可当，一时诡计中周郎。
蔡张卖主求生计，谁料今朝剑下亡！

画　鸡

明 · 唐寅

头上红冠不用裁，满身雪白走将来。
平生不敢轻言语，一叫千门万户开。

延伸阅读

唐寅（1470—1524），字伯虎，又字子畏，以字行，明代著名画家、文学家。号六如居士、桃花庵主、逃禅仙吏等。南直隶苏州吴县人，“吴中四才子”之一。在画史上又与沈周、文征明、仇英合称“明四家”或“吴门四家”。民间有很多关于唐伯虎的传说，最为人熟悉的《唐伯虎点秋香》曾多次被改编成戏剧，以及拍成电视剧及电影，也宣传、加深了唐伯虎在民间的形象。唐寅以山水画、人物画闻名于世。

马　上　作

明 · 戚继光

南北驱驰报主情，江花边草笑平生。

一年三百六十日，都是横戈马上行。

延伸阅读

戚继光（1528—1588），字元敬，山东省登州市人，祖籍安徽省定远县。号南塘，晚号孟诸。明代著名抗倭将领、军事家，与俞大猷齐名。其父戚景通任漕运官员（今山东省微山县鲁桥镇），戚继光亦出生于此地。率军之日于浙、闽、粤沿海诸地抗击来犯倭寇，历十余年，大小八十余战，终于扫平倭寇之患，被誉为“民族英雄”，卒谥“武毅”。世人称其带领的军队为“戚家军”。有多部军事著作及诗作传世，戚继光纪念馆现为福建省爱国教育基地。

石灰吟

明·于谦

千锤万凿出深山，烈火焚烧若等闲。
粉身碎骨浑不怕，要留清白在人间。

延伸阅读

于谦（1398—1457），字廷益，浙江钱塘人，明代著名清官、民族英雄。号节庵。明朝永乐年间进士，曾巡按江西，巡抚河南、山西，政绩卓著。正统十四年（1449年），在蒙古族瓦剌部入侵，发生土木之变，明英宗被俘，明王朝危在旦夕之际，于谦临危受命，任兵部尚书，提出“社稷为重君为轻”的主张，力阻南迁，亲自指挥数十万军民进行了名扬青史的北京保卫战，力挽狂澜击退瓦剌，在中国历史上抒写了壮烈辉煌的一页。

别云间

明·夏完淳

三年羁旅客，今日又南冠。无限山河泪，谁言天地宽？
已知泉路近，欲别故乡难。毅魄归来日，灵旗空际看。

延伸阅读

夏完淳（1631—1647），原名复，字存古，明松江府华亭县（今上海市松江区）人，明末著名诗人，少年抗清英雄。号小隐、灵首（一作灵胥），乳名端哥。祖籍浙江会稽，明思宗崇祯四年生于松江（今属上海市），家住郡城西花园浜。其父夏允彝为江南名士，与其师陈子龙创立几社。夏完淳受父亲影响，矢志忠义，崇尚名节。他天资聪颖，早慧，5岁读经史，7岁能诗文，9岁写出《代乳集》。父亲出游远方，常带他在身边，使他阅历山川，

接触天下豪杰。从陈子龙为师，又受知于复社领袖张溥，在文章气节方面，深受二人熏陶。

朝天子·咏喇叭

明·王磐[1]

喇叭，唢呐，曲儿小，腔儿大。官船往来乱如麻，全仗你抬身价。
军听了军愁，民听了民怕，哪里去辨甚么真共假？
眼见的吹翻了这家，吹伤了那家，只吹的水尽鹅飞罢！

注音

［1］磐：pán。

延伸阅读

王磐（约1470—1530），字鸿渐，江苏高邮人，称为“南曲之冠”。明代散曲作家、画家，亦通医学。少时薄科举，不应试，一生没有做过官，纵情于山水诗画之间，筑楼于城西，终日与文人雅士歌吹吟咏，因自号“西楼”。所作散曲，题材广泛。正德间，宦官当权，船到高邮，辄吹喇叭，骚扰民间，作《朝天子·咏喇叭》一首以讽。

临江仙·滚滚长江东逝水

明·杨慎[1]

滚滚长江东逝水，浪花淘尽英雄。是非成败转头空。青山依旧在，几度夕阳红。
白发渔樵[2]江渚[3]上，惯看秋月春风。一壶浊酒喜相逢。古今多少事，都付笑谈中。

注音

［1］慎：shèn。　［2］樵：qiáo。　［3］渚：zhǔ。

延伸阅读

杨慎（1488—1559）字用修，号升庵，新都（今属四川省）人，明代文学家。自幼聪颖，11岁即能作诗。12岁，写成《古战场文》，众人皆惊。进京后，写《黄叶诗》，为李东阳所赞赏，让他在自己门下学习。明武宗正德六年（1511年）中辛未科殿试一甲第一名（状元），赐进士及第，授翰林院修撰。正德十二年（1517年）八月，武宗微行出居庸关，因杨慎上疏抗谏，被迫称病还乡。

朝 求 升

明末起义军歌谣

朝求升，暮求合，近来贫汉难存活。早早开门拜闯王，管教大小都欢悦。

西江月（一）

清 · 曹雪芹《红楼梦》

无故寻愁觅恨，有时似傻如狂。
纵然生得好皮囊，腹内原来草莽。
潦倒不通庶务，愚顽怕读文章。
行为偏僻性乖张，那管世人诽谤！

延伸阅读

曹雪芹（约1715—约1763），名霑，字芹圃，祖籍辽阳，清代著名小说家，号芹溪、梦阮。曹雪芹是内务府汉军旗人，出身“百年望族”的大官僚地主家庭。曹雪芹的曾祖母孙氏做过康熙的乳母，祖父曹寅做过康熙的侍读。从康熙二年（1663年）至雍正五年（1727年），曾祖曹玺、祖父曹寅、父亲曹颙、叔父曹頫，相继担任江宁织造60多年。织造专为官廷采办丝织品和各种日用品，官阶虽不高，却非皇帝亲信万不能充任。但“忽喇喇似大厦倾”，在先后几次宦海风波中（其中最后一次甚至查不出原因），曹家衰落，曹雪芹饱尝人世间的辛酸。曹雪芹素性放达，爱好广泛，对金石、诗书、绘画、园林、中医、织补、工艺、饮食等均有研究。他以坚韧不拔的毅力，历经多年艰辛，终于创作出极具思想性、艺术性的伟大作品《红楼梦》，这部小说被公认为我国最优秀的长篇古典小说之一。

西江月（二）

清 · 曹雪芹《红楼梦》

富贵不知乐业，贫穷难耐凄凉。
可怜辜负好时光，于国于家无望。
天下无能第一，古今不肖无双。
寄言纨绔与膏粱：莫效此儿形状。

护官符

清・曹雪芹《红楼梦》

贾不假，白玉为堂金作马。阿房宫，三百里，住不下金陵一个史。
东海缺少白玉床，龙王来请金陵王。丰年好大雪，珍珠如土金如铁。

吟月一

清・曹雪芹《红楼梦》

月桂中天夜色寒，清光皎皎影团团。
诗人助兴常思玩，野客添愁不忍观。
翡翠楼边悬玉镜，珍珠帘外挂冰盘。
良宵何用烧银烛，晴彩辉煌映画栏。

吟月二

清・曹雪芹《红楼梦》

非银非水映窗寒，试看晴空护玉盘。
淡淡梅花香欲染，丝丝柳带露初干。
只疑残粉涂金砌，恍若轻霜抹玉栏。
梦醒西楼人迹绝，余容犹可隔帘看。

吟月三

清・曹雪芹《红楼梦》

精华欲掩料应难，影自娟娟魂自寒。
一片砧[1]敲千里白，半轮鸡唱五更残。
绿蓑江上秋闻笛，红袖楼头夜倚栏。
博得嫦娥应自问：何缘不使永团圞[2]？

注音

［1］砧：zhēn。　［2］圞：luán。

贾宝玉肖像

清 · 曹雪芹《红楼梦》

面若中秋之月，色如春晓之花，鬓若刀裁，眉如墨画，鼻如悬胆，睛若秋波。虽怒时而似笑，即瞋视而有情。面如傅粉，唇若施脂；转盼多情，语言若笑。天然一段风韵，全在眉梢；平生万种情思，悉堆眼角。

林黛玉肖像

清 · 曹雪芹《红楼梦》

两弯似蹙非蹙笼烟眉，一双似喜非喜含情目。态生两靥之愁，娇袭一身之病。泪光点点，娇喘微微。闲静似娇花照水，行动如弱柳扶风。心较比干多一窍，病如西子胜三分。

王熙凤肖像

清 · 曹雪芹《红楼梦》

彩绣辉煌，恍若神妃仙子。一双丹凤三角眼，两弯柳叶吊梢眉，身量苗条，体格风骚。粉面含春威不露，丹唇未启笑先闻。

舟夜书所见

清 · 查慎行

月黑见渔灯，孤光一点萤。
微微风簇浪，散作满河星。

延伸阅读

查慎行（1650—1727），初名嗣琏，字夏重。后改名慎行，字悔余，号他山，晚年居于初白庵，所以又称查初白。海宁袁花（今属浙江省）人，清代诗人。康熙四十二年（1703年）进士，特授翰林院编修，入直内廷。康熙五十二年（1713年），乞休归里，家居10余年。雍正四年（1726年），因弟查嗣庭讪谤案，以家长失教获罪，被逮入京，次年放归，不久去世。查慎行是当代著名作家金庸的先祖。金庸小说《鹿鼎记》的回目，都是集查慎行诗中的对句。

兴安岭绝顶远眺

清 · 查慎行

舆图远辟古兴安，凤舞龙回气郁蟠。
半岭出云铺大漠，乔松落叶倚高寒。
丹青不数东南秀，俯仰方知覆载宽。
万里乾坤千里目，欣从奇险得奇观。

己亥[1]杂诗（其一）

清 · 龚[2]自珍

浩荡离愁白日斜，吟鞭东指即天涯。
落红不是无情物，化作春泥更护花。

注音

［1］亥：hài。　［2］龚：gōng。

龚自珍（1792—1841），字璱人，号定盦。曾字尔玉，曾更名易简，字伯定，再更名为巩祚，浙江仁和（今杭州市）人。著名思想家、文学家、哲学家。

己亥杂诗（其二）

清 · 龚自珍

九州生气恃风雷，万马齐喑[1]究可哀。
我劝天公重抖擞[2]，不拘一格降人才。

注音

［1］喑：yīn。　［2］擞：sǒu。

村　居

清 · 高鼎

草长[1]莺[2]飞二月天，拂堤杨柳醉春烟。
儿童散学归来早，忙趁东风放纸鸢[3]。

注音

[1] 长：zhǎng。　[2] 堤：dī。　[3] 鸢：yuān。

延伸阅读

高鼎（生卒年不详），生活在鸦片战争之后，大约在咸丰年间（1851—1861），清代后期诗人。字象一，又字拙吾，仁和（今浙江省杭州市）人。其人无甚事迹，《村居》一诗尤为出名。著有《拙吾诗稿》。

所　见

清 · 袁枚

牧童骑黄牛，歌声振林樾[1]。
意欲捕鸣蝉，忽然闭口立。

注音

[1] 樾：yuè。

延伸阅读

袁枚（1716—1797），字子才，钱塘（今浙江省杭州市）人，号简斋，晚年自号仓山居士、随园主人、随园老人，清代诗人、散文家、文学评论家。乾隆四年（1739 年）考中进士，授翰林院庶吉士。

长相思 · 山一程

清 · 纳兰性德

山一程，水一程，身向榆关那畔行，夜深千帐灯。
风一更，雪一更，聒[1]碎乡心梦不成，故园无此声。

注音

[1] 聒：guō。

延伸阅读

纳兰性德（1655—1685），纳兰氏，原名成德，后改名为性德，字容若，号饮水、楞伽山人，满洲正黄旗，是清代最为著名的词人之一。与朱彝尊、陈维崧并称“清词三大家”。

“纳兰词”不但在清代词坛享有很高的声誉，而且在整个中国文学史上占有一席之地。24岁时把自己的词作编选成集，名为《侧帽词》，后委托顾贞观在吴中刊成《饮水词》，惜此两本词集今皆不见传本。后有人将两部词集增遗补缺，共342首，编辑一处，名为《纳兰词》，今存词一共348首。

竹　石

清 · 郑燮[1]

咬定青山不放松，立根原在破岩中。
千磨万击还坚劲，任尔东西南北风。

注音

[1] 燮：xiè。

延伸阅读

郑燮（1693—1765），字克柔，号板桥、板桥道人，江苏兴化大垛人，祖籍苏州，清朝官员、学者、书法家，“扬州八怪”之一。其诗、书、画均旷世独立，世称“三绝”。擅画兰、竹、石、松、菊等植物，其中画竹已五十余年，成就最为突出。著有《板桥全集》。

论　诗

清 · 赵翼

李杜诗篇万口传，至今已觉不新鲜。
江山代有才人出，各领风骚数百年。

延伸阅读

赵翼（1727—1814），字云崧，一字耘崧，江苏阳湖（今江苏省常州市）人，清代文学家、史学家号瓯北，又号裘萼，晚号三半老人。乾隆二十六年（1761年）考中进士。官至贵西兵备道。旋辞官，主讲安定书院。长于史学，考据精赅。论诗主“独创”，反模拟。五言、七言古诗中有些作品，嘲讽理学，隐喻对时政的不满之情，与袁枚、张问陶并称“清代性灵派三大家”。所著《廿二史札记》与王鸣盛《十七史商榷》、钱大昕《二十二史考异》，合称“清代三大史学名著”。

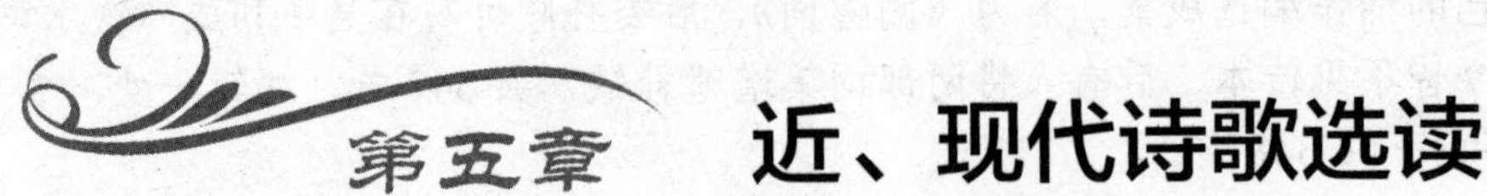

第五章　近、现代诗歌选读

记　事　诗

近代 · 梁启超

猛忆中原事可哀，苍黄天地如蒿[1]莱。
何心更作喁[2]喁语，起趁鸡声舞一回。

注音

［1］蒿：hāo。　［2］喁：yóng。

延伸阅读

梁启超（1873—1929），字卓如，一字任甫，号任公，又号饮冰室主人、饮冰子、哀时客、中国之新民、自由斋主人。中国近代思想家、政治家、教育家、史学家、文学家。生于广东新会（现广东省江门市新会区），清光绪举人。青年时期和其师康有为一起，倡导变法维新，并称“康梁”，是戊戌变法领袖之一、中国近代维新派代表人物。事败后出逃，在海外推动君主立宪。辛亥革命之后一度入袁世凯政府，担任司法总长，之后对袁世凯称帝、张勋复辟等严词抨击，并一度加入段祺瑞政府。他倡导新文化运动，支持五四运动。曾倡导文体改良的“诗界革命”和“小说界革命”。其著作合编为《饮冰室合集》。

对　　酒

近代 · 秋瑾

不惜千金买宝刀，貂裘换酒也堪豪。
一腔热血勤珍重，洒去犹能化碧涛。

延伸阅读

秋瑾（1875—1907），初名闺瑾，乳名玉姑，字璇卿，浙江省绍兴府山阴县（今绍兴市）人，近代女民主革命志士，提倡女权，号旦吾。秋瑾生于福建省厦门市，留学日本后改名瑾，字（或作别号）竟雄，自称鉴湖女侠，笔名秋千、汉侠女儿，曾用笔名白萍。1905 年加入中国同盟会，1907 年 1 月在上海创办《中国女报》，3 月回绍兴，与徐锡麟等创办明道女子学堂。1907 年 7 月 15 日于浙江省绍兴市古轩亭口英勇就义，年 31 岁。著有《秋瑾集》。1930 年于绍兴轩亭口建立了秋瑾烈士纪念碑，至今未变。

沁[1]园春·长沙

毛泽东（1925 年 12 月）

独立寒秋，湘江北去，橘子洲头。
看万山红遍，层林尽染；漫江碧透，百舸[2]争流。
鹰击长空，鱼翔浅底，万类霜天竞自由。
怅寥[3]廓[4]，问苍茫大地，谁主沉浮？
携来百侣曾游，忆往昔峥[5]嵘[6]岁月稠[7]。
恰同学少年，风华正茂；书生意气，挥斥方遒[8]。
指点江山，激扬文字，粪土当年万户侯。
曾记否，到中流击水，浪遏[9]飞舟？

注音

［1］沁：qìn。［2］舸：gě。［3］寥：liáo。［4］廓：kuò。［5］峥：zhēng。［6］嵘：róng。［7］稠：chóu。［8］遒：qiú。［9］遏：è。

毛泽东（1893—1976），生于湖南省湘潭市韶山冲的一个农民家庭。是国际共产主义运动卓越的领导者，伟大的马克思主义者，伟大的无产阶级革命家、战略家、理论家。是马克思主义中国化的伟大开拓者，是中国共产党的第一代中央领导集体的核心，是领导中国人民彻底改变自己命运和国家面貌的一代伟人，是中国共产党、中国人民解放军和中华人民共和国的主要缔造者和领导人。同时也是诗人、书法家，是现代世界历史上最重要的人物之一。

采桑子·重阳

毛泽东（1929 年 10 月）

人生易老天难老，岁岁重阳，今又重阳，战地黄花分外香。
一年一度秋风劲，不似春光，胜似春光，寥廓江天万里霜。

减字木兰花·广昌路上

毛泽东（1930 年 2 月）

漫天皆白，雪里行军情更迫。头上高山，风卷红旗过大关。
此行何去？赣[1]江风雪弥漫处。命令昨颁[2]，十万工农下吉安。

注音

［1］赣：gàn。　［2］颁：bān。

菩萨蛮·大柏地

毛泽东（1933 年夏）

赤橙黄绿青蓝紫，谁持彩练当空舞。雨后复斜阳，关山阵阵苍。
当年鏖[1]战急，弹洞前村壁。装点此关山，今朝更好看。

注音

［1］鏖：áo。

七律·长征

毛泽东（1935 年 10 月）

红军不怕远征难，万水千山只等闲。五岭逶[1]迤[2]腾细浪，乌蒙磅礴走泥丸。
金沙水拍云崖暖，大渡桥横铁索寒。更喜岷山千里雪，三军过后尽开颜。

注音

［1］逶：wēi。　［2］迤：yí。

沁园春·雪

毛泽东（1936 年 2 月）

北国风光，千里冰封，万里雪飘。
望长城内外，惟余莽莽；大河上下，顿失滔滔。
山舞银蛇，原驰蜡象，欲与天公试比高。
须晴日，看红装素裹，分外妖娆。
江山如此多娇，引无数英雄竞折腰。

惜秦皇汉武，略输文采；唐宗宋祖，稍逊风骚。
一代天骄，成吉思汗，只识弯弓射大雕。
具往矣，数风流人物，还看今朝。

浪淘沙·北戴河

毛泽东（1954年夏）

大雨落幽燕，白浪滔天，秦皇岛外打鱼船。一片汪洋都不见，知向谁边？
往事越千年，魏武挥鞭，东临碣石有遗篇。萧瑟秋风今又是，换了人间。

水调歌头·游泳

毛泽东（1956年6月）

才饮长沙水，又食武昌鱼。
万里长江横渡，极目楚天舒。
不管风吹浪打，胜似闲庭信步，今日得宽余。
子在川上曰：逝者如斯夫！
风樯[1]动，龟蛇静，起宏图。
一桥飞架，南北天堑[2]变通途。
更立西江石壁，截断巫山云雨，高峡出平湖。
神女应无恙[3]，当惊世界殊。

注音

［1］樯：qiáng。　［2］堑：qiàn。　［3］恙：yàng。

卜算子·咏梅

毛泽东（1961年12月）

风雨送春归，飞雪迎春到。已是悬崖百丈冰，犹有花枝俏。
俏也不争春，只把春来报。待到山花烂漫时，她在丛中笑。

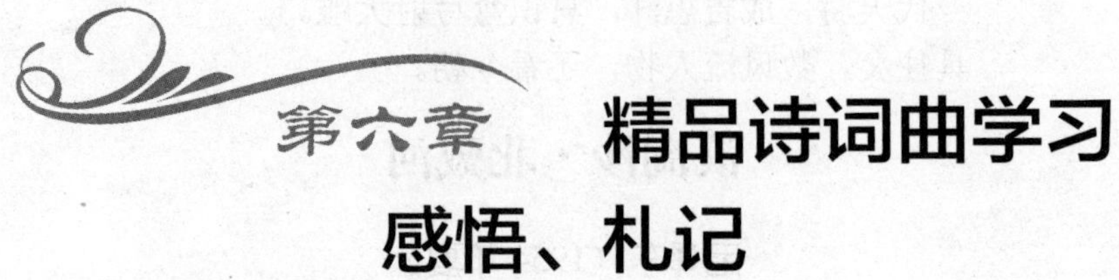

第六章　精品诗词曲学习感悟、札记

第一节　欣赏精品诗词曲的乐趣

唐诗、宋词、元曲是汉文化中的精华。从2007学年开始，几乎每一节语文课课前，我都会让语文课代表在黑板上写一首学过的古诗，上课铃声响起，学生就一起欣赏、诵读，富有乐趣，效果不错。有时和学生一起对诗歌进行归类汇总或讨论，给学生补充“知识营养”，提高其学习兴趣。

例如下面这首词：

水调歌头·明月几时有

宋·苏轼

明月几时有？把酒问青天。不知天上宫阙，今夕是何年。我欲乘风归去，又恐琼楼玉宇，高处不胜寒。起舞弄清影，何似在人间！

转朱阁，低绮户，照无眠。不应有恨，何事长向别时圆？人有悲欢离合，月有阴晴圆缺，此事古难全。但愿人长久，千里共婵娟。

学生齐声朗诵后，我说这是一首描写月亮的词，《水浒传》中曾引用过。接下来引导学生思考这首词究竟好在哪里。学生经过一番热烈讨论后，总结为这首词描写中秋月，告诉我们如下主要信息：

1）团聚、美满、幸福的好日子什么时候有？——“明月几时有？”

2）人间的生活要比神仙的生活好，神仙是“高处不胜寒”，而人间可以载歌载舞。——“起舞弄清影，何似在人间。”

3）我们要珍惜眼前所拥有的，不要在失去的时候才后悔。——“不应有恨，何事长向别时圆？”

4）精要概括了古今中外人类的生活状态，“人有悲欢离合，月有阴晴圆缺，此事古难全”富有哲理。因此，我们对所经历的“悲欢离合”，都要淡然对待，这有利于我们的身心健康。

5）希望人人健康长寿，更重要的是要有理想。——“但愿人长久，千里共婵娟。”

从这些信息来看，苏轼的《水调歌头·明月几时有》不愧是描写月亮、借月抒怀的优秀诗歌。自从有了这首描写中秋月的词，月亮也就有了姓，姓“苏”，从此，许多文人称月亮为“苏月”。

这首词还可以与毛泽东的《水调歌头·游泳》进行比较。

水调歌头·游泳

毛泽东（1956年2月）

才饮长沙水，又食武昌鱼。万里长江横渡，极目楚天舒。不管风吹浪打，胜似闲庭信步，今日得宽余。子在川上曰：逝者如斯夫！

风樯动，龟蛇静，起宏图。一桥飞架南北，天堑变通途。更立西江石壁，截断巫山云雨，高峡出平湖。神女应无恙，当惊世界殊。

这两首词，同样的词牌名，可是在同样位置的语言断句不同：

“转朱阁，低绮户，照无眠。不应有恨，何事长向别时圆？”

“风樯动，龟蛇静，起宏图。一桥飞架南北，天堑变通途。”

题八咏楼

宋·李清照

千古风流八咏楼，江山留与后人愁。
水通南国三千里，气压江城十四州。

读完这首诗，我就和学生一起探讨这样的想法：如果把“江山留与后人愁”的“愁”字改为“绣”字，诗的意境会产生怎样的变化？学生去讨论、去辩论，然后发现改为“绣”字也许更符合社会发展潮流，诗的意境也由“婉约”变成了“豪放”。

有时我也让学生背诵李清照的《夏日绝句》：“生当作人杰，死亦为鬼雄。至今思项羽，不肯过江东”。然后介绍李清照的情况，由于国难，李清照逃离汴京来到金华，丈夫又不幸病逝，遇到这么大的挫折，该怎么办？她从项羽那里吸取教训，对项羽评价十分高，生是人杰，死是鬼雄。但又很惋惜，为什么不逃回江东？“留得青山在，不怕没柴烧”，人只要活下来，就会有希望，因此李清照还是选择坚强地生活。这使学生不但提高了语文素养，而且对待人生重大挫折有了一种新的认识。

李清照还给我们留下了许多优美的“婉约”诗歌，有时让学生背诵李清照的《醉花阴》：“薄雾浓云愁永昼，瑞脑消金兽。佳节又重阳，玉枕纱厨，半夜凉初透。东篱把酒黄昏后，有暗香盈袖。莫道不消魂，帘卷西风，人比黄花瘦。”然后提问这首词中“东篱把酒”是引用了谁的诗？（陶渊明的《饮酒（其五）》）。古诗歌中写“重阳”的诗有哪些？这种联想与想象的学习方法，使学生不但开阔了视野，拓展了思路，而且增强了学习语文的兴趣。课

后有时让学生整理复习李清照的诗歌并写点感悟，许多学生很乐意去做这样的作业，而且作文能力得到很大提高。

我在平时教学中，因事、因时、因传统节日，常常结合古诗歌，让学生欣赏。如2013年的第一场雪，就和学生一起欣赏温习了《沁园春·雪》《白雪歌送武判官归京》《江雪》等有关写雪的诗歌。玩雪和赏雪的诗歌融合在一起学习，快哉！乐哉！

当“李白”“中秋”“杨柳”“梅花”“黄鹂”等出现时，总有一些诗歌和学生分享。“学而时习之，不亦说乎”（孔子），教学过程诗歌常伴，激发了兴趣，增添了乐趣。

当学习“职场感悟”单元的课文《选对池塘钓大鱼》（雷恩·吉尔森）时，我就让学生温故欣赏有关“钓鱼”的诗歌：

行路难（其一）

唐·李白

金樽清酒斗十千，玉盘珍馐直万钱。
停杯投箸不能食，拔剑四顾心茫然。
欲渡黄河冰塞川，将登太行雪满山。
闲来垂钓碧溪上，忽复乘舟梦日边。
行路难！行路难！多歧路，今安在？
长风破浪会有时，直挂云帆济沧海。

江　雪

唐·柳宗元

千山鸟飞绝，万径人踪灭。
孤舟蓑笠翁，独钓寒江雪。

渔　翁

唐·柳宗元

渔翁夜傍西岩宿，晓汲清湘燃楚竹。
烟销日出不见人，欸乃一声山水绿。
回看天际下中流，岩上无心云相逐。

小儿垂钓

唐·胡令能

蓬头稚子学垂纶，侧坐莓苔草映身。

路人借问遥招手，怕得鱼惊不应人。

临洞庭湖赠张丞相

唐·孟浩然

八月湖水平，涵虚混太清。
气蒸云梦泽，波撼岳阳城。
欲济无舟楫，端居耻圣明。
坐观垂钓者，徒有羡鱼情。

使学生明白“钓鱼”是休闲、娱乐、调整、解愁、明志、哲理、改善生活等多功能的技能技巧。

这种“归类”欣赏诗歌也是一种乐趣，鉴赏比较，效率高，效果好。

这些年来，高职考试所考的诗句绝大多数是小学、初中学过的。我向学生介绍相关试题时，高职班大多数学生认为很简单，对高职考试充满自信。

平时我反复向学生渗透，唐诗、宋词、元曲是汉文化的精华，编入中小学语文教材中的古诗歌，是教育专家千挑万选出来的，更是精华中的精华。欣赏这些“精华”，对提高语文素养帮助很大。我们平时不断复习积累诗歌，“温故而知新”（孔子），熟能生巧，会从量变到质变。平时作文中，写到人、事、物、景时，如果引用几句相关的古诗歌，会起到锦上添花、画龙点睛的作用。这样教学生，不但提高了学生的语文素养，而且提高了学生学习作文的兴趣和能力。

诗歌相伴，春风拂面。语文教学，一把钥匙。从学生中来，到学生中去。欣赏诗歌，乐教乐学。语法修辞，潜移默化。听说读写，潜滋暗长。品德心灵，感悟提升。教学相长，其乐无穷。传道、授业、解惑，似乎由此入门。

延伸阅读

品书·感悟·成长[①]

“滚滚长江东逝水”，中华上下五千年的文化奔流不息。追寻它亮丽的风景，将揭开它神秘的面纱；如“润物细无声”的春雨，如炎炎夏日习习的凉风……书香，你穿着文学的裙袂向我飘来。

听那仄仄平平、抑扬顿挫的旋律，游历于唐宋诗词的瑰宝间。望那“造化钟神秀，阴阳割昏晓”的雄伟岳山；观那“飞流直下三千尺，疑是银河落九天”的庐山瀑布；赏那“欲

① 《品书·感悟·成长》的作者为潘筱莉，指导教师为叶光明。

把西湖比西子，淡妆浓抹总相宜”的西湖美景；览那“不是人寰是天上，万家掩映翠微间，处处水潺潺”的江南风光。在一片锦绣美景中，开始了我的阅读之旅。

读尽天下精美书，是我人生的一大梦想。古人云，治学有三境：“昨夜西风凋碧树，独上高楼，望尽天涯路”为第一境；“衣带渐宽终不悔，为伊消得人憔悴”为第二境；“众里寻他千百度，蓦然回首，那人却在，灯火阑珊处”为第三境。据此衡量，自认为我已开始了第一境，正规划着我理想的奋斗目标。

我喜欢读书，平静而激动。“花自飘零水自流”，曾几何时，梦回李清照，“帘卷西风，人比黄花瘦”，梧桐树是想思树，秋雨也是多情雨，点点滴滴，尽是愁思泪。在书中，我看见辛弃疾“醉里挑灯看剑”发出了“了却君王天下事，赢得生前身后名，可怜白发生”的感慨；在书中，我与苏轼一同有“会挽雕弓如满月，西北望，射天狼”的宏愿；在书中，我与李白一起期待“长风破浪会有时，直挂云帆济沧海”的一帆风顺。在书中，我领略世间风土人情，体味人生酸甜苦辣；在书中，我参与重大决策的谋划，目击重大历史事件的发生；在书中，我参悟科学力量，感受人生哲理。

心情寂寞的时候，我也会游览书中，品味名人的寂寞。寂寞的人没有钩心斗角，不会费尽心机待人处事。陶潜不会，寂寞的心留下了“采菊东篱下，悠然见南山”的闲适；李清照不会，寂寞的心留下了“载不动许多愁”的愁绪；陆游不会，寂寞的心留下了“零落成泥碾作尘，只有香如故”的自慰；还有……

在书中，我品赏着四季之魅力。在书中，有春的“留连戏蝶时时舞，自在娇莺恰恰啼”的盎然生机；有夏的“接天莲叶无穷碧，映日荷花别样红”的秀丽风光；有秋的“晴空一鹤排云上，便引诗情到碧霄”的爽朗乐观；有冬的“忽如一夜春风来，千树万树梨花开”的惊喜烂漫。

书籍是航船，载着我从狭隘的个人小河驶向那广阔无垠的缤纷海洋。当你孤独时，阅读可以解闷；当你处世行事时，正确运用知识，意味着力量。温家宝第一次和网民互动的时候说了一段话：“我非常希望提倡全民读书，我愿意看到人们在坐地铁的时候能够手里拿上一本书，因为我一直认为，知识不仅给人力量，还给人安全，给人幸福。”看到这段话，我充满了感动。我一直认为，读书给人知识、力量似乎已经是最高境界了；其实不尽然，只要你爱读书，用心读书，它就会让你的心灵变得辽阔，给你幸福感和安全感。

喜欢读书，自由而自乐。我总喜欢每天早晨，倚坐在窗前，手里捧着泛着墨香的书籍，在书海里自由地翱翔：就像骑着哈利·波特魔法杖，自由而快乐，首先映入我眼帘的法国的埃菲尔铁塔，高高地屹立在世界浪漫之都，它是人类科技与交流合作的代表之一；然后到罗马的喷泉，扔一枚硬币，许一个心愿，祝我们伟大的祖国繁荣富强。再到埃及，破解悬而未解的金字塔之谜，从此世界千年之谜的破解有我们华人的足迹。也顺路去趟撒哈拉沙漠，领受三毛笔下的冒险与刺激……在愉悦的欣赏中，可以将书中的神奇自然化，也可以将书中的平淡神奇化。

书中还有许许多多神奇的读书方法，如孔子的温故知新、学思结合；荀况的积少成多、锲而不舍、专心致志；韩愈的“道之所存，师之所存”；朱熹的“读书有三到，谓心到、眼到、口到”……领悟读书方法，事半功倍，更能提高学习效益、工作效率。

不断读书就会不断收获，贝多芬、海伦·凯勒、霍金……他们那坚强的意志，快慰的自豪深深感动了我，他们那高尚的人格魅力，是我一生取之不尽的精神食粮，是我一生享之不尽的动力源泉。

书好比一架梯子，它能引导我们登上知识的辉煌殿堂；书如同一把钥匙，它能帮助我们开启心灵的智慧明窗。

书香相伴，我品书，我感悟，我成长，与梦想同行。

点评

本文构思新颖，条理清晰；语言颇具特色，文句优美；比喻、排比、对偶等修辞手法运用恰到好处。书香相伴，梦想同行，主旨鲜明。所学知识，信手拈来，运用自如，唐诗宋词的引用，尤为精妙，足见平时阅读之广泛；古今中外，精书名人，感悟收获，理想成长，文中处处呈现，足见阅读效果之可喜。读书给人知识，给人力量，给人安全，给人幸福，愿所有的人都好好读书。

品赏《红楼梦》[①]

闲来无事去逛书店，无意间翻开了《红楼梦》，请回了家，如饥似渴，细细品赏。

在《红楼梦》中，我看到了林黛玉独自葬花，她那憔悴的面容，悲戚的神情，让我不禁动了恻隐之心。她那凄美的“葬花吟”，让我看到了她内心世界的彷徨、无助、恐惧。从此，我渐渐地入迷了；只要一有空余时间，我就会去品赏《红楼梦》中不一样的世界，有时甚至会到忘我的状态。

若说《水浒传》是一首好汉的长诗，《三国演义》是一本军事教科书，《西游记》是一幅师徒间真性情的画作，那么《红楼梦》就是一曲贵族败落的挽歌。

《红楼梦》是我国古代四大优秀古典小说之一，被专家、学者称为我国古代封建社会的“百科全书”。书中对医学、为官、待人接物、生活风俗等方面都有精到的描写；书中的对联、谜语、俗语、诗歌更是妙不可言；书中结构精巧，语言优美。

《红楼梦》中描写的人物很多，让我印象最深刻的主要有两位：林黛玉、王熙凤。

林黛玉是为报答神瑛侍者三世浇灌之恩的绛珠仙子的化身。她出生在名门望族，富贵之家，自幼失去母亲，投奔到外祖母荣国府中，寄人篱下。但她在那除了“两个石头狮子干净”外的荣国府中，看厌了人世间的险恶。她正如一朵“出淤泥而不染，濯清涟而不妖”的芙蓉花，不与俗艳为伍。由于她天资聪慧、才貌出众、诗文优美，因而成为万千姑苏女

① 《品赏〈红楼梦〉》的作者为严伟佳，指导教师为叶光明。

儿的典范、千古佳丽的楷模。

“落红不是无情物，化作春泥更护花”，林黛玉不想让落花被风吹、雨打、日晒、污染，就收集落花，葬花于泥土里，还写下了让后人赞叹不已的“葬花吟”。宝玉和宝钗的成亲之夜，也就是她魂归之时，她焚烧了所有的诗稿，她明白了“人有悲欢离合，月有阴晴圆缺”的无奈。终于，她将一生的眼泪都还完了，与宝玉的爱情最终以悲剧收尾。

在林黛玉的身上，我领悟到了不追逐名利，洁身自好，不与世俗同流合污的真正含义；更领悟到了人，特别是女孩子除了美丽、聪慧之外，尤其需要有宽广的胸怀，遇人、遇事要宽容别人，也要宽容自己，这样才有利于自己的身心健康发展。

王熙凤是荣国府里掌握着财政大权的琏二奶奶，她美貌、聪颖、有魄力、多心计，能掌控大局；她还不断敛取钱财。在有些人看来，她只是一个凭着自己的巧嘴，一心去巴结贾母的晚辈媳妇；但是，如果我们站在她的立场上想，她虽是金陵府的小姐、荣国府的琏二奶奶，她从小不愁吃穿，天生的荣华富贵命，然而她知道，无论多富裕的人家总有一天会败落；一个女儿家，掌管一个偌大的荣国府，那该多么辛苦，多么困难！但是她却做到了许多男人都做不到的事，真是“巾帼不让须眉”呀！但是，另一方面王熙凤也为自己谋取许多钱财，其中有许多不义之财。后来荣国府败落了，所敛的钱财，全部被抄家充公了，落得个财空人去，真是“蜂采百花成蜜后，为谁辛苦为谁甜”。

在王熙凤的身上，我看到了女子并不比男儿差，女子也能像男儿一样去成就自己，干出一番事业。我从中还领悟到，聪明才智果然重要，但要用对地方，千万别去害人；金钱虽然好，但要勤劳致富，取之有道，不能把它看得太重。也让我更深一层理解了“天生我材必有用，千金散尽还复来”的含义。

《红楼梦》就像一把开启人生智慧的钥匙，品味这部优秀的名著后，我明白了许许多多的为人处世的道理。

“满纸荒唐言，一把辛酸泪。都云作者痴，谁解其中味！”需要不断反复阅读品赏《红楼梦》，才能一步一步理解“其中味”。

点评

能课外阅读的，不容易；能阅读《红楼梦》的，更不容易；能对《红楼梦》有自己一些独到见解的，更难能可贵。被誉为封建社会“百科全书”的《红楼梦》，雅俗共赏，引人入胜，虽说如此，可还是有许多学生很难把全书阅读完。而从本文中透露出的信息，可见作者阅读兴趣之浓，收获之多，个人成长之有利。本文导入新颖，总分总，结构好，重点突出，语言优美；对林黛玉、王熙凤两位主要人物的分析，有自己许多独到的见解，从中的领悟，颇有可取之处。学生如果能这样阅读，对自立、自强、成人定获益良多。

第二节 尽信书不如无书

一、断句探讨

（一）关于毛泽东的《水调歌头·游泳》的断句探讨

比较欣赏下面两首《水调歌头》：

水调歌头·明月几时有

宋·苏轼

明月几时有？把酒问青天。不知天上宫阙，今夕是何年。我欲乘风归去，又恐琼楼玉宇，高处不胜寒。起舞弄清影，何似在人间！

转朱阁，低绮户，照无眠。不应有恨，何事长向别时圆？人有悲欢离合，月有阴晴圆缺，此事古难全。但愿人长久，千里共婵娟。

水调歌头·游泳

毛泽东（1956年6月）

才饮长沙水，又食武昌鱼。万里长江横渡，极目楚天舒。不管风吹浪打，胜似闲庭信步，今日得宽余。子在川上曰：逝者如斯夫！

风樯动，龟蛇静，起宏图。一桥飞架南北，天堑变通途。更立西江石壁，截断巫山云雨，高峡出平湖。神女应无恙，当惊世界殊。

这两首词，同样的词牌名，可是在同样位置的词句，断句不同：

“转朱阁，低绮户，照无眠。不应有恨，何事长向别时圆？”

“风樯动，龟蛇静，起宏图。一桥飞架南北，天堑变通途。”

毛主席的词，在所有中小学教材中都是这样断句，这在句面、词面上的意义都讲得通。然而毛主席诗词的原稿都是草书，这样断句是毛主席的断句还是编者的断句，不得而知。

按照“水调歌头”词牌名的特点，应该这样断句：“一桥飞架，南北天堑变通途”。这样在词的意义和气势上，似乎比原来的断句好，反复欣赏后认为，这或许才是毛主席词的原意。

词是一种抒情诗体，是配合音乐可以歌唱的“乐府诗”。词有严格的格律，在形式上，有固定的特点，每首词都有一个词牌名。每个词牌名的词都是“调有定句，句有定字，字有定声”，如宋朝黄庭坚的《水调歌头·游览》：“坐玉石，倚玉枕，佛金徽。谪仙何处？无人伴我白螺杯。”也是这样断句。因此对词的断句是不能随便改动的。

如果在以后的中小学教材中还选用这首词，断句还是改为“一桥飞架，南北天堑变通途”比较好。而且毛主席其他的词，如《沁园春·雪》《卜算子·咏梅》《浪淘沙·北戴河》等，都与宋词相同的词牌名断句一致。

（二）关于《走马川行奉送封大夫出师西征》的断句探讨

现在义务教育教材中，这首诗是这样断句的：

走马川行奉送封大夫出师西征

唐·岑参

君不见走马川行雪海边，平沙莽莽黄入天。
轮台九月风夜吼，一川碎石大如斗，随风满地石乱走。
匈奴草黄马正肥，金山西见烟尘飞，汉家大将西出师。
将军金甲夜不脱，半夜军行戈相拨，风头如刀面如割。
马毛带雪汗气蒸，五花连钱旋作冰，幕中草檄砚水凝。
虏骑闻之应胆慑，料知短兵不敢接，车师西门伫献捷。

义务教育教材中的断句，从意义上看似乎讲得通。然而唐诗在断句上讲究对称、整齐，基本上是偶句用句号，三句诗用一个句号的现象是很少见的。在极少的诗歌中，因意境的需要，只偶然插上一两句奇句的情况也不多见。

因此，是不是改为下面的断句更合适一些？

走马川行奉送封大夫出师西征

唐·岑参

君不见，走马川行雪海边。
平沙莽莽黄入天，轮台九月风夜吼。
一川碎石大如斗，随风满地石乱走。
匈奴草黄马正肥，金山西见烟尘飞。
汉家大将西出师，将军金甲夜不脱。
半夜军行戈相拨，风头如刀面如割。
马毛带雪汗气蒸，五花连钱旋作冰。
幕中草檄砚水凝，虏骑闻之应胆慑。
料知短兵不敢接，车师西门伫献捷。

第一句“君不见，走马川行雪海边”，骑马行走在雪海边，看见哪些景象？是总提示。后面都是意义密切相关的对称 “偶句”，用一个句号。

“平沙莽莽黄入天，轮台九月风夜吼。”这两句是因果关系。前一句写漫天黄沙，后一句写出了这恶劣天气的原因，轮台地区正在刮大风。

“一川碎石大如斗，随风满地石乱走。”这两句承前，顺接关系。写风吹石乱走，进一步形象地写出所刮的风之大，那里环境天气异常恶劣。

“匈奴草黄马正肥，金山西见烟尘飞。”这两句是条件关系。前一句写匈奴人马肥壮了，是前提条件之一；后一句写匈奴人趁风雪严寒恶劣天气的时机，来边境找事了。

“汉家大将西出师，将军金甲夜不脱。”这两句是并列关系。前一句承前写大汉王朝为了保国为民，立即派出大将奔赴边境；后一句写这将军率先垂范，以身作则，昼夜不脱战甲，随时准备迎战匈奴兵。

“半夜军行戈相拨，风头如刀面如割。”这两句也是并列关系。前一句写大汉全体将士，万众一心，出其不意，半夜急行军，一鼓作气，奔赴边塞，神速威武；后一句写行军途中狂风又大雪，全体将士要克服常人难以想象的困难。

“马毛带雪汗气蒸，五花连钱旋作冰。”这两句是承接关系。进一步写出行军途中恶劣的天气环境，冰天雪地，天寒地冻，战马的汗热气融化了马毛上的雪，很快就结成了冰。

“幕中草檄砚水凝，虏骑闻之应胆慑。”这两句是因果关系。前一句写大汉将军在异常寒冷的环境中安营扎寨后，立刻下战书；后一句写匈奴骑兵突然接到大汉威武之师的“战书”，疑似天兵神将降落，胆战心惊。

“料知短兵不敢接，车师西门伫献捷。”这两句承前。前一句写匈奴骑兵接到战书后，闻风丧胆，就逃回老巢；后一句写大汉将士不战而屈人之兵，共同庆祝胜利。

这样的断句，在形式上更对称，条理上更清晰，内容上更对应，意义上更明确，逻辑上更严密。因此，《走马川行奉送封大夫出师西征》的断句，是值得深一步探讨的。这与《卖炭翁》（杜甫）的断句有点类似，“卖炭翁，伐薪烧炭南山中。满面尘灰烟火色，两鬓苍苍十指黑……”

二、词语探讨

（一）关于《浣溪沙》的用词探讨

浣溪沙·一曲新词酒一杯

宋·晏殊

一曲新词酒一杯，去年天气旧池台，夕阳西下几时回？
无可奈何花落去，似曾相识燕归来，小园香径独徘徊。

中等职业教育国家规划教材《语文（基础版）》第三册选用了晏殊的这首词。上课时，学生议论说“去年天气旧池台”错了，应该是“去年天气旧亭台”，因为他们在义务教育中

已经学过这首词，是“亭台”。课堂上就请学生讨论，到底是“池台”好，还是“亭台”好。大多数学生认为“池台”表示有水又有亭台，还是“池台”较好，因为古人的景点、建筑大多是依山傍水，“青山横北郭，白水绕东城”（李白）。

（二）关于《鸟鸣涧》的用词探讨

鸟 鸣 涧

唐 · 王维

人闲桂花落，夜静春山空。
月出惊山鸟，时鸣春涧中。

王维的这首诗，第一句“人闲桂花落”，有的版本为“人间桂花落”。有一次，偶然看到中央电视台的某部电视剧里也说“人间桂花落”。

上课温习到这首诗，与学生一起探讨“人闲桂花落”好还是“人间桂花落”好。基本形成共识，晚上月光下来，人们应该休息了，则空闲、悠闲，而且“闲”字与下一句“夜静春山空”的“静”，在词性上、结构上、内容上也非常对应、对称。因此，认为“闲”字更符合诗的意境。

（三）其他诗歌的用词探讨

“谁家玉笛暗飞声？散入春风满洛城。”（《春夜洛城闻笛》唐 • 李白）有的语文教材是“散入东风满洛城”。

“李白乘舟将欲行，忽闻岸上踏歌声。”（《赠汪伦》唐 • 李白）有的语文教材为“忽闻岸上唱歌声”。

“杨柳青青江水平，闻郎江上唱歌声。”（《竹枝词》唐 • 刘禹锡）有的语文教材为“闻郎江上踏歌声”。

“碧云天，黄花地。秋色连波，波上寒烟翠。”（《苏幕遮 • 怀旧》宋 • 范仲淹）现在义务教育教材是“碧云天，黄叶地”。

“人生代代无穷已，江月年年只相似。”（《春江花月夜》唐 • 张若虚）有的版本是“江月年年望相似”。

和学生温故欣赏这些诗歌时，常常让学生讨论不同版本的不同用词，不但激发了学生的学习兴趣，而且拓展了其视野，提高了其独立思考、发散思维的能力。

三、读音探讨

《中等职业教育课程改革国家规划新教材〈语文〉基础模块 • 上册》编入了元朝马致远

的这首曲：

双调·折桂令·叹世

元·马致远

咸阳百二山河，两字功名，几阵干戈。项废东吴，刘兴西蜀，梦说南柯。
韩信功兀的般证果，蒯通言那里是风魔？成也萧何，败也萧何，醉了由他。

这首曲中“醉了由他”的“他”字，在语文书的注解中注音是“tuō”，而《新华字典》《现代汉语词典》等中只有“tā”这个读音。

这种情况，还发现于其他古诗歌中，如“黯乡魂，追旅思”（《苏幕遮·怀旧》宋·范仲淹），“弦弦掩抑声声思，似诉平生不得志”（《琵琶行》唐·白居易），这两句诗中的“思”字，在语文书注解中都读“sì”。“远上寒山石径斜”（《山行》唐·杜牧）的“斜”字，在语文书中注音是“xiá”。然而在《新华字典》《现代汉语词典》中“思”字读“sī”没有“sì”的读音，“斜”字只有“xié”这个读音。

我国56个民族，从古到今不知有多少不同的方言和读音，对字的读音应该是多种多样的，与现代汉语普通话的读音肯定有许多不同，大多数也无从考证。中华人民共和国成立后，实现了统一的普通话，即使有异读，字典、词典中也应该能查到这个字的异读或是多音字。

因此，古时候也许是这样的读音，但现在的汉语普通话规范中，字典、词典中没有这样的读音，在中小学教材中就不应该出现这样的异读，还是应该以普通话为标准，否则就没有了依据和标准。

四、意境探讨

（一）《凉州词》的意境探讨

凉　州　词

唐·王之涣

黄河远上白云间，一片孤城万仞山。
羌笛何须怨杨柳，春风不度玉门关。

温故这首诗就会联想到《成才要有文史知识》（周培源）中提到：气象学家和物候学家竺可桢运用专业知识考证，黄河与凉州及玉门关没有关系。而玉门关一带几乎每天都要刮起黄沙、直冲云霄，边塞诗人是很熟悉的，因此，这首诗第一句应该是“黄沙远上白云间”，不知何时被改为“黄河远上白云间”，一直沿用至今。竺可桢的这番考证，比起一般的考证更进一步，更具有科学性，也更有说服力。

（二）《论诗》的意境探讨

论 诗

清·赵翼

李杜诗篇万口传，至今已觉不新鲜。
江山代有才人出，各领风骚数百年。

这是一首评古论今的好诗，但关于“至今已觉不新鲜”中的“不新鲜”，本人有一些新的想法。李白、杜甫的诗，到如今还是“前不见古人，后不见来者”（陈子昂），是浪漫主义、现实主义诗歌的顶峰。每次读唐诗宋词元曲，总会有一种莫名的崇拜、敬仰，会越读越喜欢。为了表示对古人的崇敬和今人的自信，是不是把“不新鲜”改为“更新鲜”？这样诗的意境就有一些新的变化，对于传承优秀传统文化，也会有更积极的意义。

每一首古诗歌都承载着作者的思想感情，对于同一首诗词，不同的人常常会有不同的解读。平时课堂教学中，让学生独立思考、各抒己见，这就是所谓“有一千个读者，就有一千个哈姆雷特”。

古诗歌含义丰富，阅读时不要人云亦云，要善于调动自己的生活体验和知识积累，充分理解和感悟，形成属于自己的看法和评价，才能真正受益匪浅，也能更深一层地理解“尽信书，则不如无书”的含义。

第三节 浅赏古诗歌中的酒文化

中国酒文化源远流长，酒文化伴随着人类的生活。喜庆、悲伤、聚会、离别、宴请等场合大多离不开酒，这在中小学教材古诗词里可见一斑。前人给我们留下了许多优美的有关酒的诗文，形成了津津乐道的酒文化，让我们可以滋滋欣赏，细细品味，吸取营养，享受生活。

人们在喜庆时，往往离不开酒。当唐军战胜“安史之乱”叛军收复失地时，杜甫一家欣喜万分，终于可以结束颠沛流离的生活，返回家乡了，“白日放歌须纵酒，青春作伴好还乡”（《闻官军收河南河北》唐·杜甫），用“纵酒”来庆贺。

白居易送别客人，“举酒欲饮无管弦，醉不成欢惨将别”。听到了悦耳的琵琶声，“主人忘归客不发”，高兴起来了，“移船相近邀相见，添酒回灯重开宴”。琵琶女风华正茂红极一时，演唱技艺高超，崇拜者情不自禁，“钿头银篦击节碎，血色罗裙翻酒污”（《琵琶行》唐·白居易）。

当朋友、亲人、战友相聚或分离时，常常用酒来款待。

王维送别朋友元二时，“劝君更尽一杯酒，西出阳关无故人”（《送元二使安西》唐·王

维），用劝酒来表达朋友间的深情厚谊。

柳永与亲人分别，恋恋不舍，心情复杂，“都门帐饮无绪，留恋处兰舟催发”，给我们留下了“今宵酒醒何处？杨柳岸晓风残月”（《雨霖铃·寒蝉凄切》宋·柳永）的名言。

岑参边塞送别战友，用酒表达豪情，“中军置酒饮归客，胡琴琵琶与羌笛”（《白雪歌送武判官归京》唐·岑参）。

孟浩然到老朋友家时，就“开轩面场圃，把酒话桑麻”（《过故人庄》唐·孟浩然），边喝酒，边话农家趣事。

“莫笑农家腊酒浑，丰年留客足鸡豚”（《游山西村》宋·陆游），山村农家，年丰景美，淳朴好客，其乐融融。

当理想抱负受阻，学习方法需改变时，酒可以使人寄托愁思，豁然开朗。

李白受排挤，心情不佳，请朋友相聚畅饮，倾诉衷肠，排遣愁绪，自我心理干预。留下了千古名篇《将进酒》。这首酒诗中表达了作者的人生观：人生短暂，一去不返，应重“乐”轻“财”，自信“天生我材必有用”，酒还能“与尔同销万古愁”。

李白一个人时，用喝酒来自娱自乐，载歌载舞，“花间一壶酒，独酌无相亲。举杯邀明月，对影成三人。月既不解饮，影徒随我身。暂伴月将影，行乐须及春。我歌月徘徊，我舞影零乱。醒时相交欢，醉后各分散。永结无情游，相期邈云汉。”（《月下独酌》唐·李白）

学习、事业有成就时，应该用酒庆贺，“长风万里送秋雁，对此可以酣高楼。”（《宣州谢朓楼饯别校书叔云》唐·李白）

有了宏伟的理想，如果方法不科学，酒也无可奈何只会添愁，“俱怀逸兴壮思飞，欲上青天览明月。抽刀断水水更流，举杯消愁愁更愁。”（《宣州谢朓楼饯别校书叔云》唐·李白）

喝“醉”酒的诗句又别有一番风味。

“常记溪亭日暮，沉醉不知归路。”（《如梦令·常记溪亭日暮》宋·李清照）

“昨夜雨疏风骤，浓睡不消残酒。”（《如梦令·昨夜雨疏风骤》宋·李清照）

“醉里吴音相媚好，白发谁家翁媪。”（《清平乐·村居》宋·辛弃疾）

“醉里挑灯看剑，梦回吹角连营。”（《破阵子·为陈同甫赋壮词以寄》宋·辛弃疾）

“明月几时有？把酒问青天。不知天上宫阙，今夕是何年。”（《水调歌头》宋·苏轼）

“主人下马客在船，举酒欲饮无管弦。醉不成欢惨将别，别时茫茫江浸月。”（《琵琶行》唐·白居易）

“钟鼓馔玉不足贵，但原长醉不复醒。”（《将进酒》唐·李白）

“鹅湖山下稻粱肥，豚栅鸡栖半掩扉。桑柘影斜春社散，家家扶得醉人归。”（《社日》唐·王驾）

酒是诗人的良友，饮之、诉之，一展诗人心境。

壮士视死如归，饮酒自有一股豪气。“葡萄美酒夜光杯，欲饮琵琶马上催。醉卧沙场君莫笑，古来征战几人回！”（《凉州词》唐·王翰）

女杰对酒也有别样豪情。“不惜千金买宝刀，貂裘换酒也堪豪。一腔热血勤珍重，酒去犹能化碧涛。”（《对酒》近代·秋瑾）

曹操雄心壮志，要招揽人才，借酒沉思，“对酒当歌，人生几何？”“何以解忧？唯有杜康。”“周公吐哺，天下归心。”（《短歌行》三国·曹操）

柳永急切思念亲人而不得，想借酒消愁，然而酒也不能解真愁。“拟把疏狂图一醉。对酒当歌，强乐还无味。衣带渐宽终不悔，为伊消得人憔悴。”（《蝶恋花·伫倚危楼风细细》宋·柳永）

“乍暖还寒时候，最难将息。三杯两盏淡酒，怎敌他晚来风急？”（《声声慢·寻寻觅觅》宋·李清照）凄凉孤苦等待，酒也无可奈何

王朝更替，风气衰颓，酒歌消磨时光。“烟笼寒水月笼沙，夜泊秦淮近酒家。商女不知亡国恨，隔江犹唱《后庭花》。”（《泊秦淮》唐·杜牧）

苏东坡对“千古风流人物”“三国周郎赤壁”十分崇敬向往，用敬酒来祭奠英雄“人生如梦，一樽还酹江月。”（《念奴娇·赤壁怀古》宋·苏轼）

陶渊明认为自己的理想事业未成，彻夜不眠，又孤苦一人，无处倾诉，还好可以寄托于酒。“欲言无予和，挥杯劝孤影。日月掷人去，有志不获骋。”（《杂诗》晋·陶渊明）

一天又一天，一年又一年，同样的思念，同样的情景，晏殊用酒和词来排遣思绪，另有一番韵味。“一曲新词酒一杯，去年天气旧池台，夕阳西下几时回？无可奈何花落去，似曾相识燕归来，小园香径独徘徊。”（《浣溪沙·一曲新词酒一杯》宋·晏殊）

长年戍边，但是功业未就，不能回家，借酒来想家思亲人，呈现一片悲壮辛酸情。“浊酒一杯家万里，燕然未勒归无计。羌管悠悠霜满地。人不寐，将军白发征夫泪。”（《渔家傲·秋思》宋·范仲淹）

杜甫家境虽清贫，但淳朴好客畅饮。“盘飧市远无兼味，樽酒家贫只旧醅。肯与邻翁相对饮，隔篱呼取尽余杯。”（《客至》唐·杜甫）

“春江花朝秋月夜，往往取酒还独倾。”（《琵琶行》唐·白居易）这是经常性喝点酒的写照。

酒喝到恰到好处，似醉非醉，形象生动地写出微醉后的情态。“酒困路长惟欲睡，日高人渴漫思茶，敲门试问野人家。”（《浣溪沙·簌簌衣巾落枣花》宋·苏轼）

清明祭祀，寻找酒家，别有情怀。“清明时节雨纷纷，路上行人欲断魂。借问酒家何处有？牧童遥指杏花村。”（《清明》唐·杜牧）

“千里莺啼绿映红，水村山郭酒旗风。”（《江南春绝句》唐·杜牧）莺语山水，花红叶绿，风和酒香，和谐繁荣。

“李白一斗诗百篇，长安市上酒家眠，天子呼来不上船，自称臣是酒中仙。”（《饮中八仙歌》唐·杜甫）李白的豪情，“诗仙”的来历可见一斑。

杜甫年老多病，生活艰难，暂时把酒戒了。“艰难苦恨繁霜鬓，潦倒新停浊酒杯。”（《登

高》唐•杜甫）

前人诗歌中的酒文化，可谓多姿多彩。悲欢离合，酸甜苦辣，是非功过，成败盛衰，似乎都可以在杯酒中体现。这形成了一道亮丽的酒文化风景线，给我们留下了无穷遐想和启迪。酒文化与人类生活息息相关、密不可分，是人类文化海洋中的一朵奇葩。酒将永远伴随着人类的喜怒哀乐。然而如何利用酒使人类生活更加和谐、健康、美满，不断丰富酒文化，是值得人们常常思考的。

延伸阅读

有关酒文化的增广贤文

遇饮酒时须饮酒，得高歌处且高歌。渴时一滴如甘露，醉后添杯不如无。
酒中不语真君子，财上分明大丈夫。酒债寻常行处有，人生七十古来稀。
白酒酿成缘好客，黄金散尽为收书。酒逢知己千杯少，话不投机半句多。
相逢不饮空归去，洞口桃花也笑人。有茶有酒皆兄弟，急难何曾见一人。
酒不醉人人自醉，色不迷人人自迷。美酒饮至微醉后，好花看到半开时。
无求到处人情好，不饮任他酒价高。大道劝人三件事，戒酒除花莫赌钱。
若要断酒法，醒眼看醉人。莫吃卯时酒，昏昏醉到酉。
三杯通六道，一醉解千愁。座中常客满，杯中酒不空。
醉后乾坤大，壶中日月长。有花方酌酒，无月不登楼。
药能医假病，酒不解真愁。酒逢知己饮，诗向会人吟。
无钱方断酒，临老始看经。酒要少吃，事要多知。
司机一滴酒，亲人两行泪。送朋友酒，日食三餐。
有钱道真语，无钱语不真；不信但看筵中酒，杯杯先劝有钱人。
言多语失皆为酒，有事但逢君子说，是非休听小人言。
清清之水为土所防，济济之士为酒所伤。

第四节 浅赏古诗歌中的月亮情怀

一、描写月亮最长、最完整的诗歌

张若虚的《春江花月夜》被评为描写月亮最长、最完整的诗歌。这首诗，描写月亮，从海上升起“海上明月共潮生”，升到空中“皎皎空中孤月轮”，最后到落月“落月摇情满江树”。整个月夜，离别的亲人，互相思念，情深意切，十分感人。下面来欣赏这首诗：

春江花月夜

唐·张若虚

春江潮水连海平，海上明月共潮生。滟滟随波千万里，何处春江无月明！
江流宛转绕芳甸，月照花林皆似霰；空里流霜不觉飞，汀上白沙看不见。
江天一色无纤尘，皎皎空中孤月轮。江畔何人初见月？江月何年初照人？
人生代代无穷已，江月年年望相似。不知江月待何人，但见长江送流水。
白云一片去悠悠，青枫浦上不胜愁。谁家今夜扁舟子？何处相思明月楼？
可怜楼上月徘徊，应照离人妆镜台。玉户帘中卷不去，捣衣砧上拂还来。
此时相望不相闻，愿逐月华流照君。鸿雁长飞光不度，鱼龙潜跃水成文。
昨夜闲潭梦落花，可怜春半不还家。江水流春去欲尽，江潭落月复西斜。
斜月沉沉藏海雾，碣石潇湘无限路。不知乘月几人归，落月摇情满江树。

《春江花月夜》是一首脍炙人口的借月抒怀的佳作，这首诗抒写了真挚感人的离情别绪及富有哲理意味的人生感慨。语言清新优美，四句一换韵，韵律宛转悠扬，给人以澄澈空明、清丽自然的感觉。

二、描写月亮影响最广的诗歌

李白的《静夜思》被评为描写月亮影响最广的诗歌，几乎人人耳熟能详。

静夜思

唐·李白

床前明月光，疑是地上霜。
举头望明月，低头思故乡。

我们离开了家乡，自然而然会有许多思乡情绪，李白的这首《静夜思》寄托明月，简单、明白、生动、形象地表达了这种乡愁情绪。

李白应该是描写月亮的诗歌数量最多的诗人之一，中小学新、旧语文教材中就有许多他的写月的诗：

明月夜，家人思念远方征战的亲人。“长安一片月，万户捣衣声。秋风吹不尽，总是玉关情。”（《子夜吴歌》）

水中月亮，美不胜收。“月下飞天镜，云生结海楼。”（《渡荆门送别》）

自己一个人时，请月亮一起歌舞，自娱自乐，不孤独寂寞。“花间一壶酒，独酌无相亲。举杯邀明月，对影成三人。月既不解饮，影徒随我身。暂伴月将影，行乐须及春。我歌月徘徊，我舞影零乱。醒时相交欢，醉后各分散。永结无情游，相期邈云汉。”（《月下独酌》）

朋友受挫，寄情明月，送去安慰，雪中送炭，朋友情深。“杨花落尽子规啼，闻道龙标过五溪。我寄愁心与明月，随风直到夜郎西。”（《王昌龄左迁龙标遥有此寄》）

秋景弯月，送君思君，互敬互爱。“峨眉山月半轮秋，影入平羌江水流。夜发清溪向三峡，思君不见下渝州。”（《峨眉山月歌》）

日月同辉，仙人同乐。“我欲因之梦吴越，一夜飞度镜湖月。湖月照我影，送我至剡溪”“青冥浩荡不见底，日月照耀金银台。霓为衣兮风为马，云之君兮纷纷而来下。虎鼓瑟兮鸾回车，仙之人兮列如麻。”（《梦游天姥吟留别》）

饮酒赏月，要快乐，要自信。“人生得意须尽欢，莫使金樽空对月。天生我材必有用，千金散尽还复来。”（《将进酒》）

在困难面前要善于变通。“又闻子规啼夜月，愁空山。”（《蜀道难》）

“青天有月来几时？我今停杯一问之。人攀明月不可得，月行却与人相随。皎如飞镜临丹阙，绿烟灭尽清辉发。但见宵从海上来，宁知晓向云间没。白兔捣药秋复春，嫦娥孤栖与谁邻。今人不见古时月，今月曾经照古人。古人今人若流水，共看明月皆如此。唯愿当歌对酒时，月光常照金樽里。”（《把酒问月》）这也是一首完整的描写月亮的诗歌，给人许多联想和想象。

三、曹雪芹《红楼梦》中的吟月诗歌别有情趣

《红楼梦》被誉为封建社会的“百科全书”。确实如此，到了今天，形形色色的社会现象还基本上可从《红楼梦》中找到影子。《红楼梦》雅俗共赏，古今中外，三教九流，各取所需，入情共鸣，引人入胜，无愧为我国优秀的古典长篇小说之一。

《红楼梦》结构好，语言更好，其中诗歌也自成体系，值得人们去细细品赏。诗歌贯穿于《红楼梦》的始终，小说的人物形象，故事情节，环境描写都可在诗歌中发现，文中的这些诗歌可以说起到了提纲挈领的作用。

《红楼梦》中的诗歌涵盖了大千世界，春夏秋冬，名胜古迹，名人名景；尤为可贵的是对海棠、菊花、月亮、红梅、桃花、柳絮等一个个题材，多角度、多首诗来描写。李白、杜甫如果在世，也许也会为之惊叹。

《红楼梦》不但诗歌自成体系，而且精辟地论述了诗歌的特点，以及如何写诗，更重要的是靠自身勤奋、专心、刻苦、努力，启发人们应如何才能成就学业、事业。这在初中语文教材所节选的《香菱学诗》中充分体现。香菱向林黛玉、薛宝钗等学诗后，连续写了三首吟月的诗，一首比一首好。

吟 月 一

月桂中天夜色寒，清光皎皎影团团。诗人助兴常思玩，野客添愁不忍观。
翡翠楼边悬玉镜，珍珠帘外挂冰盘。良宵何用烧银烛，晴彩辉煌映画栏。

吟 月 二

非银非水映窗寒，试看晴空护玉盘。淡淡梅花香欲染，丝丝柳带露初干。

只疑残粉涂金砌，恍若轻霜抹玉栏。梦醒西楼人迹绝，余容犹可隔帘看。

吟 月 三

精华欲掩料应难，影自娟娟魄自寒。一片砧敲千里白，半轮鸡唱五更残。

绿蓑江上秋闻笛，红袖楼头夜倚栏。博得嫦娥应自问：何缘不使永团圞？

四、诗人用明月来表达自己的宏伟理想

曹操借助明月抒发了想招揽人才、建功立业的迫切愿望。“明明如月，何时可掇？”“月明星稀，乌鹊南飞。绕树三匝，何枝可依？山不厌高，海不厌深。周公吐哺，天下归心。”（《短歌行》三国·曹操）

李白崇拜“蓬莱文章建安骨，中间小谢又清发”，以他们为榜样，也用明月表达自己的宏伟理想，“俱怀逸兴壮思飞，欲上青天览明月”。并马上行动“明朝散发弄扁舟”（《宣州谢朓楼饯别校书叔云》）。更充满自信“天生我材必有用”（《将进酒》），尤其对实现理想充满希望，“长风破浪会有时，直挂云帆济沧海”（《行路难（其一）》）。

“有梦想谁都了不起，有勇气就会有奇迹”（2008年奥运语），曹操、李白等有了理想，且不懈努力，成就了自己的伟大事业和不朽的文学作品。

五、诗人借月表达对恋人、情人、亲人的思念，抒发乡愁

明月夜，思念情人、恋人，期待梦中相会。“海上生明月，天涯共此时。情人怨遥夜，竟夕起相思。灭烛怜光满，披衣觉露滋。不堪盈手赠，还寝梦佳期。”（《望月怀远》唐·张九龄）

当明月夜来临时，无奈无果的思恋尤甚。“沧海月明珠有泪，蓝田日暖玉生烟。此情可待成追忆，只是当时已惘然。”（《锦瑟》唐·李商隐）

借秋月“乞巧”“牛郎织女”的传说，盼望有情人终成眷属。“七夕今宵看碧霄，牵牛织女渡河桥。家家乞巧望秋月，穿尽红丝几万条。”（《乞巧》唐·林杰）

心爱的人何时才能回家？期待明月夜能团聚。“云中谁寄锦书来？雁字回时，月满西楼。”（《一剪梅·红藕香残玉簟秋》宋·李清照）

元宵佳节，全民欢庆。寄寓明月，一夜无眠。帅哥美女，烂漫约会。乍惊乍喜，回味无穷。“东风夜放花千树，更吹落，星如雨。宝马雕车香满路。凤箫声动，玉壶光转，一夜鱼龙舞。蛾儿雪柳黄金缕，笑语盈盈暗香去。众里寻他千百度，蓦然回首，那人却在，灯火阑珊处。”（《青玉案·元夕》宋·辛弃疾）

去年元宵明月夜约会喜悦，今年为何约而不会？是否会伤心落泪到天明？“去年元夜时，花市灯如昼。月上柳梢头，人约黄昏后。今年元夜时，月与灯依旧。不见去年人，泪湿春衫袖。”（《生查子·元夕》宋·欧阳修）

旅途中，到了晚上，就会思念故乡；明月夜，思乡情更浓。“移舟泊烟渚，日暮客愁新。野旷天低树，江清月近人。”（《宿建德江》唐·孟浩然）

一夜思念故乡，晨起，披星戴月又出发。“晨起动征铎，客行悲故乡。鸡声茅店月，人迹板桥霜。”（《商山早行》唐·温庭筠）

离开家乡去奋斗，路途虽然近，也不能常常回家，只能寄情明月。“京口瓜洲一水间，钟山只隔数重山。春风又绿江南岸，明月何时照我还？”（《泊船瓜州》宋·王安石）

离开家乡，思念亲人，常常忧愁，月夜无眠。“月落乌啼霜满天，江枫渔火对愁眠。姑苏城外寒山寺，夜半钟声到客船。”（《枫桥夜泊》唐·张继）

心爱的人的分离，明月夜，苦思恋，一夜无眠到天明。“明月不谙离恨苦，斜光到晓穿朱户。”（《蝶恋花·槛菊愁烟兰泣露》宋·晏殊）

诗人被“安史之乱”叛军俘虏，月夜中，担忧着远方的妻子儿女，这种心境有多少人能体会？“今夜鄜州月，闺中只独看。遥怜小儿女，未解忆长安。香雾云鬟湿，清辉玉臂寒。何时倚虚幌，双照泪痕干？”（《月夜》唐·杜甫）

国家动荡，兄弟骨肉分离。盼团聚，无奈无法团聚。明月夜，相互思念，泪盈盈。“时难年荒世业空，弟兄羁旅各西东。田园寥落干戈后，骨肉流离道路中。吊影分为千里雁，辞根散作九秋蓬。共看明月应垂泪，一夜乡心五处同。”（《望月有感》唐·白居易）

月朦胧，人无眠。有理想，无知音。忧国难，怎么办？是进军，还是退？“昨夜寒蛩不住鸣。惊回千里梦，已三更。起来独自绕阶行。人悄悄，窗外月胧明。白首为功名，旧山松竹老，阻归程。欲将心事付瑶琴，知音少，弦断有谁听？”（《小重山·昨夜寒蛩不住鸣》宋·岳飞）

岁月快速流逝，希望年轻人，要及时奋发有为。“三十功名尘与土，八千里路云和月。莫等闲，白了少年头，空悲切！”（《满江红·写怀》宋·岳飞）

多少个月夜，回首往事，想当年，不励精图治，无奈自毁前程，后悔无益。“无言独上西楼，月如钩，寂寞梧桐深院锁清秋。”（《相见欢·无言独上西楼》南唐·李煜）“春花秋月何时了，往事知多少？”“小楼昨夜又东风，故国不堪回首月明中。”（《虞美人·春花秋月何时了》南唐·李煜）

六、把月亮描写得很美、别有神采、别有情趣的诗歌

“白日沦西阿，素月出东岭。遥遥万里辉，荡荡空中景。”（《杂诗》晋·陶渊明）

“秋风萧瑟，洪波涌起。日月之行，若出其中。”（《观沧海》三国·曹操）

“可怜九月初三夜，露似珍珠月似弓。”（《暮江吟》唐·白居易）

“独坐幽篁里，弹琴复长啸。深林人不知，明月来相照。”（《竹里馆》唐·王维）

“人闲桂花落，夜静春山空。月出惊山鸟，时鸣春涧中。”（《鸟鸣涧》唐·王维）

“明月松间照，清泉石上流。”（《山居秋暝》唐·王维）

“大漠沙如雪，燕山月似钩。”（《马诗》唐·李贺）

“鸟宿池边树，僧敲月下门。”（《题李凝幽居》唐·贾岛）

“掬水月在手，弄花香满衣。”（《春山夜月》唐·于良史）

“更深月色半人家，北斗阑干南斗斜。”（《月夜》唐·刘方平）

“归来饱饭黄昏后，不脱蓑衣卧月明。”（《牧童》唐·吕岩）

“醉不成欢惨将别，别时茫茫江浸月。”“东船西舫悄无言，唯见江心秋月白。”“去来江口守空船，绕船月明江水寒。”“春江花朝秋月夜，往往取酒还独倾。”“今年欢笑复明年，秋月春风等闲度。”（《琵琶行》唐·白居易）

“星垂平野阔，月涌大江流。”（《旅夜书怀》唐·杜甫）

“湖光秋月两相和，潭面无风镜未磨。遥望洞庭山水翠，白银盘里一青螺。”（《望洞庭》唐·刘禹锡）

“寻章摘句老雕虫，晓月当帘挂玉弓。”（《南园（其六）》唐·李贺）

“淮水东边旧时月，夜深还过女墙来。”（《石头城》唐·刘禹锡）

“东风袅袅泛崇光，香雾空蒙月转廊。”（《海棠·东风袅袅泛崇光》宋·苏轼）

“从今若许闲乘月，拄杖无时夜叩门。”（《游山西村》宋·陆游）

“明月别枝惊鹊，清风半夜鸣蝉。”（《西江月·夜行黄沙道中》宋·辛弃疾）

“疏影横斜水清浅，暗香浮动月黄昏。”（《山园小梅（其一）》宋·林逋）

“好水好山看不足，马蹄催趁月明归。”（《池州翠微亭》宋·岳飞）

“烟笼寒水月笼沙，夜泊秦淮近酒家。”（《桂枝香·金陵怀古》宋·王安石）

“清风明月无人管，并作南楼一味凉。”（《鄂州南楼书事（其一）》宋·黄庭坚）

“月黑见渔灯，孤光一点萤。微微风簇浪，散作满河星。”（《舟夜书所见》清·查慎行）

“白发渔樵江渚上，惯看秋月春风。”（《临江仙·滚滚长江东逝水》明·杨慎）

……

自古以来，月亮为世人所钟爱。多少文人雅士对月抒怀，举杯邀月；多少天涯亲朋对月苦想，望月思念团聚；多少痴情爱侣，对月盟誓，演绎浪漫的爱情故事，抒发美好情怀。

月亮从古至今，亘古不变，明朗、清澈、温润，静静悬挂于太空，不与太阳争光辉，以独一无二的姿态，悄悄地来，又悄悄地走，留给我们无尽的遐想与沉思。人类的心灵也应像月亮一样美好，如果每个人的心中都有一轮明月，便可照破黑暗，照亮前进的方向，心灵将不再徘徊与彷徨。

人们如果保持一颗纯洁的明月心，“不以物喜，不以己悲”（《岳阳楼记》宋·范仲淹），正确面对得与失，正确面对成功与失败，正确面对“悲欢离合”，像月亮那样从容淡定地应对“阴晴圆缺”，淡泊宁静，宠辱不惊，就无愧于当下这美好的时光。

和学生一起欣赏“月亮”的诗歌，增情添趣，长知识，长见识，长做人的道理。

第五节 浅赏古诗歌中的榜样

一、李白曾把“建安七子”“曹操父子”及谢朓作为榜样

宣州谢朓楼饯别校书叔云

弃我去者，昨日之日不可留；乱我心者，今日之日多烦忧。
长风万里送秋雁，对此可以酣高楼。蓬莱文章建安骨，中间小谢又清发。
俱怀逸兴壮思飞，欲上青天览明月。抽刀断水水更流，举杯消愁愁更愁。
人生在世不称意，明朝散发弄扁舟。

秋登宣城谢朓北楼

江城如画里，山晓望晴空。两水夹明镜，双桥落彩虹。
人烟寒橘柚，秋色老梧桐。谁念北楼上，临风怀谢公？

李白向“建安七子”“曹操父子”学习“蓬莱文章建安骨”，更把南齐的谢朓作为自己的榜样，“中间小谢又清发”。谢朓诗歌、文章都很有成就，李白十分崇敬他，“谁念北楼上，临风怀谢公？”李白不断向前人学习，以前人的文学成就来激励自己，树立远大的理想，“俱怀逸兴壮思飞，欲上青天览明月”，登上了浪漫主义诗歌的顶峰。

二、杜甫和陆游曾把诸葛亮作为榜样

蜀　相

唐 · 杜甫

丞相祠堂何处寻？锦官城外柏森森。映阶碧草自春色，隔叶黄鹂空好音。
三顾频烦天下计，两朝开济老臣心。出师未捷身先死，长使英雄泪满襟。

杜甫对诸葛亮的一生功业作了精要的概括“三顾频烦天下计，两朝开济老臣心”，非常崇拜。但对诸葛亮最后没有统一祖国大业“出师未捷身先死”，病逝在战场上，又感到十分惋惜，这是否与杜甫的人生经历产生共鸣？

书　愤

宋 · 陆游

早岁那知世事艰，中原北望气如山。楼船夜雪瓜洲渡，铁马秋风大散关。
塞上长城空自许，镜中衰鬓已先斑。出师一表真名世，千载谁堪伯仲间。

陆游对诸葛亮的功绩非常崇拜，认为诸葛亮一生功业无人能比，“出师一表真名世，千载谁堪伯仲间”。诸葛亮为统一祖国鞠躬尽瘁死而后已。陆游以诸葛亮为榜样，在自己的人

生快终结时，还表达了向往祖国统一的志向，“死去元知万事空，但悲不见九州同。王师北定中原日，家祭无忘告乃翁。”（《示儿》陆游）

三、王维和李清照曾把陶渊明作为榜样

陶渊明自号“五柳先生”，少时颇有壮志，后来厌恶官场黑暗，辞官归隐，过上躬耕田园生活，给后人留下了大量田园诗。王维与陶渊明的经历颇有些相似，产生共鸣，写下了下面这首诗：

辋川闲居赠裴秀才迪

唐 · 王维

寒山转苍翠，秋水日潺湲。倚杖柴门外，临风听暮蝉。
渡头余落日，墟里上孤烟。复值接舆醉，狂歌五柳前。

王维直接把自己也称为“五柳”，“复值接舆醉，狂歌五柳前”可见王维后来的隐居生活受陶渊明的影响比较大。

李清照由于国难，逃离故土，丈夫不幸又病逝，遇到这么大的挫折，该怎么办？李清照从项羽那里吸取教训，“生当作人杰，死亦为鬼雄。至今思项羽，不肯过江东。”（《夏日绝句》宋 · 李清照）李清照对项羽评价十分高，生是人杰，死是鬼雄，但又很惋惜，为什么不逃回江东？“留得青山在，不怕没柴烧”，人只要活下来，就会有希望。因此李清照还是选择坚强地生活，她还给我们留下了许多优美的婉约诗歌，如：

醉花阴 · 薄雾浓云愁永昼

宋 · 李清照

薄雾浓云愁永昼，瑞脑消金兽。佳节又重阳，玉枕纱厨，半夜凉初透。
东篱把酒黄昏后，有暗香盈袖。莫道不消魂，帘卷西风，人比黄花瘦。

而这首词中“东篱把酒黄昏后”引用了陶渊明的《饮酒（其五）》中的内容，说明李清照对陶渊明的田园生活也曾十分向往崇拜。下面欣赏陶渊明的《饮酒（其五）》：

饮酒（其五）

晋 · 陶渊明

结庐在人境，而无车马喧。问君何能尔？心远地自偏。采菊东篱下，
悠然见南山。山气日夕佳，飞鸟相与还。此中有真意，欲辨已忘言。

四、苏轼曾把周瑜和孙权作为榜样

念奴娇·赤壁怀古

宋·苏轼

大江东去，浪淘尽，千古风流人物。故垒西边，人道是，三国周郎赤壁。乱石穿空，惊涛拍岸，卷起千堆雪。江山如画，一时多少豪杰。

遥想公瑾当年，小乔初嫁了，雄姿英发。羽扇纶巾，谈笑间，樯橹灰飞烟灭。故国神游，多情应笑我，早生华发。人生如梦，一樽还酹江月。

江城子·密州出猎

宋·苏轼

老夫聊发少年狂，左牵黄，右擎苍。锦帽貂裘，千骑卷平冈。为报倾城随太守，亲射虎，看孙郎。

酒酣胸胆尚开张，鬓微霜，又何妨！持节云中，何日遣冯唐？会挽雕弓如满月，西北望，射天狼。

苏轼的这两首词是宋朝豪放派词的代表作。

《念奴娇·赤壁怀古》，精要描写了“周郎”年纪轻轻就统率大军与曹操决战，取得了“赤壁之战”的伟大胜利。苏轼对周瑜的建功立业十分钦佩，并用酒来表达自己的敬意“一樽还酹江月”，这实际上也表达了苏轼的“壮心不已”。

《江城子·密州出猎》，苏轼对孙权年纪轻轻，就有非凡胆识十分崇拜，“亲射虎，看孙郎”，也表达了苏轼想不断为国出力的愿望，“会挽雕弓如满月，西北望，射天狼”。

五、辛弃疾曾把孙权作为榜样

辛弃疾对孙权可以说是钦佩有加，甚至希望自己的儿子也能像孙权“生子当如孙仲谋”。欣赏下面这首词：

南乡子·登京口北固亭有怀

宋·辛弃疾

何处望神州？满眼风光北固楼。千古兴亡多少事？悠悠。不尽长江滚滚流。

年少万兜鍪，坐断东南战未休。天下英雄谁敌手？曹刘。生子当如孙仲谋。

六、秋瑾曾把李白作为榜样

近代革命家秋瑾十分崇拜李白的豪气，写下了著名的七绝诗：

对 酒

近代 · 秋瑾

不惜千金买宝刀，貂裘换酒也堪豪。
一腔热血勤珍重，洒去犹能化碧涛。

秋瑾所对的诗是李白的《将进酒》：

将 进 酒

唐 · 李白

君不见黄河之水天上来，奔流到海不复回。
君不见高堂明镜悲白发，朝如青丝暮成雪。
人生得意须尽欢，莫使金樽空对月。天生我材必有用，千金散尽还复来。
烹羊宰牛且为乐，会须一饮三百杯。岑夫子，丹丘生，将进酒，杯莫停。
与君歌一曲，请君为我倾耳听。钟鼓馔玉不足贵，但愿长醉不复醒。
古来圣贤皆寂寞，惟有饮者留其名。陈王昔时宴平乐，斗酒十千恣欢谑。
主人何为言少钱？径须沽取对君酌。
五花马，千金裘，呼儿将出换美酒，与尔同销万古愁。

李白的"天生我材必有用，千金散尽还复来""五花马，千金裘，呼儿将出换美酒，与尔同销万古愁"这种逆境中的豪气，对秋瑾不惜千金义无反顾地投身革命事业有相当的激励作用。

七、毛泽东曾把曹操、陆游等作为榜样

浪淘沙 · 北戴河

毛泽东（1954 年夏）

大雨落幽燕，白浪滔天，秦皇岛外打鱼船。一片汪洋都不见，知向谁边？
往事越千年，魏武挥鞭，东临碣石有遗篇。萧瑟秋风今又是，换了人间。

毛泽东 1949 年 10 月 1 日在天安门城楼上宣布："中华人民共和国中央人民政府成立了！"人民翻身得解放，"换了人间"。从这首词中可以看出毛泽东对曹操的文功武治十分崇拜。"魏武挥鞭，东临碣石有遗篇"中的"遗篇"指的就是曹操的这首诗：

观 沧 海

三国 · 曹操

东临碣石，以观沧海。水何澹澹，山岛竦峙。树木丛生，百草丰茂。
秋风萧瑟，洪波涌起。日月之行，若出其中；星汉灿烂，若出其里。
幸甚至哉，歌以咏志。

毛泽东对曹操的崇敬还包括对下面这首诗的推崇：

龟 虽 寿

三国 · 曹操

神龟虽寿，犹有竟时。腾蛇乘雾，终为土灰。老骥伏枥，志在千里。
烈士暮年，壮心不已。盈缩之期，不但在天；养怡之福，可得永年。
幸甚至哉，歌以咏志。

毛泽东把曹操的《龟虽寿》书写成“座右铭”，送给一些亲密战友，用这首词来激励战友，“壮心不已”“志在千里”，更希望战友要注意养生保健，希望能够健康长寿，“养怡之福，可得永年”。

毛泽东对陆游的如下这首词应该是十分欣赏：

卜算子 · 咏梅

宋 · 陆游

驿外断桥边，寂寞开无主。已是黄昏独自愁，更著风和雨。
无意苦争春，一任群芳妒。零落成泥碾作尘，只有香如故。

然而陆游的这首词属于“婉约”派的词，毛泽东就改变意境和了一首：

卜算子 · 咏梅

毛泽东

风雨送春归，飞雪迎春到。已是悬崖百丈冰，犹有花枝俏。
俏也不争春，只把春来报。待到山花烂漫时，她在丛中笑。

毛泽东的《卜算子 · 咏梅》十分“豪放”，对梅花有自己独到的见解，使梅花成为领导使者，引领众芳，充分体现了伟人的气度、风采。接下来欣赏毛泽东的这首词：

沁园春·雪

毛泽东（1936年2月）

北国风光，千里冰封，万里雪飘。
望长城内外，惟余莽莽；大河上下，顿失滔滔。
山舞银蛇，原驰蜡象，欲与天公试比高。须晴日，看银装素裹，分外妖娆。
江山如此多娇，引无数英雄竞折腰。
惜秦皇汉武，略输文采；唐宗宋祖，稍逊风骚。
一代天骄，成吉思汗，只识弯弓射大雕。具往矣，数风流人物，还看今朝。

毛泽东的这首词，对“秦皇汉武”“唐宗宋祖”“成吉思汗”做了恰如其分的评价，称他们是“英雄”，对他们的建国功业，十分赞赏，向他们学习；然而对他们的文学才华方面的欠缺，又感到惋惜。因此应该取长补短，做文武双全的建国立业者，这对毛泽东来说十分自信，“数风流人物，还看今朝”，这充分体现了一代伟人的非凡风采。

《沁园春·雪》是毛泽东到重庆与蒋介石谈判时，在重庆公开发表的。这首词一发表，就震惊了国民党统治区，轰动了全国，有志之士把祖国的未来和希望就寄托在毛泽东身上。“尽管我们很难达到伟人的境界，但是以伟人的为人处世的言行为典范，指导自己的言行，显然有利于个人的成长，朝着伟人的方向攀登，本身就是一种人生。一个凡人，始终不渝地崇拜着一位伟人，他一定能减少许多庸人层次的烦恼，一定能较容易地使自己摆脱低层次的现象的缠绕，从而使自己在许多问题上能超凡脱俗”（魏书生）。这就是榜样的力量。

子曰：“三人行，必有我师焉。择其善者而从之，其不善者而改之。”“见贤而思齐焉，见不贤而内自省也。”职校学生，在学习道路上，能够选择“善”“贤”的榜样，来勉励自己，对未来学习、生活、事业，定会更有意义，更充满希望，更快乐幸福。

第六节 浅赏李白诗中的自我心理干预

一、一般情况下的人生困惑的排解办法

宣州谢朓楼饯别校书叔云

弃我去者，昨日之日不可留；乱我心者，今日之日多烦忧。
长风万里送秋雁，对此可以酣高楼。蓬莱文章建安骨，中间小谢又清发。
俱怀逸兴壮思飞，欲上青天览明月。抽刀断水水更流，举杯消愁愁更愁。
人生在世不称意，明朝散发弄扁舟。

这首诗写出了人生的一般特点，人对已经过去的时光，常常会感到惋惜；对正在过着

的日子，又有许多烦忧，常常感到不能称心如意。“弃我去者，昨日之日不可留；乱我心者，今日之日多烦忧”“人生在世不称意”。由此会产生许多心理困惑，如何来排解心理困惑？如何使自己的人生不惋惜，少烦扰？

1）应该努力使自己的学习、工作有成效，有成就感，欣赏春华秋实；还应该学会自我肯定，自我鼓励，自我欣赏，自我嘉奖。“长风万里送秋雁，对此可以酣高楼”。这样回首往事时可以为不曾碌碌无为而自豪。

2）要慎重寻找榜样，向“蓬莱文章建安骨”“建安七子”“曹操父子”他们学习。“中间小谢又清发”“谁念北楼上，临风怀谢公？”（《秋登宣城谢朓北楼》唐·李白）。南齐的谢朓诗歌、文章都很有成就，李白十分崇敬他。人有了榜样，就犹如有了指路明灯，对生活会更充满希望。

3）要树立远大的理想，有了理想，才有奋斗目标，人生才有意义。“俱怀逸兴壮思飞，欲上青天览明月”。

4）应该运用科学的方法去实现理想，方法正确就能事半功倍。否则就会事倍功半，甚至可能会劳而无功，那酒也无可奈何，“抽刀断水水更流，举杯消愁愁更愁”。

5）要发挥自己的优点和特长，“明朝散发弄扁舟”。按照自己的特点、兴趣、优势和天赋去拼搏，“八仙过海，各显神通”，就有可能实现自己的理想。

细细领悟李白的这首诗，就能少惋惜，少后悔，少烦扰，少困惑。人生过程的许多不如意也许就排解了。

二、当学习、工作中遇到困难时的排解办法

行路难（其一）

金樽清酒斗十千，玉盘珍馐直万钱。停杯投箸不能食，拔剑四顾心茫然。
欲渡黄河冰塞川，将登太行雪满山。闲来垂钓碧溪上，忽复乘舟梦日边。
行路难！行路难！多歧路，今安在？长风破浪会有时，直挂云帆济沧海。

在学习、工作过程中，我们难免会遇到各种各样的困难，有时会感到困难重重，甚至可能会感觉到很难解决困难，“欲渡黄河冰塞川，将登太行雪满山。”“行路难！行路难！多歧路，今安在？”造成心理困惑“拔剑四顾心茫然”，那应该怎么办？李白的诗告诉我们，首先要静下心来休整，让自己的心情放松下来。“闲来垂钓碧溪上，忽复乘舟梦日边。”然后再想办法，去拼搏奋斗解决。更重要的是，对克服困难，要充满信心，充满希望，相信会有“一帆风顺”的未来，“长风破浪会有时”。用这样的心态来克服困难，坚信困难会远离我们，就有可能“直挂云帆济沧海”。

三、当遇到无法克服的困难时的排解办法

当确实遇到无法克服的困难时，要善于变通，善于调整自己，不能一头钻入“牛角尖”

不回头。下面来好好欣赏李白的《蜀道难》：

噫吁嚱，危乎高哉！蜀道之难，难于上青天！
蚕丛及鱼凫，开国何茫然！尔来四万八千岁，不与秦塞通人烟。
西当太白有鸟道，可以横绝峨嵋巅。地崩山摧壮士死，然后天梯石栈相钩连。
上有六龙回日之高标，下有冲波逆折之回川。
黄鹤之飞尚不得过，猿猱欲度愁攀缘。青泥何盘盘，百步九折萦岩峦。
扪参历井仰胁息，以手抚膺坐长叹。问君西游何时还？畏途巉岩不可攀。
但见悲鸟号古木，雄飞雌从绕林间。又闻子规啼夜月，愁空山。
蜀道之难，难于上青天，使人听此凋朱颜！
连峰去天不盈尺，枯松倒挂倚绝壁。飞湍瀑流争喧豗，砯崖转石万壑雷。
其险也如此，嗟尔远道之人胡为乎来哉！
剑阁峥嵘而崔嵬，一夫当关，万夫莫开。所守或匪亲，化为狼与豺。
朝避猛虎，夕避长蛇；磨牙吮血，杀人如麻。锦城虽云乐，不如早还家。
蜀道之难，难于上青天，侧身西望长咨嗟！

当遇到“蜀道之难，难于上青天”如此大的困难时，就要善于调整自我，“锦城虽云乐，不如早还家”。要善于变通、妥协，善于振作自己，或者用另一种方法尝试。

四、当一个人寂寞、孤独时的排解方法

月下独酌

花间一壶酒，独酌无相亲。举杯邀明月，对影成三人。
月既不解饮，影徒随我身。暂伴月将影，行乐须及春。
我歌月徘徊，我舞影零乱。醒时相交欢，醉后各分散。
永结无情游，相期邈云汉。

李白一个人寂寞时，喝点酒，自娱自乐，与鸟、云、山、水、月等对话、交流，“行乐须及春”。“众鸟高飞尽，孤云独去闲。相看两不厌，只有敬亭山。”（《独坐敬亭山》唐·李白）自己想方设法去寻找快乐，一个人也可以载歌载舞，“我歌月徘徊，我舞影零乱。”这也很值得我们思考借鉴。

五、当在工作、人际交往中遇到烦恼时的排解办法

李白用旅游或想象旅游的方法来排解，这不失为是一种好方法。

梦游天姥吟留别

海客谈瀛洲，烟涛微茫信难求。越人语天姥，云霞明灭或可睹。
天姥连天向天横，势拔五岳掩赤城。天台四万八千丈，对此欲倒东南倾。

我欲因之梦吴越，一夜飞度镜湖月。湖月照我影，送我至剡溪。
谢公宿处今尚在，渌水荡漾清猿啼。脚著谢公屐，身登青云梯。
半壁见海日，空中闻天鸡。千岩万转路不定，迷花倚石忽已暝。
熊咆龙吟殷岩泉，栗深林兮惊层巅。云青青兮欲雨，水澹澹兮生烟。
列缺霹雳，丘峦崩摧。洞天石扉，訇然中开。
青冥浩荡不见底，日月照耀金银台。霓为衣兮风为马，云之君兮纷纷而来下。
虎鼓瑟兮鸾回车，仙之人兮列如麻。忽魂悸以魄动，恍惊起而长嗟。
惟觉时之枕席，失向来之烟霞。世间行乐亦如此，古来万事东流水。
别君去兮何时还？且放白鹿青崖间，须行即骑访名山。
安能摧眉折腰事权贵，使我不得开心颜？

李白在工作中，与上司产生了矛盾，遇到了烦恼、郁闷的事情。“安能摧眉折腰事权贵，使我不得开心颜？”心情不愉快，那该怎么办？他常准备着，随时去秀丽河山中旅游，来排解烦恼。“且放白鹿青崖间，须行即骑访名山。”在游览过程中，美景赏心悦目，使自己的烦恼、郁闷、忧愁、焦虑一扫而空，快哉！乐哉！“世间行乐亦如此”！李白通过旅游，人生的境界也提高了，心胸也变得开阔了，“古来万事东流水”，人世间的悲欢离合，阴晴圆缺，酸甜苦辣全都看开了。

李白在旅途中还留下了许多描绘祖国秀丽河山的千古名篇，让我们从诗中领略欣赏那“江山如画”（《念奴娇·赤壁怀古》宋·苏轼）“江山如此多娇”（《沁园春·雪》毛泽东）的美景。例如下面三首诗：

早发白帝城

朝辞白帝彩云间，千里江陵一日还。
两岸猿声啼不住，轻舟已过万重山。

望天门山

天门中断楚江开，碧水东流至此回。
两岸青山相对出，孤帆一片日边来。

望庐山瀑布

日照香炉生紫烟，遥看瀑布挂前川。
飞流直下三千尺，疑是银河落九天。

选择旅游欣赏美景，来排解心理烦恼、排解心理困惑的诗人很多，这是一种十分有效的方法，也是一种高境界。如“候馆梅残，溪桥柳细。草薰风暖摇征辔。离愁渐远渐无穷，

迢迢不断如春水。寸寸柔肠，盈盈粉泪。楼高莫近危栏倚。平芜尽处是春山，行人更在春山外。”（《踏莎行·候馆梅残》欧阳修）旅游，赏景，去亲近大自然，投入大自然的怀抱，“迢迢不断如春水”，“山光悦鸟性，潭影空人心”（《题破山寺后禅院》唐·常建），赏心悦目，“离愁渐远渐无穷”，能使人烦恼、忧愁减半，甚至全无。“楼高莫近危栏倚”，当然旅游途中安全也尤为重要。

六、人生快乐的方法

将 进 酒

君不见黄河之水天上来，奔流到海不复回。
君不见高堂明镜悲白发，朝如青丝暮成雪。
人生得意须尽欢，莫使金樽空对月。天生我材必有用，千金散尽还复来。
烹羊宰牛且为乐，会须一饮三百杯。岑夫子，丹丘生，将进酒，杯莫停。
与君歌一曲，请君为我倾耳听。钟鼓馔玉不足贵，但愿长醉不复醒。
古来圣贤皆寂寞，惟有饮者留其名。陈王昔时宴平乐，斗酒十千恣欢谑。
主人何为言少钱？径须沽取对君酌。
五花马，千金裘，呼儿将出换美酒，与尔同销万古愁。

李白的《将进酒》对于人生有透彻的领悟：人生的时间一去不复返，而且又非常短暂，这用形象的比喻来表达，“君不见黄河之水天上来，奔流到海不复回；君不见高堂明镜悲白发，朝如青丝暮成雪”。这样的人生应该快快乐乐地度过，“人生得意须尽欢”。快乐人生是我们每一个人都孜孜以求的，那么如何才能真正快乐起来？《将进酒》告诉了我们许多有益的方法：

1）经常喝一点酒，或吃一点、买一点自己喜欢的东西，“莫使金樽空对月”，这有利于人的快乐生活。

2）对自己要自信，相信自己在这个世界上是很重要的、独一无二的，相信自己能有所作为，相信自己有无穷的潜力，相信自己能成功；每个人都有自己的长处，应当选择能够充分发挥自己潜力的工作和职业，只要能发挥自己的优势特长，无论是小职员还是董事长，都能得到快乐和满足。“天生我材必有用”，这应该是快乐的前提。

3）对金钱，要有深切的理解。赚钱是必须的，但不要只想赚钱；存点钱是必要的，但不要总想越多越好。

俗话说“有钱能使鬼推磨”，钱能使人变成“鬼”，用钱使人变成“鬼”的人应该是“大鬼”了。古人创造的“铜钱”，形状外圆内方，活像古代束缚犯人用的“枷锁”，“钱”越多，“枷锁”就越紧、越重、越大。

“金钱”要取之有道，勤劳致富；人不能把“钱”看得太重，要学会、懂得把“钱”与别人分享，“千金散尽还复来”，这样才有可能使自己真正快乐起来。

4）经常与朋友一起聚一聚，“烹羊宰牛且为乐，会须一饮三百杯。岑夫子，丹丘生，将进酒，杯莫停”，“有朋自远方来，不亦乐乎”（孔子）。

李白自己将要远行，朋友汪伦来相送，那是莫大的幸福快乐。“李白乘舟将欲行，忽闻岸上踏歌声。桃花潭水深千尺，不及汪伦送我情”（《赠汪伦》唐·李白）。

朋友孟浩然将要远行，李白相送，也是莫大的幸福。“故人西辞黄鹤楼，烟花三月下扬州。孤帆远影碧空尽，唯见长江天际流”（《黄鹤楼送孟浩然之广陵》唐·李白）。

朋友王昌龄遇到挫折，危难时候见真情，朋友情尤为珍贵，李白及时去安慰，送去的尽是温暖；可以想象王昌龄因为有知心朋友的劝慰，烦恼定会减轻，甚至会渐渐消失。“杨花落尽子规啼，闻道龙标过五溪。我寄愁心与明月，随风直到夜郎西”（《闻王昌龄左迁龙标遥有此寄》唐·李白）。

人应该有几位知心朋友，在学习、工作、生活中有了快乐，与朋友一起分享，快乐就会加倍；有了烦恼、不顺心的事，向朋友倾诉，“与君歌一曲，请君为我倾耳听”，或许困惑就豁然开朗、柳暗花明了。因此，人如果有几位知心朋友，生活会更有意义、更快乐、更幸福。

5）家里的财产不要看得太重，毕竟都是身外之物，“钟鼓馔玉不足贵”，有了这种境界，或许离快乐就不远了。

6）对自己的人生要求、人生目标不要定得太高，“古来圣贤皆寂寞”。人不能没有理想，但理想要切合实际，“跳一跳，能摘到桃子”，否则也会产生不必要的烦恼。

7）遇到挫折，遇到困惑，遇到冤枉，要做一点比较。要与比自己更不幸的人比较，如诗歌中李白与曹植比较，曹植本来是被曹操预定为接班人的，但是后来接班人却变成了曹丕，还被曹丕骨肉相残，“煮豆燃豆萁，豆在釜中泣。本是同根生，相煎何太急！”（《七步诗》三国·曹植）。然而曹植遇到了这种常人难以想象的逆境，还能够调整自我，振作自己，快乐生活，“陈王昔时宴平乐，斗酒十千恣欢谑”（陈王即曹植）。这样的比较很有必要，这样的比较就会“人比人，幸福人”，而不是“人比人，气死人”。生活要与艰苦的比，工作要与不顺的比，机遇要与磨难的比，比出自己的自豪、幸福、快乐来。

8）为了排除忧愁，让自己心情快乐起来，即使没有钱，可以把家里的财物拿去换，“五花马，千金裘，呼儿将出换美酒，与尔同销万古愁”，这是一种逆境中的豪气。近代革命家秋瑾十分崇拜李白，写下了著名诗《对酒》“不惜千金买宝刀，貂裘换酒也堪豪。一腔热血勤珍重，洒去犹能化碧涛”这样的人生才能排除心理困惑，才会快乐起来。

李白的诗歌，对于我们自我心理辅导、自我心理干预是良方，很值得我们细细欣赏、深深领悟、多多借鉴。

第七节 品赏古诗歌，弘扬传统节日文化

一、春节

“爆竹声中一岁除，春风送暖入屠苏。千门万户曈曈日，总把新桃换旧符。”（《元日》宋·王安石）这首诗，写出了“春节”的特点：烟花爆竹声声劲，辞旧迎新瑞气漾；春风拂面贺新年，相互祝福话吉祥。

农历正月初一是“春节”，又叫阴历（农历）年，俗称“过年”。这是我国民间最隆重、最热闹的一个古老的传统节日。

春节的历史很悠久，它起源于殷商时期的年头岁尾的祭神祭祖活动。有关“年”的传说也很多。古代的春节叫“元日”“元旦”“新年”。辛亥革命后，才将农历正月初一正式定为“春节”。

用红纸写春联始于明朝。年画源于唐朝的门神，它和燃放爆竹一样，在古代都是用来驱鬼避邪的，现在却成了专为增加喜庆气氛的习俗。春节贴“福”字，在宋朝以前就有了，人们把写在红方纸上的“福”字，故意倒贴在门、窗、家具上，取其“福到了”之意。

除夕守岁是最重要的年俗，这在魏晋时期就有记载。除夕晚上，一家老少，熬年守岁，欢聚酣饮，共享天伦之乐，这是炎黄子孙至今仍很重视的年俗。从初一到十五，人们开始走亲戚拜年、相互道贺祝福、祭祖。一直沉浸在欢乐、祥和、文明的节日气氛中，神州大地，处处流光溢彩。

如今春节如何过？有诗歌描述。“屋外烟花浪，屏间祝福潮。欢歌曼舞竞妖娆，直叹一声更比一声高。忆想琼思涌，凝情妙绪飘。漫聊微信抢红包，大喊开心难忘是今宵。”（《南歌子·除夕》浙江兰溪 郑志华）

二、元宵节

元宵节（正月十五）是我国传统节日中的大节。元宵节的得名，因其节俗活动在一年的第一个月（元）的十五日夜（宵）举行而来。元宵节也叫“灯节”“灯夕”，因为这个节日的主要活动是夜晚放灯。此外，元宵节也叫“上元”“上元节”，这是从道教借来的说法。

“东风夜放花千树，更吹落，星如雨。宝马雕车香满路。凤箫声动，玉壶光转，一夜鱼龙舞。蛾儿雪柳黄金缕，笑语盈盈暗香去。众里寻他千百度，蓦然回首，那人却在，灯火阑珊处。”（《青玉案·元夕》宋·辛弃疾）

这首词中辛弃疾极力渲染元宵节的盛况，满城张灯结彩，火树银花，车水马龙，游人如织，明月流转。而在倾城狂欢之中，词人着意于观灯之夜与意中人密约会晤，却久望不至。词人猛然回头“那人却在，灯火阑珊处”真是一种烂漫惊喜。

“去年元夜时，花市灯如昼。月上柳梢头，人约黄昏后。今年元夜时，月与灯依旧。不

见去年人，泪湿春衫袖。”（《生查子·元夕》宋·欧阳修）元宵佳节，去年此时，与恋人约会喜悦，今年却一直见不到意中人，无奈“泪湿春衫袖”。

从这两首词看来，宋朝元宵佳节，青年男女欢聚盛装出行，烂漫约会，似乎也是当时的“情人节”。

关于元宵节习俗的形成，说法颇多，但一般认为在汉代就初具雏形。史载汉武帝当政时期，汉室要祭祀一位叫“泰一”的神明。据称泰一是当时相当显赫的一位神明，地位在五帝之上，并有恩于汉帝，所以受到比较隆盛的奉祀。相传另一位汉室皇帝汉文帝也和元宵节有关。汉文帝是大将周勃戡平“诸吕之乱”即位称帝的，而那戡平叛乱的日子正是正月十五，所以此后每逢正月十五夜晚，汉文帝都要出宫游玩，与民同乐，并且确定这天为元宵节。不过，和这两位汉室皇帝有关的正月十五夜祭泰一、游玩，并无张灯、观灯的记载，汉室的另一位皇帝汉明帝则颁令元宵节燃灯，从而形成了后世张灯、观灯的习俗。

三、春社

“鹅湖山下稻粱肥，豚栅鸡栖半掩扉。桑柘影斜春社散，家家扶得醉人归。”（《社日》唐·王驾）“春社”佳节，人们欢聚、纵酒、喜庆。

“莫笑农家腊酒浑，丰年留客足鸡豚。山重水复疑无路，柳暗花明又一村。箫鼓追随春社近，衣冠简朴古风存。从今若许闲乘月，拄杖无时夜叩门。”（《游山西村》宋·陆游）陆游到农村过“春社”节日，农民淳朴好客，留恋不想回家。

“春社”是最为古老的汉族传统民俗节日之一，在商、西周时期，是男女幽会的狂欢节日，后来则主要用于祭祀土地神。春社的时间一般为立春之后的第五个戊日，约在春分前后，但在汉族民间也有二月初二、二月初八、二月十二、二月十五之说。春社在甲骨文中就有相关的记载，距今已有2000年以上的历史，元朝以前，一直都是一个非常重要的传统节日。关于春社的兴衰过程，有学者将其归结为“起源三代，初兴于秦汉，传承于魏晋南北朝，兴盛于唐宋，衰微于元明及清”。

“燕子来时新社，梨花落后清明。池上碧苔三四点，叶底黄鹂一两声，日长飞絮轻。巧笑东邻女伴，采桑径里逢迎。疑怪昨宵春梦好，元是今朝斗草赢，笑从双脸生。”（《破阵子·春景》宋·晏殊）辞去“春社”，又迎“清明”，帅哥美女相互逗乐，烂漫喜悦。

四、清明节、寒食节

“清明时节雨纷纷，路上行人欲断魂。借问酒家何处有？牧童遥指杏花村。”（《清明》唐·杜牧）清明节，很多人远途赶回，怀念感恩，扫墓祭拜先人，寻找酒家，别样心境。

谈到清明节，许多人会联想到历史人物介子推。据历史记载，在两千多年以前的春秋时代，晋国公子重耳逃亡在外，生活艰苦，跟随他的介子推不惜从自己的腿上割下一块肉让他充饥。后来，重耳回到晋国，做了国君（即晋文公，春秋五霸之一），封赏所有跟随他

流亡在外的随从，唯独介子推拒绝接受封赏，他带了母亲隐居绵山，不肯出来。

晋文公无计可施，只好放火烧山，他想，介子推孝顺母亲，一定会带老母出来。谁知这场大火却把介子推母子烧死了。为了纪念介子推，晋文公下令每年的这一天，禁止生火，家家户户只能吃生冷的食物，这就是寒食节的来源。

“春城无处不飞花，寒食东风御柳斜。日暮汉宫传蜡烛，轻烟散入五侯家。”（《寒食》唐·韩翃）这首诗写出了寒食节的特点。

寒食节是在清明节的前一天，古人常把寒食节的活动延续到清明，久而久之，人们便将寒食与清明合二为一。现在清明节取代了寒食节，祭拜介子推的习俗，也变成清明扫墓的习俗了。

五、端午节

农历五月初五为端午节，又称端阳节、午日节、五月节、艾节、端午、重午、午日、夏节。虽然名称不同，但各地人民过节的习俗是相同的。端午节是我国两千多年前的旧习俗，楚国人为纪念屈原而形成。每到这一天，家家户户都悬钟馗像，挂艾叶、菖蒲，赛龙舟，吃粽子，饮雄黄酒，游百病，佩香囊，备牲醴。

所选中小学语文教材中还未发现“端午节”的古诗歌。南宋陆游的《乙卯重五诗》，形象写出了“端午节”的特点：“重五山村好，榴花忽已繁。粽包分两髻，艾束著危冠。旧俗方储药，羸躯亦点丹。日斜吾事毕，一笑向杯盘。”

六、七夕节

七夕节（农历七月初七），又名乞巧节，起源于汉代。农历七月初七夜，妇女在庭院向织女星乞求智巧，故称为“乞巧”，来源于对自然的崇拜。后来被赋予了牛郎织女的传说，使其成为象征爱情的节日。唐诗宋词中，妇女乞巧也被屡屡提及，如“七夕今宵看碧霄，牵牛织女渡河桥。家家乞巧望秋月，穿尽红丝几万条。”（《乞巧》唐·林杰）乞巧节是人们最为喜欢的节日之一。

2006年5月20日，“七夕节”被国务院列入第一批国家非物质文化遗产名录。时至今日，“七夕”仍是一个富有浪漫色彩的传统节日，但不少习俗活动已弱化或消失，唯有象征忠贞爱情的牛郎织女的传说一直流传民间，故被认为是“中国的情人节”。

中小学语文教材中有关“七夕节”牛郎织女的诗歌还有：

“迢迢牵牛星，皎皎河汉女。纤纤擢素手，札札弄机杼。终日不成章，泣涕零如雨。河汉清且浅，相去复几许？盈盈一水间，脉脉不得语。”（汉·《古诗十九首》）牛郎织女一年之中，几乎全被银河分离，饱尝相思之苦。

“纤云弄巧，飞星传恨，银汉迢迢暗度。金风玉露一相逢，便胜却人间无数。柔情似水，佳期如梦，忍顾鹊桥归路。两情若是久长时，又岂在朝朝暮暮！”（《鹊桥仙·纤云弄

巧》宋·秦观）相传牛郎织女一年之中，只有七月初七这晚喜鹊来银河搭桥，才能相聚相会，悲喜交加。

“银烛秋光冷画屏，轻罗小扇扑流萤。天阶夜色凉如水，坐看牵牛织女星。”（《秋夕》唐·杜牧）看着，想象着，牛郎织女的爱情故事。

七、中秋节

中秋节（农历八月十五）是我国的传统佳节。根据史籍的记载，“中秋”一词最早出现在《周礼》一书中。直到唐朝初年，中秋节才成为固定的节日。《唐书·太宗记》记载有“八月十五中秋节”。中秋节的盛行始于宋朝，至明清时，已与元旦齐名，成为我国主要节日之一。这也是我国仅次于春节的第二大传统节日。

我国的历法，农历八月在秋季中间，为秋季的第二个月，称为“仲秋”。中秋节有许多别称，因节期在八月十五，所以称“八月节”“八月半”。因中秋节的主要活动都是围绕“月”进行的，所以又俗称“月节”“月夕”。中秋节月亮圆满，象征团圆，因而又叫“团圆节”。在唐朝，中秋节还被称为“端正月”。

中秋晚上，我国大部分地区还有烙“团圆”的习俗，即烙一种象征团圆、类似月饼的小饼子，饼内包糖、芝麻、桂花和蔬菜等，外面有月亮、桂树、兔子等图案。祭月之后，由家中长者将饼按人分切成块，每人一块，如有人不在家即为其留下一份，表示合家团圆。

描写中秋节明月最好的诗歌，历史上评价是苏轼的《水调歌头·明月几时有》：“明月几时有？把酒问青天。不知天上宫阙，今夕是何年。我欲乘风归去，又恐琼楼玉宇，高处不胜寒。起舞弄清影，何似在人间！转朱阁，低绮户，照无眠。不应有恨，何事长向别时圆？人有悲欢离合，月有阴晴圆缺，此事古难全。但愿人长久，千里共婵娟。”

描写中秋明月的诗歌比较多，如下诗歌别有滋味：

“床前明月光，疑是地上霜。举头望明月，低头思故乡。”（《静夜思》唐·李白）离开家乡，思乡情绪，潜滋暗长，中秋明月夜尤甚。

“时难年荒世业空，弟兄羁旅各西东。田园寥落干戈后，骨肉流离道路中。吊影分为千里雁，辞根散作九秋蓬。共看明月应垂泪，一夜乡心五处同。”（《望月有感》唐·白居易）国家动荡，骨肉分离，中秋明月夜，思念亲人情更浓。

“海上生明月，天涯共此时。情人怨遥夜，竟夕起相思。灭烛怜光满，披衣觉露滋。不堪盈手赠，还寝梦佳期。”（《望月怀远》唐·张九龄）明月夜，一份真诚无奈的浓烈思恋。

八、重阳节

重阳节，农历九月初九，二九相重，称为“重九”。又因为在我国古代，六为阴数，九是阳数，因此，重九又叫“重阳”。

重阳节的起源，最早可以推到汉初。据说，在皇宫中，每年九月九日，都要佩茱萸、

食蓬饵、饮菊花酒，以求长寿。汉高祖刘邦的爱妃戚夫人被吕后残害后，宫女贾某也被逐出宫，将这一习俗传入民间。

古代民间在九月初九有登高的风俗，所以重阳节又叫“登高节”，相传此风俗始于东汉。唐人登高诗很多，大多数是写重阳登高的名篇。

例如，“风急天高猿啸哀，渚清沙白鸟飞回。无边落木萧萧下，不尽长江滚滚来。万里悲秋常作客，百年多病独登台。艰难苦恨繁霜鬓，潦倒新停浊酒杯。”（《登高》唐·杜甫）这首诗反映“重阳节”登高习俗。诗人长年漂泊，老病孤愁，重阳登高，更加思归故乡。登高所到之处，没有划一的规定，一般是登高山、登高塔。

“独在异乡为异客，每逢佳节倍思亲。遥知兄弟登高处，遍插茱萸少一人。”（《九月九日忆山东兄弟》唐·王维）每逢重阳佳节，思念亲人情更浓。

重阳节除了佩戴茱萸，也插菊花。唐代就已经如此，历代盛行。宋代，还有将彩缯剪成茱萸、菊花来相赠佩戴的。清代，北京重阳节的习俗是把菊花枝叶贴在门窗上，“解除凶秽，以招吉祥”，这是头上簪菊的变俗。

朋友喜聚，期待“重阳”佳节再相聚。“故人具鸡黍，邀我至田家。绿树村边合，青山郭外斜。开轩面场圃，把酒话桑麻。待到重阳日，还来就菊花。”（《过故人庄》唐·孟浩然）

国家动荡，重阳佳节，别样愁绪。“薄雾浓云愁永昼，瑞脑消金兽。佳节又重阳，玉枕纱厨，半夜凉初透。东篱把酒黄昏后，有暗香盈袖。莫道不消魂，帘卷西风，人比黄花瘦。”（《醉花阴·薄雾浓云愁永昼》宋·李清照）。

重阳佳节，领袖叙怀，“人生易老天难老，岁岁重阳。今又重阳，战地黄花分外香。一年一度秋风劲，不似春光。胜似春光，寥廓江天万里霜。”（《采桑子·重阳》毛泽东）豪迈气概，江山如画，乐观向上，春华秋实，战果累累。

深入品赏传统节日的古诗歌，弘扬古诗歌中的传统优秀节日文化，有利于职校学生茁壮成长，有利于职校学生拓展知识。

我国的传统节日历史悠久，渊源绵长，随着社会的不断发展，大多传统节日吐故纳新，内涵不断丰富，展现出新的生命力，丰富着当今人们的生活。有些传统节日，随着时代发展，慢慢弱化，退出了人们的视野，如“春社”“寒食节”。随着社会的不断发展，文化生活的丰富，又增加许多节日，如“植树节”“五四青年节”“建党节”“建军节”“教师节”“国庆节”等。

随着世界文化的大融合，许多国外的节日传入我国，如“三八”妇女节、“五一”国际劳动节、“六一”国际儿童节等，不断丰富了人们的文化生活。

教学过程中，当五彩缤纷的节日来临时，渗透一些节日文化知识，渗透一些传统节日的古诗歌，有利于调动学生的学习兴趣。让学生在节日里，进一步学会感恩，增强责任感，快乐健康成长。

第八节　浅赏唐诗中的朋友情

唐朝社会强盛，经济繁荣，带动了文化繁荣。唐代的古诗歌中，有许多是描写“朋友情”的。从唐诗中可以发现，有姓名的，没姓名的，许许多多诗人之间都是朋友关系，如李白、孟浩然、王昌龄、白居易、元稹、刘禹锡等。从中也可以领悟到，“朋友”在人生中的重大作用，结识新朋友，不忘老朋友，幸福快乐每一天。

朋友情深，不管千山万水、天涯海角，心灵总是相通的。“海内存知己，天涯若比邻”几乎人人耳熟能详，这个名句出自王勃的《送杜少府之任蜀州》“城阙辅三秦，风烟望五津。与君离别意，同是宦游人。海内存知己，天涯若比邻。无为在歧路，儿女共沾巾。”写朋友去远方奋斗，送别劝慰，互相鼓励，心胸开朗，别具一格。

李白要远行，朋友汪伦来相送，是那样的喜悦，写诗相赠。“李白乘舟将欲行，忽闻岸上踏歌声。桃花潭水深千尺，不及汪伦送我情。”（《赠汪伦》）道出没有谁的情谊能比得上汪伦的情谊深。

朋友孟浩然将要远行，李白相送，也是莫大的快乐。“故人西辞黄鹤楼，烟花三月下扬州。孤帆远影碧空尽，唯见长江天际流。”（《黄鹤楼送孟浩然之广陵》）看着朋友的船渐渐远离，直到看不见，朋友真情可见一斑。

李白送别朋友的诗歌还有“青山横北郭，白水绕东城。此地一为别，孤蓬万里征。浮云游子意，落日故人情！挥手自兹去，萧萧班马鸣。”（《送友人》）朋友情很美，“落日故人情”，像太阳快下山时的美景那样美。

不管朋友离多远，总是心系故乡。“渡远荆门外，来从楚国游。山随平野尽，江入大荒流。月下飞天镜，云生结海楼。仍怜故乡水，万里送行舟。”（《渡荆门送别》）

李白的《宣州谢朓楼饯别校书叔云》中，朋友送别，畅谈未来，过去的岁月不后悔，当下纠结的时间要珍惜。“弃我去者，昨日之日不可留；乱我心者，今日之日多烦忧”。春华秋实，取得成绩，才可庆贺。“长风万里送秋雁，对此可以酣高楼”。向榜样学习很重要。“蓬莱文章建安骨，中间小谢又清发”。更要共同树立远大的理想，“俱怀逸兴壮思飞，欲上青天览明月”。还要有实现理想的科学方法，否则会事倍功半，劳而无功，“抽刀断水水更流，举杯消愁愁更愁”。尤其要发挥自己的优势与特长，“明朝散发弄扁舟”，“八仙过海各显神通”，这样离成功就不远了。李白这首送别朋友的诗，给人以启迪，受益匪浅。

唐朝诗人之间送别的诗非常多，体现了朋友真挚的感情：宽慰、惆怅、纯洁、依依不舍、勉励等。

快乐的送别。“风吹柳花满店香，吴姬压酒唤客尝。金陵子弟来相送，欲行不行各尽觞。请君试问东流水，别意与之谁短长。”（《金陵酒肆留别》唐·李白）

留恋的送别。“离离原上草，一岁一枯荣。野火烧不尽，春风吹又生。远芳侵古道，晴

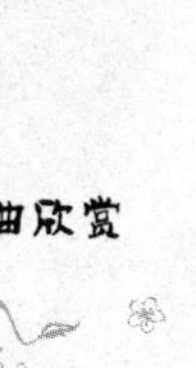

翠接荒城。又送王孙去，萋萋满别情。”（《赋得古原草送别》唐·白居易）

情谊深厚的送别。“渭城朝雨浥轻尘，客舍青青柳色新。劝君更尽一杯酒，西出阳关无故人。”（《送元二使安西》唐·王维）

依依不舍的送别。“轮台东门送君去，去时雪满天山路。山回路转不见君，雪上空留马行处。”（《白雪歌送武判官归京》唐·岑参）

纯洁友谊的送别。“寒雨连江夜入吴，平明送客楚山孤。洛阳亲友如相问，一片冰心在玉壶。”（《芙蓉楼送辛渐》唐·王昌龄）

心灵洗礼后的送别。“苍苍竹林寺，杳杳钟声晚。荷笠带斜阳，青山独归远。”（《送灵澈上人》唐·刘长卿）

给人鼓励、给人自信的送别。“千里黄云白日曛，北风吹雁雪纷纷。莫愁前路无知己，天下谁人不识君。”（《别董大》唐·高适）

互相劝慰解忧愁的送别。“扬子江头杨柳春，杨花愁杀渡江人。数声风笛离亭晚，君向潇湘我向秦。”（《淮上与友人别》唐·郑谷）

孟浩然到朋友家，受到热情款待，入乡随俗，畅谈生活，畅谈工作，邀请重阳节再相聚赏菊花。“故人具鸡黍，邀我至田家。绿树村边合，青山郭外斜。开轩面场圃，把酒话桑麻。待到重阳日，还来就菊花。”（《过故人庄》唐·孟浩然）

贾岛去拜访少年朋友，约定下次再会，“闲居少邻并，草径入荒园。鸟宿池边树，僧敲月下门。过桥分野色，移石动云根。暂去还来此，幽期不负言。”（《题李凝幽居》）

崔明府到杜甫家做客，杜甫尽心准备，打扫卫生，敞开蓬门迎接，用土特产招待。崔明府还用朋友之心对待杜甫邻居，与民同乐，朋友情谊浓厚。“舍南舍北皆春水，但见群鸥日日来。花径不曾缘客扫，蓬门今始为君开。盘飧市远无兼味，樽酒家贫只旧醅。肯与邻翁相对饮，隔篱呼取尽余杯。”（《客至》唐·杜甫）

白居易和刘禹锡相聚是那样的喜悦，刘禹锡写诗相赠。“巴山楚水凄凉地，二十三年弃置身。怀旧空吟闻笛赋，到乡翻似烂柯人。沉舟侧畔千帆过，病树前头万木春。今日听君歌一曲，暂凭杯酒长精神。”（《酬乐天扬州初逢席上见赠》）朋友意外相聚，尤为高兴，相互勉励，“沉舟侧畔千帆过，病树前头万木春”在困难面前要看到希望，成为千古名句。

在江南，杜甫与朋友李龟年意外相逢非常惊喜，“岐王宅里寻常见，崔九堂前几度闻。正是江南好风景，落花时节又逢君。”（《江南逢李龟年》）

王维迎接朋友回来，朋友之间甚是高兴。“寒山转苍翠，秋水日潺湲。倚杖柴门外，临风听暮蝉。渡头余落日，墟里上孤烟。复值接舆醉，狂歌五柳前。”（《辋川闲居赠裴秀才迪》）

杜甫作诗赞美朋友，共享快乐。“锦城丝管日纷纷，半入江风半入云。此曲只应天上有，人间能有几回闻？”（《赠花卿》）

李白的朋友王昌龄遇到挫折，危难时候见真情，友情尤为珍贵。李白及时去安慰，送去的尽是温暖。“杨花落尽子规啼，闻道龙标过五溪。我寄愁心与明月，随风直到夜郎西。”

（《闻王昌龄左迁龙标遥有此寄》）

元稹自己的身体欠佳，闻说朋友白居易遭贬，为之惊忧、牵挂，体现可贵的朋友真情。“残灯无焰影幢幢，此夕闻君谪九江。垂死病中惊坐起，暗风吹雨入寒窗。”（《闻乐天左降江州司马》）江州司马即白居易。

“有朋自远方来，不亦乐乎”“与朋友交，不信乎？”（《论语》）人有了知心朋友，生活就会充满快乐，与朋友交往的基础是“诚信”，这很重要。

人与人的关系很奇妙，相遇、相识、相知，成为朋友。朋友之间，应该相互理解，相互包容，相互尊重。人在世上，相遇就是缘，“落地为兄弟，何必骨肉亲！得欢当作乐，斗酒聚比邻。盛年不重来，一日难再晨。及时当勉励，岁月不待人。”（《杂诗》晋·陶渊明）在这世上，人与人之间应该亲如兄弟，应该情如朋友，应该互助合作勉励，应该同甘共苦。

“无论一个人有多努力，总有浮沉起落，能帮助他的生命之舟驶出惊涛骇浪的是友谊和亲情。”“有朋友的人就不是失败者。”（《成功离你有多远》戈帕拉克里斯南）“世界上最美好的东西，莫过于有几个头脑和心都很正直的朋友。”（爱因斯坦）愿我们珍惜老朋友，结识新朋友，有滋有味，幸福快乐，享受生活。

有关朋友的增广贤文

酒逢知己饮，诗向会人吟。
居必择邻，交必良友。
结有德之朋，绝无义之友。
路遥知马力，日久见人心。
酒逢知己千杯少，话不投机半句多。
君子之交淡若水，小人之交甘若醴。
发前人未发之论，方是奇书；言妻子难言之情，乃为密友。
以财交者，财尽则交绝；以色交者，色落而交渝。
有茶有酒皆兄弟，急难何曾见一人。
狐朋狗友，搬弄是非，调三窝四。

第九节　浅赏古诗歌中的“三农”情怀

有的诗歌把农村大自然的风光写得质朴秀丽，生机勃勃。“敕勒川，阴山下。天似穹庐，笼盖四野。天苍苍，野茫茫，风吹草低见牛羊。”（《敕勒歌》北朝民歌）这首民歌描写了祖国北方特有的自然秀美景色，体现了牧民的无限喜悦心情。

“东南形胜，江吴都会，钱塘自古繁华。烟柳画桥，风帘翠幕，参差十万人家。云树绕堤沙，怒涛卷霜雪，天堑无涯。市列珠玑，户盈罗绮，竞豪奢。重湖叠巘清嘉，有三秋桂子，十里荷花。羌管弄晴，菱歌泛夜，嬉嬉钓叟莲娃。千骑拥高牙，乘醉听箫鼓，吟赏烟霞。异日图将好景，归去凤池夸。”（《望海潮·东南形胜》宋·柳永）秀丽的江南，天堂似的美景，和谐的社会，男女老幼，快乐幸福，和谐生活，应该是那一段历史时期的生动形象写照。“上有天堂下有苏杭”，也许就是那时老百姓总结的俗语。

“好雨知时节，当春乃发生。随风潜入夜，润物细无声。野径云俱黑，江船火独明。晓看红湿处，花重锦官城。”（《春夜喜雨》唐·杜甫）及时春雨，给万物生长、农民丰收，提供了前提保证，诗人是那样的喜悦。

“明月别枝惊鹊，清风半夜鸣蝉。稻花香里说丰年，听取蛙声一片。七八个星天外，两三点雨山前。旧时茅店社林边，路转溪头忽见。”（《夜行黄沙道中》宋·辛弃疾）看到庄稼茁壮成长，丰收在望，喜悦心情溢于言表。

秋天也是收获的季节。“荷尽已无擎雨盖，菊残犹有傲霜枝。一年好景君须记，正是橙黄橘绿时。”（《赠刘景文》宋·苏轼）春华秋实，有付出就会有收获。

当“春社”节日时，农民喜悦聚会纵酒欢庆。“鹅湖山下稻粱肥，豚栅鸡栖半掩扉。桑柘影斜春社散，家家扶得醉人归。”（《社日》唐·王驾）

“燕子来时新社，梨花落后清明。池上碧苔三四点，叶底黄鹂一两声，日长飞絮轻。巧笑东邻女伴，采桑径里逢迎。疑怪昨宵春梦好，元是今朝斗草赢，笑从双脸生。”（《破阵子·春景》宋·晏殊）农村帅哥美女互相逗乐，烂漫风趣，富有生机。

“莫笑农家腊酒浑，丰年留客足鸡豚。山重水复疑无路，柳暗花明又一村。箫鼓追随春社近，衣冠简朴古风存。从今若许闲乘月，拄杖无时夜叩门。”（《游山西村》宋·陆游）从诗歌中可以看出，那时农民节日欢乐，幸福愉快，淳朴好客，诗人到了农村后，就喜欢上了农村，流连忘返。

农民好客的诗歌还有很多。“故人具鸡黍，邀我至田家。绿树村边合，青山郭外斜。开轩面场圃，把酒话桑麻。待到重阳日，还来就菊花。”（《过故人庄》唐·孟浩然）农民朋友热情待客，邀请重阳佳节再来做客。

“舍南舍北皆春水，但见群鸥日日来。花径不曾缘客扫，蓬门今始为君开。盘飧市远无兼味，樽酒家贫只旧醅。肯与邻翁相对饮，隔篱呼取尽余杯。”（《客至》唐·杜甫）农村环保卫生，“父母官”崔明府来到农村杜甫家，杜甫和邻居用农家土特产招待，体现了农家的好客。

由于战乱，农民的生活很艰难，但依旧是那样的好客。“群鸡正乱叫，客至鸡斗争。驱鸡上树木，始闻叩柴荆。父老四五人，问我久远行。手中各有携，倾榼浊复清。莫辞酒味薄，黍地无人耕。兵戈既未息，儿童尽东征。请为父老歌，艰难愧深情。歌罢仰天叹，四座泪纵横。”（《羌村之三》唐·杜甫）诗人面对这样淳朴热情的父老乡亲感动不已。

“田家少闲月，五月人倍忙。夜来南风起，小麦覆陇黄。妇姑荷箪食，童稚携壶浆，相随饷田去，丁壮在南冈。足蒸暑土气，背灼炎天光。力尽不知热，但惜夏日长……”（《观刈麦》唐·白居易）。农忙时节，农民是那样的繁忙、辛苦，让孩子也去出点力，体验劳动生活，这种教育方法很好。

“昼出耘田夜绩麻，村庄儿女各当家。童孙未解供耕织，也傍桑阴学种瓜。”（《四时田园杂兴》宋·范成大）让孩子从小感悟体验学习劳动技能。

父母把孩子培养成勤劳、有劳动技能的人，孩子能为家庭出力，父母就不用为他们如何生存而担忧了。“茅檐低小，溪上青青草。醉里吴音相媚好，白发谁家翁媪？大儿锄豆溪东，中儿正织鸡笼。最喜小儿无赖，溪头卧剥莲蓬。”（《清平乐·村居》宋·辛弃疾）老父母如此休闲，悠闲，孩子分工劳作，一家人幸福生活。

劳动果实来之不易，因此，古人教育人们要珍惜粮食。“锄禾日当午，汗滴禾下土。谁知盘中餐，粒粒皆辛苦。”（《悯农》唐·李绅）这首诗，脍炙人口，妇孺皆知，千古传诵，给世世代代人以启迪教育。

农民除了种田，还养蚕。“绿遍山原白满川，子规声里雨如烟。乡村四月闲人少，才了蚕桑又插田。”（《乡村四月》宋·翁卷）“雨过鸡鸣一两家，竹溪村路板桥斜。妇姑相唤浴蚕去，闲着中庭栀子花。”（《雨过山村》唐·王建）然后纺线，再自己织布，解决穿衣问题。“簌簌衣巾落枣花，村南村北响缫车，牛衣古柳卖黄瓜。酒困路长惟欲睡，日高人渴漫思茶，敲门试问野人家。”（《浣溪沙·簌簌衣巾落枣花》宋·苏轼）

农民生活其实也十分丰富多彩。“西塞山前白鹭飞，桃花流水鳜鱼肥。青箬笠，绿蓑衣，斜风细雨不须归。”（《渔歌子·西塞山前白鹭飞》唐·张志和）和风细雨，愉捕肥鱼。

“东皋薄暮望，徙倚欲何依。树树皆秋色，山山唯落晖。牧人驱犊返，猎马带禽归。相顾无相识，长歌怀采薇。”（《野望》唐·王绩）放牧回家高兴，打猎满载自傲，有缘相遇，放歌惊喜，自娱自乐。

“红树青山日欲斜，长郊草色绿无涯。游人不管春将老，来往亭前踏落花。”（《丰乐亭游春》宋·欧阳修）春暖花开，劳作之余，去旅游欣赏美景。

农村田园，环境优美，淳朴好客，许多诗人十分向往。陶渊明不肯“为五斗米折腰，拳拳事乡里小人”而解绶去职，过起了躬耕自足的田园生活。陶渊明应该是第一个向往田园生活的诗人，开田园诗一体，为古典诗歌开辟了新的境界。

“少无适俗韵，性本爱丘山。误落尘网中，一去三十年。羁鸟恋旧林，池鱼思故渊。开荒南野际，守拙归园田。方宅十余亩，草屋八九间。榆柳荫后檐，桃李罗堂前。暧暧远人村，依依墟里烟。狗吠深巷中，鸡鸣桑树颠。户庭无尘杂，虚室有余闲。久在樊笼里，复得返自然。”[《归园田居（其一）》晋·陶渊明]陶渊明离开官场，到了生机勃勃、秀丽环保的农村，满心喜悦。

“种豆南山下，草盛豆苗稀。晨兴理荒秽，带月荷锄归。道狭草木长，夕露沾我衣。衣

沾不足惜，但使愿无违。”[《归园田居（其三)》晋·陶渊明]诗人自己种粮食，自力更生，丰衣足食，辞官不悔。

“结庐在人境，而无车马喧。问君何能尔？心远地自偏。采菊东篱下，悠然见南山。山气日夕佳，飞鸟相与还。此中有真意，欲辨已忘言。”[《饮酒（其五)》晋·陶渊明]诗人享受农村悠然自得的田园幸福生活，不管别人的议论，绝不后悔。

唐朝诗人王维也乐于田园生活，享受农村美景。“空山新雨后，天气晚来秋。明月松间照，清泉石上流。竹喧归浣女，莲动下渔舟。随意春芳歇，王孙自可留。”(《山居秋暝》唐·王维）农村景色秀丽，农民勤劳快乐，诗人留恋定居。

“中岁颇好道，晚家南山陲。兴来每独往，胜事空自知。行到水穷处，坐看云起时。偶然值林叟，谈笑无还期。”(《终南别业》唐·王维）诗人定居农村自由自在，享受山水美景，与老农融洽交谈，愉悦得甚至忘记了回家。

“万壑树参天，千山响杜鹃。山中一夜雨，树杪百重泉。汉女输橦布，巴人讼芋田。文翁翻教授，不敢倚先贤。”(《送梓州李使君》唐·王维）官员为农民办实事，给农民排解纠纷，王维予以赞扬。

战乱动荡，不但是国家的灾难，平民百姓更是深受其害。唐朝“安史之乱”给国家人民带来了深重的灾难，这种状况许多诗歌中都有体现。“时难年荒世业空，弟兄羁旅各西东。田园寥落干戈后，骨肉流离道路中。吊影分为千里雁，辞根散作九秋蓬。共看明月应垂泪，一夜乡心五处同。”(《望月有感》唐·白居易）田地荒芜，骨肉兄弟分离，相互提心吊胆。

诗人对战乱的担惊受怕感受深切，“国破山河在，城春草木深。感时花溅泪，恨别鸟惊心。烽火连三月，家书抵万金。白头搔更短，浑欲不胜簪。”(《春望》唐·杜甫）杜甫为什么说“家书抵万金”从下面这首诗中能得到阐释。

“暮投石壕村，有吏夜捉人。老翁逾墙走，老妇出门看。吏呼一何怒，妇啼一何苦！听妇前致词：三男邺城戍。一男附书至，二男新战死。存者且偷生，死者长已矣！室中更无人，惟有乳下孙。有孙母未去，出入无完裙。老妪力虽衰，请从吏夜归。急应河阳役，犹得备晨炊。夜久语声绝，如闻泣幽咽。天明登前途，独与老翁别。”(《石壕吏》唐·杜甫）诗中一家人，三个儿子全上战场，一个儿子寄来家书，两个儿子已战死，还要抓老爷爷去当兵，连老奶奶都得上前线去当炊事员，真切地反应了“安史之乱”给农民带来的深重灾难。兵荒马乱中，能收到家书，至少说明亲人没有战死在疆场上，足以说明“家书抵万金”，比什么都珍贵。

“车辚辚，马萧萧，行人弓箭各在腰。爷娘妻子走相送，尘埃不见咸阳桥。牵衣顿足拦道哭，哭声直上干云霄。道旁过者问行人，行人但云点行频。或从十五北防河，便至四十西营田。去时里正与裹头，归来头白还戍边。边庭流血成海水，武皇开边意未已。君不闻汉家山东二百州，千村万落生荆杞。纵有健妇把锄犁，禾生陇亩无东西。况复秦兵耐苦战，被驱不异犬与鸡。长者虽有问，役夫敢申恨？且如今年冬，未休关西卒。县官急索租，租税从何出？信知生男恶，反是生女好。生女犹得嫁比邻，生男埋没随百草。君不见青海头，古来白骨无人收。新鬼烦冤旧鬼哭，天阴雨湿声啾啾。”（《兵车行》唐·杜甫）农民要戍边，又要屯田，还要交沉重的赋税，苦不堪言。

“峰峦如聚，波涛如怒，山河表里潼关路。望西都，意踌躇。伤心秦汉经行处，宫阙万间都做了土。兴，百姓苦；亡，百姓苦！”（《山坡羊·潼关怀古》元·张养浩）这曲反映了那时统治者，根本不关心老百姓的生活，只知道奴役剥削百姓，兴、亡，百姓都苦。

许多诗人对农民艰难生活表示深切同情，“二月卖新丝，五月粜新谷。医得眼前疮，剜却心头肉。我愿君王心，化作光明烛。不照绮罗筵，只照逃亡屋。”（《伤田家》唐·聂夷中）希望统治者不要只顾自己的享受，要多多关心老百姓的生活，要善待老百姓。

农民劳动的艰辛，赋税的沉重，生活的艰难，有的诗人（官员）见闻后，自我对比，自我反省，自我惭愧，“……足蒸暑土气，背灼炎天光。力尽不知热，但惜夏日长。复有贫妇人，抱子在其旁，右手秉遗穗，左臂悬敝筐。听其相顾言，闻者为悲伤。家田输税尽，拾此充饥肠。今我何功德，曾不事农桑。吏禄三百石，岁晏有余粮。念此私自愧，尽日不能忘。”（《观刈麦》唐·白居易）这样的政府官员肯定会为百姓着想，会为百姓办实事，才是百姓喜欢的好官。

诗人白居易在杭州任父母官时，勤政为民，改造西湖，修建了白沙堤，富有成就感。“最爱湖东行不足，绿杨阴里白沙堤。”（《钱塘湖春行》唐·白居易）现在杭州西湖景中，用“白堤”纪念白居易，用“苏堤”纪念苏轼。

统治者和农民的矛盾协调不好，不断激化，统治者的好日子也就快到头了。“哪里有压迫，哪里就有反抗”这是哲理名言。《诗经》中的农民就已经有这种反抗精神了。“硕鼠硕鼠，无食我黍！三岁贯女，莫我肯顾。逝将去女，适彼乐土。乐土乐土，爰得我所！硕鼠硕鼠，无食我麦！三岁贯女，莫我肯德。逝将去女，适彼乐国。乐国乐国，爰得我直！硕鼠硕鼠，无食我苗！三岁贯女，莫我肯劳。逝将去女，适彼乐郊。乐郊乐郊，谁之永号！”（《硕鼠》选自《诗经》）诗中把统治者比喻成“硕鼠”，只食用农民的粮食，而不同情关心农民。农民的反抗精神就潜滋暗长，农民就要离开剥削者，去寻找乐土，去寻找幸福快乐的生活。

质问统治者为何不劳而获。“坎坎伐檀兮，置之河之干兮。河水清且涟猗。不稼不穑，胡取禾三百廛兮？不狩不猎，胡瞻尔庭有县貆兮？彼君子兮，不素餐兮！坎坎伐辐兮，置之河之侧兮。河水清且直猗。不稼不穑，胡取禾三百亿兮？不狩不猎，胡瞻尔庭有县特兮？彼君子兮，不素食兮！坎坎伐轮兮，置之河之漘兮。河水清且沦猗。不稼不穑，胡取禾三百囷兮？不狩不猎，胡瞻尔庭有县鹑兮？彼君子兮，不素飧兮！”（《伐檀》选自《诗经》）从《伐檀》中就已经给人们启示，统治者在获取农民财物的同时，也应该善待老百姓。“水能载舟亦能覆舟”这是警示统治者的至理名言。

人民被压迫被剥削，生活在水深火热中，伟人毛泽东为人民谋解放，人民拥护他，紧跟他。“漫天皆白，雪里行军情更迫。头上高山，风卷红旗过大关。此行何去？赣江风雪弥漫处。命令昨颁，十万工农下吉安。”（《减字木兰花·广昌路上》毛泽东）

领袖为人民谋福利，人民万众一心，齐心协力，创造伟业，建立新中国。“大雨落幽燕，白浪滔天，秦皇岛外打鱼船。一片汪洋都不见，知向谁边？往事越千年，魏武挥鞭，东临碣石有遗篇。萧瑟秋风今又是，换了人间。”（《浪淘沙·北戴河》毛泽东）

“才饮长沙水，又食武昌鱼。万里长江横渡，极目楚天舒。不管风吹浪打，胜似闲庭信步，今日得宽余。子在川上曰：逝者如斯夫！风樯动，龟蛇静，起宏图。一桥飞架南北，天堑变通途。更立西江石壁，截断巫山云雨，高峡出平湖。神女应无恙，当惊世界殊。”（《水调歌头·游泳》毛泽东）祖国解放，百废待兴，规划蓝图，强国防，建交通，修水利。领袖与人民同甘共苦，让人民当家做主。扫除牛鬼蛇神，惩治贪官污吏，禁绝黄赌毒骗，官吏廉洁勤政，祖国环保向上。领袖一生为强国利民，鞠躬尽瘁，死而后已，人民忘不了，领袖思想永放光彩。

下面这首词，另有滋味，别有情趣，“滚滚长江东逝水，浪花淘尽英雄。是非成败转头空。青山依旧在，几度夕阳红。白发渔樵江渚上，惯看秋月春风。一壶浊酒喜相逢。古今多少事，都付笑谈中。”（《临江仙·滚滚长江东逝水》明·杨慎）词牌名“临江仙”似乎也有含义，这老百姓就是临近江边的神仙？所谓的英雄人物、当权者、统治者，时间流逝，是非成败转头空；然而农民、渔夫、樵夫，能惯看秋月春风，自在自乐，一壶浊酒，喜逢相聚分享，谈笑古今成败事。这首词中的“英雄”是昙花一现，词中的“渔樵”到白发还能自得其乐，过着神仙般的生活，令人深思。

我国几千年来都是农业大国，和同学们一起温故欣赏古诗歌中的“三农”诗歌，颇有收获，能给我们许多启示。以史为镜，感悟兴亡得失，有利于展望未来，有利于学生健康成长。

社会发展，职业分工越来越细。领导与被领导，公务员与平民百姓，经理与员工。工人、农民、医生、保洁员、科学家……都是社会的职业分工不同，只要是“职业”，就都意味着为他人奉献，为人类创造美好的生活。“当大总统是一件事，拉黄包车也是一件事。事的名称，从俗人眼里看来，有高下；事的性质，从学理上解剖起来并没有高下。……把总统……把拉车当作一件正经事来做：便是人生合理的生活。”（梁启超）当今社会职业应该只有情愿与否和是否为人们带来美好感受的区别。

因此，社会上人与人的关系，应该是平等协作，互助共存，互相关爱，互利共赢。机关、单位、组织如果把“为人民服务”真正落到实处，人民自然也会更好地为之尽心尽力，敬业乐业；为之奋斗奉献，创造奇迹。

当今政府提出社会主义核心价值观，富强、民主、文明、和谐、自由、平等、公正、法治、爱国、敬业、诚信、友善。人们期待着共同富裕的幸福生活，期待着“中国梦”的实现。

第十节 赏儿童情趣古诗，悟当下教育困惑

儿童是父母眼中的宝贝，长辈眼中的太阳，家庭的希望，祖国的未来。在古诗歌中有许多关于描写儿童的诗，一起欣赏品味别有情趣，也许还会有一些新的启迪。

“人生代代无穷已，江月年年只相似”（张若虚），家家皆有美愿望，人人处境各不同。恋爱结婚生子，都有自己的理想，有的想生龙，有的想生凤，有的想子女升官，有的想子女发财，有的只希望子女平安健康……这从辛弃疾的词中可见一斑，“何处望神州？满眼风光北固楼。千古兴亡多少事？悠悠。不尽长江滚滚流。年少万兜鍪，坐断东南战未休。天下英雄谁敌手？曹刘。生子当如孙仲谋。”（《南乡子·登京口北固亭有怀》宋·辛弃疾）辛弃疾的理想，对未来孩子充满期待，生出的儿子要像三国时候的孙仲谋那样了不起。

儿童天真、调皮，有时还“坏坏”的，无所畏惧，使人啼笑皆非，也十分可爱，看如下诗歌，“南村群童欺我老无力，忍能对面为盗贼。公然抱茅入竹，唇焦口燥呼不得，归来倚杖自叹息。”（《茅屋为秋风所破歌》唐·杜甫）杜甫屋上的茅草被秋风吹走，已是不幸；可是更不幸的是，杜甫想把茅草找回来修葺小屋，然而，风吹下的茅草被一群天真胆大的儿童抢去。杜甫大声呵斥，也无效果，真是可叹可气，无可奈何。回家，屋内昏黑、屋漏、天寒，连旧被子也被自己的宝贝小儿踢破了。“俄顷风定云墨色，秋天漠漠向昏黑。布衾多年冷似铁，娇儿恶卧踏里裂”，是一种什么感受？这是不是“安史之乱”给百姓带来的痛苦反应？杜甫这笔下的孩子，别样可爱。这是不是也向我们提出了孩子的教育问题？孩子成长过程中的一言一行，良好行为习惯的养成是不是需要家庭、学校、社会共同教育？

然而不管怎样，做父母的天性都是非常爱自己的孩子。“今夜鄜州月，闺中只独看。遥怜小儿女，未解忆长安。香雾云鬟湿，清辉玉臂寒。何时倚虚幌，双照泪痕干。”（《月夜》唐·杜甫）杜甫被“安史之乱”的叛军俘虏，心里十分挂念家人及孩子。

“慈母手中线，游子身上衣。临行密密缝，意恐迟迟归。谁言寸草心，报得三春晖。”（《游子吟》唐·孟郊）孩子要离开家，母亲及时做好各种准备工作，对孩子的牵挂也就开始了。

对儿童，从小就有意识地培养，以利于孩子的健康成长。让孩子慢慢懂得做人的道理，学会、掌握各种生活知识和技能，父母自己的辛劳，也应该尽早让孩子领悟。“田家少闲月，五月人倍忙。夜来南风起，小麦覆陇黄。妇姑荷箪食，童稚携壶浆，相随饷田去，丁壮在南冈。足蒸暑土气，背灼炎天光……”（《观刈麦》唐·白居易）诗中的父母实际上是对儿子的言传身教，让孩子参与劳作，感受农忙、天热、辛苦。这样的诗歌还有，“昼出耘田夜绩麻，村庄儿女各当家。童孙未解供耕织，也傍桑阴学种瓜。”（《四时田园杂兴》宋·范成大）让孩子从小就从易到难的学习劳动技能，这应该是非常好的朴实育人方法。

把孩子们培养成勤劳、有劳动技能的人，孩子们力所能及地为家庭出力，父母就可以

享福了。“茅檐低小，溪上青青草。醉里吴音相媚好，白发谁家翁媪？大儿锄豆溪东，中儿正织鸡笼。最喜小儿无赖，溪头卧剥莲蓬。”（《清平乐·村居》宋·辛弃疾）父母休闲、悠闲，三个儿子分工劳作，一家人幸福愉快生活，清贫也快乐。

“草铺横野六七里，笛弄晚风三四声。归来饱饭黄昏后，不脱蓑衣卧月明。”（《牧童》唐·吕岩）诗中的孩子放牧吹笛自乐，吃苦耐劳自足，父母看到应该十分宽慰。

教育孩子要珍惜劳动成果，爱惜粮食。“锄禾日当午，汗滴禾下土。谁知盘中餐，粒粒皆辛苦。”父母劳作辛苦，劳动果实来之不易，要珍惜粮食。这首唐朝诗人李绅的《悯农》，脍炙人口，妇孺皆知，千古传诵，给世世代代人以启迪教育。

孩子应该如何读书做人，陆游的诗能给人以哲理的启迪，“古人学问无遗力，少壮工夫老始成。纸上得来终觉浅，绝知此事要躬行”（《冬夜读书示子聿》），教育孩子从小就要认真学习，要终身学习，书本知识与实践要紧密结合在一起，学以致用。陆游还把“齐家治国平天下”的责任传授给孩子，“死去元知万事空，但悲不见九州同。王师北定中原日，家祭无忘告乃翁”（《示儿》），希望儿子认识国家统一的重要性，不忘父辈的辛劳，子承父业，北定中原，统一祖国，诗中齐家爱国深意实在难能可贵。

从小培养文明礼貌的良好习惯，培养乐于助人的良好品行，将终身受益。陌生人询问孩子路在何方，孩子乐于指引。“清明时节雨纷纷，路上行人欲断魂。借问酒家何处有？牧童遥指杏花村。”（《清明》唐·杜牧）“松下问童子，言师采药去。只在此山中，云深不知处。”（《寻隐者不遇》唐·贾岛）诗中的孩子十分天真可爱。

孩子遇到陌生人，有礼貌地询问，惹人喜爱。“少小离家老大回，乡音无改鬓毛衰。儿童相见不相识，笑问客从何处来。”[《回乡偶书（其一）》唐·贺知章]

诗人骆宾王7岁就有佳作传世。“鹅 鹅 鹅，曲项向天歌。白毛浮绿水，红掌拨清波。”（《咏鹅》唐·骆宾王）如何才能培养出“神童”？是当今社会家长孜孜以求的。是刻意为之的好，还是顺其自然的好？实际上因材施教，方法科学更重要。

“一叶渔船两小童，收篙停棹坐船中。怪生无雨都张伞，不是遮头是使风。”（《舟过安仁》宋·杨万里）这两名小童，不是“一帆风顺”，而是“一伞风顺”，用伞借风力。孩子在大自然中，创造性智慧灵感闪现。

古诗歌中的儿童，还有哪些兴趣？下面的古诗歌似乎能给我们一些启发。

春日，到大自然中，追蝴蝶。“篱落疏疏一径深，树头花落未成阴。儿童急走追黄蝶，飞入菜花无处寻。”（《宿新市徐公店》宋·杨万里）

秋夜，天高气爽，去捉蟋蟀。“萧萧梧叶送寒声，江上秋风动客情。知有儿童挑促织，夜深篱落一灯明。”（《夜书所见》宋·叶绍翁）

春天，放学回家，去放风筝。“草长莺飞二月天，拂堤杨柳醉春烟。儿童散学归来早，忙趁东风放纸鸢。”（《村居》清·高鼎）

休闲时间，去学学专心钓鱼。“蓬头稚子学垂纶，侧坐莓苔草映身。路人借问遥招手，

怕得鱼惊不应人。”（《小儿垂钓》唐·胡令能）

放牧，唱歌，捕鸣蝉，何等乐趣。“牧童骑黄牛，歌声振林樾。意欲捕鸣蝉，忽然闭口立。”（《所见》清·袁枚）

孩子们陶醉于大自然中，快哉！乐哉！

以上描写儿童的古诗歌有一点是可以肯定的，那就是接地气。可以看出这些诗歌中的儿童在大自然中是那样的快乐自在，活泼可爱，富有情趣。多多欣赏领悟这些诗歌，对当今孩子的教育，应该有借鉴启示作用。

随着社会发展和进步，父母培养孩子，可谓费尽心思。孩子们两周岁左右就开始上幼儿园——宝宝班、小班、中班、大班。到了六周岁左右就上小学。从上幼儿园开始，除了上学之外，还要让孩子参加各种各样的兴趣班：分享阅读、四维拼图、美术、音乐、舞蹈、轮滑、跆拳道、陶艺……所谓不让孩子输在起跑线上。

孩子们学习时间长，早上七点半就被送到幼儿园，一直到下午四点放学。如果报名参加兴趣课，再延长一个小时。有的孩子晚上还去参加别的“兴趣班”，时间大概是晚上六点半到八点。有的孩子周六、周日还要去参加名目繁多的兴趣班。

孩子们到了小学、初中、高中，学习时间更长。当下这样的教育模式，到底有多少时间是有效果的？对孩子的成长是利大于弊，还是弊大于利？但有一点已经成为事实，当下大多数中、小学生，在校学习文化知识的兴趣越来越淡薄了。

当今的教育困惑导致小孩辛苦，父母辛苦，可怜天下父母心；也辛苦了奶奶、爷爷、外公、外婆。当今的教育现状，是随社会发展而发展的，但总是存在不少问题，又不知所以然。是否可以在品赏儿童情趣的古诗歌中，得到一些启示？如何让孩子们的学习富有兴趣，感到乐趣，闪现创造性灵感，拓展潜能，发展特长？如何让孩子们的童年天真活泼，快乐成长？这是值得深思的。

第十一节　浅赏古诗歌中的钓鱼哲学

钓鱼是一项悠闲的活动。享受阳关，呼吸清新的空气，体味等待鱼上钩的专注感，感受鱼上钩拉线的力量感，享受钓到大鱼时的成就感，分享和家人朋友一起吃鱼的快乐。

当然钓鱼前，要做出正确的选择，选择正确与否，决定你能否钓到鱼，或者更准确地说能否钓到大鱼。首先，要挑选好一片水域池塘；其次，向善于钓鱼者请教钓鱼的技术方法；最后，选择好一个位置。钓鱼哲学包含了选择，选择是一种力量，一旦我们的人生为自己所把握，我们就能感受到这种力量的存在了。钓鱼犹如经营自己的人生。

下面这个小孩，专心学钓鱼，不影响钓鱼，又不失礼貌助人，给问路人指路，长大后定能大有作为。“蓬头稚子学垂纶，侧坐莓苔草映身。路人借问遥招手，怕得鱼惊不应人。”（《小儿垂钓》唐·胡令能）

人生遇到挫折，去钓鱼是一种解压的好办法。“千山鸟飞绝，万径人踪灭。孤舟蓑笠翁，独钓寒江雪。”（《江雪》唐·柳宗元）“渔翁夜傍西岩宿，晓汲清湘燃楚竹。烟消日出不见人，欸乃一声山水绿。回看天际下中流，岩上无心云相逐。”（《渔翁》唐·柳宗元）

当前进的路，困难重重时，就应该静下心来，休闲调整，钓鱼就是休整的好方法。“金樽清酒斗十千，玉盘珍馐直万钱。停的杯投箸不能食，拔剑四顾心茫然。欲渡黄河冰塞川，将登太行雪满山。闲来垂钓碧溪上，忽复乘舟梦日边。行路难！行路难！多歧路，今安在？长风破浪会有时，直挂云帆济沧海。”（《行路难（其一）》唐·李白）

诗人孟浩然用羡慕别人钓鱼，来含蓄表达愿望，希望丞相张九龄帮助引荐自己，去为政府工作，为国家出力。“八月湖水平，涵虚混太清。气蒸云梦泽，波撼岳阳城。欲济无舟楫，端居耻圣明。坐观垂钓者，徒有羡鱼情。”（《临洞庭湖赠张丞相》唐·孟浩然）

雨中钓鱼或捕鱼是一种乐趣，也是一种使人充满期待的工作。“西塞山前白鹭飞，桃花流水鳜鱼肥。青箬笠，绿蓑衣，斜风细雨不须归。”（《渔歌子》唐·张志和）“空山新雨后，天气晚来秋。明月松间照，清泉石上流。竹喧归浣女，莲动下渔舟。随意春芳歇，王孙自可留。”（《山居秋暝》唐·王维）

英雄人物，是非成败转头空，昙花一现；钓鱼的、捕鱼的、砍柴的百姓，到头发白后，还能够喜聚分享饮酒谈笑，过着神仙般的生活，令人深思。“滚滚长江东逝水，浪花淘尽英雄。是非成败转头空。青山依旧在，几度夕阳红。白发渔樵江渚上，惯看秋月春风。一壶浊酒喜相逢。古今多少事，都付笑谈中。”（《临江仙·滚滚长江东逝水》明·杨慎）

第十二节 浅赏古诗歌中的杨柳情结

杨柳成为诗人感情寄托的古诗歌比较多，本节做出粗浅归类以供欣赏。

春天欣欣向荣，特写杨柳，一片绿色，赞美春景。“碧玉妆成一树高，万条垂下绿丝绦。不知细叶谁裁出，二月春风似剪刀。”（《咏柳》唐·贺知章）

初春，唐朝皇城，锦绣美丽，主要体现在杨柳上。“天街小雨润如酥，草色遥看近却无。最是一年春好处，绝胜烟柳满皇都。”（《初春小雨》唐·韩愈）

那时皇宫的景观树，杨柳应该是主角。“春城无处不飞花，寒食东风御柳斜。日暮汉宫传蜡烛，轻烟散入五侯家。”（《寒食》唐·韩翃）

钱塘景观，美不胜收；杨柳点缀，锦上添花；男女老幼，幸福和谐。“东南形胜，江吴都会，钱塘自古繁华。烟柳画桥，风帘翠幕，参差十万人家。云树绕堤沙，怒涛卷霜雪，天堑无涯。市列珠玑，户盈罗绮，竞豪奢。重湖叠巘清嘉，有三秋桂子，十里荷花。羌管弄晴，菱歌泛夜，嬉嬉钓叟莲娃。千骑拥高牙，乘醉听箫鼓，吟赏烟霞。异日图将好景，归去凤池夸。”（《望海潮·东南形胜》宋·柳永）

杨柳青青，表示天气渐渐暖和。“古木阴中系短篷，杖藜扶我过桥东。沾衣欲湿杏花雨，

吹面不寒杨柳风。”（《绝句》宋·志南）

用杨柳来描写美丽春天的古诗歌还有不少：

“莫笑农家腊酒浑，丰年留客足鸡豚。山重水复疑无路，柳暗花明又一村。箫鼓追随春社近，衣冠简朴古风存。从今若许闲乘月，拄杖无时夜叩门。”（《游山西村》宋·陆游）

“候馆梅残，溪桥柳细。草薰风暖摇征辔。离愁渐远渐无穷，迢迢不断如春水。寸寸柔肠，盈盈粉泪。楼高莫近危栏倚。平芜尽处是春山，行人更在春山外。”（《踏莎行·候馆梅残》宋·欧阳修）

“草长莺飞二月天，拂堤杨柳醉春烟。儿童散学归来早，忙趁东风放纸鸢。”（《村居》清·高鼎）

“庭院深深深几许？杨柳堆烟，帘幕无重数。玉勒雕鞍游冶处，楼高不见章台路。雨横风狂三月暮，门掩黄昏，无计留春住。泪眼问花花不语，乱红飞过秋千去。”（《蝶恋花·庭院深深深几许》宋·欧阳修）

柳色新景中，送别朋友，体现真挚的感情。“渭城朝雨浥轻尘，客舍青青柳色新。劝君更尽一杯酒，西出阳关无故人。”（《送元二使安西》唐·王维）

朋友送别情浓，风吹柳花也飘香。“风吹柳花满店香，吴姬压酒唤客尝。金陵子弟来相送，欲行不行各尽觞。请君试问东流水，别意与之谁短长。”（《金陵酒肆留别》唐·李白）

用杨柳花落，表达即将分离的朋友互相思念之情，“扬子江头杨柳春，杨花愁杀渡江人。数声风笛离亭晚，君向潇湘我向秦”。（《淮上与友人别》唐·郑谷）

用杨柳花落，来表达对朋友的深情担忧，“杨花落尽子规啼，闻道龙标过五溪。我寄愁心与明月，随风直到夜郎西。”（《闻王昌龄左迁龙标遥有此寄》唐·李白）

思念从春天杨柳青青开始，到雪花飘飘的冬天都没有停止，结果会怎样呢？“昔我往矣，杨柳依依。今我来思，雨雪霏霏。”（《采薇》选自《诗经》）

杨柳青青，载歌载舞，帅哥烂漫，美女惊喜。“杨柳青青江水平，闻郎江上唱歌声。东边日出西边雨，道是无晴却有晴。”（《竹枝词》唐·刘禹锡）

明月照杨柳是烂漫约会的好时机，“去年元夜时，花市灯如昼。月上柳梢头，人约黄昏后。今年元夜时，月与灯依旧。不见去年人，泪湿春衫袖。”（《生查子·元夕》宋·欧阳修）

相爱的人分别，用杨柳寄托思念之情。“寒蝉凄切，对长亭晚，骤雨初歇。都门帐饮无绪，留恋处兰舟催发。执手相看泪眼，竟无语凝噎。念去去千里烟波，暮霭沈沈楚天阔。多情自古伤离别，更那堪冷落清秋节！今宵酒醒何处？杨柳岸晓风残月。此去经年，应是良辰好景虚设。便纵有千种风情，更与何人说！”（《雨霖铃·寒蝉凄切》宋·柳永）

心爱的人像皇宫里的柳树，可望而不可即，只能在心底默默地思念。“红酥手，黄縢酒，满城春色宫墙柳。东风恶，欢情薄。一怀愁绪，几年离索。错！错！错！春如旧，人空瘦，泪痕红浥鲛绡透。桃花落，闲池阁。山盟虽在，锦书难托。莫！莫！莫！”（《钗头凤·红酥手》宋·陆游）

把杨柳作为歌曲的描写对象，“折杨柳”应该是一首思念家乡的曲子，也应该是人们憧憬美好未来的曲子。

“谁家玉笛暗飞声？散入东风满洛城。此夜曲中闻折柳，何人不起故园情？”（《春夜洛城闻笛》唐·李白）

“五月天山雪，无花只有寒。笛中闻折柳，春色未曾看。”（《塞上曲》唐·李白）

“黄河远上白云间，一片孤城万仞山。羌笛何须怨杨柳，春风不度玉门关。”（《凉州词》唐·王之涣）

欣赏有关描写杨柳的古诗歌，会有许多收获。

第十三节　浅赏古诗歌中的梅花使者

梅花是春天的使者，古诗歌中的梅花是精品诗歌里的一个闪光点，归类领悟，乐在其中。

“墙角数枝梅，凌寒独自开。遥知不是雪，为有暗香来。”（《梅花》宋·王安石）远看梅花，洁白如雪。顿有灵感，随笔生花。寒梅雪香，孤芳自赏。

“驿外断桥边，寂寞开无主。已是黄昏独自愁，更著风和雨。无意苦争春，一任群芳妒。零落成泥碾作尘，只有香如故。”（《卜算子·咏梅》宋·陆游）寂寞梅花，高洁坚贞。毛泽东，十分欣赏。婉约意境，过于凄凉。改变意境，和上一首。

“风雨送春归，飞雪迎春到。已是悬崖百丈冰，犹有花枝俏。俏也不争春，只把春来报。待到山花烂漫时，她在丛中笑。”（《卜算子·咏梅》毛泽东）领袖豪迈，梅花志向。导师风采，引领众芳。见解独到，何人能及？

情操如梅，孤傲不俗。何人评价？咏梅最佳。“众芳摇落独暄妍，占尽风情向小园。疏影横斜水清浅，暗香浮动月黄昏。霜禽欲下先偷眼，粉蝶如知合断魂。幸有微吟可相狎，不须檀板共金樽。”（《山园小梅（其一）》宋·林逋）

赞墨梅，题画诗。留美德，情操高。“我家洗砚池头树，朵朵花开淡墨痕。不要人夸颜色好，只留清气满乾坤。”（《墨梅》宋·王冕）

梅花落，春天到。赏美景，远忧愁。“候馆梅残，溪桥柳细。草薰风暖摇征辔。离愁渐远渐无穷，迢迢不断如春水。寸寸柔肠，盈盈粉泪。楼高莫近危栏倚。平芜尽处是春山，行人更在春山外。”（《踏莎行·候馆梅残》宋·欧阳修）

归类欣赏有关“梅花”的古诗歌，别有风味，能激发兴趣，提高效率，加深记忆。

第十四节　浅赏古诗歌中的“莺歌燕舞”

古诗歌中，大自然的许多生灵成为诗人寄托感情的对象，其中“莺（又名黄鹂）”和“燕

子”在诗人笔下出现的比较多，也形成了有喜庆色彩的成语“莺歌燕舞”，现在归类欣赏此方面的诗歌。

“两个黄鹂鸣翠柳，一行白鹭上青天。窗含西岭千秋雪，门泊东吴万里船。”（《绝句》唐·杜甫）黄鹂鸣唱，白鹭飞翔，春天景美。

“黄四娘家花满蹊，千朵万朵压枝低。留连戏蝶时时舞，自在娇莺恰恰啼。”（《江畔独步寻花》唐·杜甫）花蝶舞，莺喜歌，生活安定，快乐幸福。

“迟日江山丽，春风花草香。泥融飞燕子，沙暖睡鸳鸯。”（《绝句》唐·杜甫）春日夕阳美、景色丽，燕子飞舞巢新筑，鸳鸯烂漫睡暖沙，欣赏春景自然美。

“澄江平少岸，幽树晚多花。细雨鱼儿出，微风燕子斜。”（《水槛遣心》唐·杜甫）微风细雨的春日别样的美，鱼儿跃出水，燕子飞舞斜。

“丞相祠堂何处寻？锦官城外柏森森。映阶碧草自春色，隔叶黄鹂空好音。三顾频烦天下计，两朝开济老臣心。出师未捷身先死，长使英雄泪满襟。”（《蜀相》唐·杜甫）春天美景无人赏，黄鹂好音独自听。丞相祠堂好寂寞，诗人感慨泪满襟。

“孤山寺北贾亭西，水面初平云脚低。几处早莺争暖树，谁家新燕啄春泥。乱花渐欲迷人眼，浅草才能没马蹄。最爱湖东行不足，绿杨阴里白沙堤。”（《钱塘湖春行》唐·白居易）西湖美，初春的西湖更美，百花次第放，芳草渐渐长，绿色杨柳向阳处，莺儿争奇斗艳抢家安，燕子飞舞啄泥建新房。

描写春天景色美丽，生机勃勃，“莺歌燕舞”的古诗歌还有不少。

“千里莺啼绿映红，水村山郭酒旗风。南朝四百八十寺，多少楼台烟雨中。”（《江南春绝句》唐·杜牧）

“独怜幽草涧边生，上有黄鹂深树鸣。春潮带雨晚来急，野渡无人舟自横。”（《滁州西涧》唐·韦应物）

“燕子来时新社，梨花落后清明。池上碧苔三四点，叶底黄鹂一两声，日长飞絮轻。巧笑东邻女伴，采桑径里逢迎。疑怪昨宵春梦好，元是今朝斗草赢，笑从双脸生。”（《破阵子·春景》宋·晏殊）

“小径红稀，芳郊绿遍。高台树色阴阴见。春风不解禁杨花，蒙蒙乱扑行人面。翠叶藏莺，朱帘隔燕。炉香静逐游丝转。一场愁梦酒醒时，斜阳却照深深院。”（《踏莎行·小径红稀》宋·晏殊）

“草长莺飞二月天，拂堤杨柳醉春烟。儿童散学归来早，忙趁东风放纸鸢。”（《村居》清·高鼎）

借莺儿、燕子寄托寓意的古诗歌有：

“朱雀桥边野草花，乌衣巷口夕阳斜。旧时王谢堂前燕，飞入寻常百姓家。”（《乌衣巷》唐·刘禹锡）美丽景色中，用燕子来显示，由高贵变平常。

“一曲新词酒一杯，去年天气旧池台，夕阳西下几时回？无可奈何花落去，似曾相识燕

归来，小园香径独徘徊。”（《浣溪沙·一曲新词酒一杯》宋·晏殊）用燕子的年年岁岁的春来秋去，表示重复昨天的故事，启示人们要珍惜今天的美好时光。

“槛菊愁烟兰泣露。罗幕轻寒，燕子双飞去。明月不谙离恨苦，斜光到晓穿朱户。昨夜西风凋碧树。独上高楼，望尽天涯路。欲寄彩笺兼尺素，山长水阔知何处。”（《蝶恋花·槛菊愁烟兰泣露》宋·晏殊）用“燕子双飞去”，寄托了对亲人的思念之情。

“大弦嘈嘈如急雨，小弦切切如私语。嘈嘈切切错杂弹，大珠小珠落玉盘。间关莺语花底滑，幽咽泉流冰下难。”（《琵琶行》唐·白居易）用莺儿美丽的歌声来比喻悦耳悠扬的琵琶乐曲。

诗人借助“莺歌燕舞”抒发了真挚感情，欣赏这些古诗歌余味无穷。

第十五节 欣赏古诗歌中的雪中情

当新年的第一场雪来临时，学生特别高兴，扫雪路、打雪仗、塑雪人，从头到脚都是欣喜。他们一边赏雪，一边赏有关“雪”的古诗歌。“学而时习之，不亦说乎”“温故而知新，可以为师矣。”（《论语》）归类温故欣赏“雪”的诗歌不但是一种乐趣，而且效率高、效果好。

漫天大雪，何惧困难，勇往直前，展现革命乐观主义精神。“漫天皆白，雪里行军情更迫。头上高山，风卷红旗过大关。此行何去？赣江风雪弥漫处。命令昨颁，十万工农下吉安。”（《减字木兰花·广昌路上》毛泽东）

“红军不怕远征难，万水千山只等闲。五岭逶迤腾细浪，乌蒙磅礴走泥丸。金沙水拍云崖暖，大渡桥横铁索寒。更喜岷山千里雪，三军过后尽开颜。”（《七律长征》毛泽东）伟人风采，凡人情怀。冰天雪地，烂漫开怀。到达陕北，前途无限。

“北国风光，千里冰封，万里雪飘。望长城内外，惟余莽莽；大河上下，顿失滔滔。山舞银蛇，原驰蜡象，欲与天公试比高。须晴日，看红装素裹，分外妖娆。江山如此多娇，引无数英雄竞折腰。惜秦皇汉武，略输文采；唐宗宋祖，稍逊风骚。一代天骄，成吉思汗，只识弯弓射大雕。具往矣，数风流人物，还看今朝。”（《沁园春·雪》毛泽东）长征胜利，忆昔思今。伟大领袖用“千里冰封，万里雪飘”的雪景图，盛赞祖国江山如画；精彩评价历史英雄伟业，取其所长，补其所短。文武双全，豪迈前景。今人比古人，一代更比一代强。

“风雨送春归，飞雪迎春到。已是悬崖百丈冰，犹有花枝俏。俏也不争春，只把春来报。待到山花烂漫时，她在丛中笑。”（《卜算子·咏梅》毛泽东）经得起北风飞雪的艰难困苦，才能有春天万紫千红的傲笑。梅花志向，领导众芳。

大雪正纷飞，心情尤纠结。送朋友情深，劝自信自强。“千里黄云白日曛，北风吹雁雪纷纷。莫愁前路无知己，天下谁人不识君！”（《别董大》唐·高适）

鹅毛大雪，冰天雪地，风光奇异。送别战友，情怀惆怅，情谊深长。“北风卷地白草折，胡天八月即飞雪。忽如一夜春风来，千树万树梨花开。散入珠帘湿罗幕，狐裘不暖锦衾薄。将军角弓不得控，都护铁衣冷难着。瀚海阑干百丈冰，愁云惨淡万里凝。中军置酒饮归客，胡琴琵琶与羌笛。纷纷暮雪下辕门，风掣红旗冻不翻。轮台东门送君去，去时雪满天山路。山回路转不见君，雪上空留马行处”。（《白雪歌送武判官归京》唐·岑参）

威武之师，一腔豪气。狂风大雪，天寒地冻。艰险环境，方显英雄本色，方会出其不意攻其不备，方能不战而屈人之兵。“君不见，走马川行雪海边。平沙莽莽黄入天，轮台九月风夜吼。一川碎石大如斗，随风满地石乱走。匈奴草黄马正肥，金山西见烟尘飞。汉家大将西出师，将军金甲夜不脱。半夜军行戈相拨，风头如刀面如割。马毛带雪汗气蒸，五花连钱旋作冰。幕中草檄砚水凝，虏骑闻之应胆慑。料知短兵不敢接，车师西门伫献捷。”（《走马川行奉送封大夫出师西征》唐·岑参）

冰天雪地中，交战双方都是十分艰险的，“早岁那知世事艰，中原北望气如山。楼船夜雪瓜洲渡，铁马秋风大散关。塞上长城空自许，镜中衰鬓已先斑。出师一表真名世，千载谁堪伯仲间”。（《书愤》宋·陆游）

到边境戍守，风雪夜无眠，怀念故乡亲人，为国敬业奉献。“山一程，水一程，身向榆关那畔行，夜深千帐灯。风一更，雪一更，聒碎乡心梦不成，故园无此声。”（《长相思·山一程》清·纳兰性德）

这里的漫漫大雪，显示出环境险恶艰苦，从军豪情，有何惧！“青海长云暗雪山，孤城遥望玉门关。黄沙百战穿金甲，不破楼兰终不还。”（《从军行》唐·王昌龄）

将军率兵，雪夜追敌。“月黑雁飞高，单于夜遁逃。欲将轻骑逐，大雪满弓刀。”（《塞下曲》唐·卢纶）

卖炭老人盼望着天寒地冻，希望卖炭可以有个好价钱，窃喜一夜大雪纷飞；但到了集市后，一车炭却被官吏低价收购，梦想破灭，生活艰难。讽喻宫市，同情百姓。“卖炭翁，伐薪烧炭南山中。满面尘灰烟火色，两鬓苍苍十指黑。卖炭得钱何所营？身上衣裳口中食。可怜身上衣正单，心忧炭贱原天寒。夜来城外一尺雪，晓驾炭车辗冰辙。牛困人饥日已高，市南门外泥中歇。翩翩两骑来是谁？黄衣使者白衫儿。手把文书口称敕，回车叱牛牵向北。一车炭，千余斤，宫使驱将惜不得。半匹红绡一丈绫，系向牛头充炭直。”（《卖炭翁》唐·白居易）

伴君如伴虎，上谏被贬，复杂心境。“雪拥蓝关马不前”足见被贬职后，去的环境十分险恶。“一封朝奏九重天，夕贬潮州路八千。欲为圣明除弊事，肯将衰朽惜残年！云横秦岭家何在？雪拥蓝关马不前。知汝远来应有意，好收吾骨瘴江边。”（《左迁至蓝关示侄孙湘》唐·韩愈）

“日暮苍山远，天寒白屋贫。柴门闻犬吠，风雪夜归人。”（《逢雪宿芙蓉山主人》唐·刘长卿）描绘了一幅风雪夜归图。

“千山鸟飞绝，万径人踪灭。孤舟蓑笠翁，独钓寒江雪。”（《江雪》唐·柳宗元）江雪中钓鱼，寒冷、幽僻、寂寞、烂漫。

“两个黄鹂鸣翠柳，一行白鹭上青天。窗含西岭千秋雪，门泊东吴万里船。”（《绝句》唐・杜甫）莺歌燕舞的秀丽春天来了，纯洁的白雪还在装点着江山。

“昔我往矣，杨柳依依。今我来思，雨雪霏霏。”（《采薇》选自《诗经》）思念从春天杨柳青青开始，到雪花飘飘的冬天都没有停止。

“上邪！我欲与君相知，长命无绝衰。山无陵，江水为竭，冬雷震震，夏雨雪，天地合，乃敢与君绝！”（《上邪》汉・《乐府诗集》）借天气炎热的夏天下雪等，这种不可能的自然现象，表达自己对爱情的忠贞。

“欲渡黄河冰塞川，将登太行雪满山。”（《行路难（其一）》唐・李白）用大雪满山来比喻前进的道路艰难。

“墙角数枝梅，凌寒独自开。遥知不是雪，为有暗香来。”（《梅花》宋・王安石）用雪来比喻梅花，雪寒梅香，冰清玉洁。

“君不见黄河之水天上来，奔流到海不复回。君不见高堂明镜悲白发，朝如青丝暮成雪。”（《将进酒》唐・李白）两个“君不见”比喻人生的时间一去不返，又很短暂，还用洁白的雪来比喻白头发。

“大漠沙如雪，燕山月似钩。何当金络脑，快走踏清秋。”（《马诗》唐・李贺）晚上，月下，茫茫沙漠是白色的，用雪来比喻形象生动。

“乱石穿空，惊涛拍岸，卷起千堆雪。”（《念奴娇・赤壁怀古》宋・苏轼）长江惊险的波涛翻腾，像白雪一样，这样的比喻巧妙极了。

“小山重叠金明灭，鬓云欲度香腮雪。”（《菩萨蛮・小山重叠金明灭》唐・温庭筠）用雪来比喻美女的脸，衬托肌白如雪，面容姣好。

一起欣赏“雪”的诗歌，别样趣味，能激发兴趣，提高效率。

第十六节　浅赏古诗歌中的夕阳美

同一个地点的景色，是太阳初升时美，还是正午阳光时美，或者是太阳快下山时美？欣赏古诗歌后，自然就有了答案。

春天，春暖花开，万物生长，莺歌燕舞，景色秀丽，而这一天最美丽的时光，是夕阳来临之时。下面这些描写春日夕阳美景的古诗歌值得好好欣赏。

春天夕阳中的美景，生机勃勃。“迟日江山丽，春风花草香。泥融飞燕子，沙暖睡鸳鸯。”（《绝句》唐・杜甫）

乌衣巷的夕阳景更美，“朱雀桥边野草花，乌衣巷口夕阳斜。旧时王谢堂前燕，飞入寻常百姓家。”（《乌衣巷》唐・刘禹锡）

日暮中的花，像美女西施的脸，白里透红。“花枝草蔓眼中开，小白长红越女腮。可怜日暮嫣香落，嫁与春风不用媒。”（《南园（其一）》唐・李贺）

傍晚时的花多而美。“去郭轩楹敞，无村眺望赊。澄江平少岸，幽树晚多花。细雨鱼儿出，微风燕子斜。城中十万户，此地两三家。”（《水槛遣心》唐·杜甫）

节日喜庆快乐，在夕阳美景中，相扶而归。“鹅湖山下稻粱肥，豚栅鸡栖半掩扉。桑柘影斜春社散，家家扶得醉人归。”（《社日》唐·王驾）

日暮溪亭，美好回忆，情趣郊游。“常记溪亭日暮，沉醉不知归路。兴尽晚回舟，误入藕花深处。争渡，争渡，惊起一滩鸥鹭。”（《如梦令·郊游》宋·李清照）

夕阳西下时，赏美景的游人更多。“红树青山日欲斜，长郊草色绿无涯。游人不管春将老，来往亭前踏落花。”（《丰乐亭游春》宋·欧阳修）

斜阳美景中，送别朋友情更浓。“苍苍竹林寺，杳杳钟声晚。荷笠带斜阳，青山独归远。”（《送灵澈上人》唐·刘长卿）

春华秋实，秋天，在太阳慢慢下山时，那时景色格外艳丽。

“结庐在人境，而无车马喧。问君何能尔？心远地自偏。采菊东篱下，悠然见南山。山气日夕佳，飞鸟相与还。此中有真意，欲辨已忘言。”（《饮酒》晋·陶渊明）诗人回归田园，享受农村山上美景。“山气日夕佳”，太阳快下山时，山中景色更加美丽，这也应该是“夕阳美”的最早诗歌。

残阳照江水，江水更美丽。“一道残阳铺水中，半江瑟瑟半江红。可怜九月初三夜，露似珍珠月似弓。”（《暮江吟》唐·白居易）

大沙漠的落日景色更美。“单车欲问边，属国过居延。征蓬出汉塞，归雁入胡天。大漠孤烟直，长河落日圆。萧关逢候骑，都护在燕然。”（《使至塞上》唐·王维）

秋天傍晚枫叶尤美丽，停车欣赏勿忘前进路。“远上寒山石径斜，白云深处有人家。停车坐爱枫林晚，霜叶红于二月花。”（《山行》唐·杜牧）

太阳渐渐下山时，菊花更美。“秋丛绕舍似陶家，遍绕篱边日渐斜。不是花中偏爱菊，此花开尽更无花。”（《菊花》唐·元稹）

日落时，江城如画，江水如明镜，桥如彩虹。“江城如画里，山晚望晴空。两水夹明镜，双桥落彩虹。人烟寒橘柚，秋色老梧桐。谁念北楼上，临风怀谢公？”（《秋登宣城谢朓北楼》唐·李白）

落日景美，硕果累累，快乐而归。“东皋薄暮望，徙倚欲何依。树树皆秋色，山山唯落晖。牧人驱犊返，猎马带禽归。相顾无相识，长歌怀采薇。”（《野望》唐·王绩）

残阳美景，画家也难以描绘。“登临送目，正故国晚秋，天气初肃。千里澄江似练，翠峰如簇。征帆去棹残阳里，背西风，酒旗斜矗。彩舟云淡，星河鹭起，画图难足。念往昔，豪华竞逐。叹门外楼头，悲恨相续。千古凭高对此，慢嗟荣辱。六朝旧事随流水，但寒烟衰草凝绿。至今商女，时时犹唱，《后庭》遗曲。”（《桂枝香·金陵怀古》宋·王安石）

落日残霞，色彩绚丽，一幅秋景美图。“孤村落日残霞，轻烟老树寒鸦，一点飞鸿影下。青山绿水，白草红叶黄花。”（《天净沙·秋》元·白朴）

茂林修竹中，看落日景色，鸟儿回巢，云雾缭绕，别样美丽。“山际见来烟，竹中窥落日。鸟向檐上飞，云从窗里出。”（《山中杂诗》南朝梁·吴均）

夕阳黄河美景，登高欣赏更美。“白日依山尽，黄河入海流。欲穷千里目，更上一层楼。”（《登鹳雀楼》唐·王之涣）

战地美景，雨后斜阳更好看。“赤橙黄绿青蓝紫，谁持彩练当空舞。雨后复斜阳，关山阵阵苍。当年鏖战急，弹洞前村壁。装点此关山，今朝更好看。”（《菩萨蛮·大柏地》毛泽东）

太阳快下山，朋友接朋友，情谊更深浓。“寒山转苍翠，秋水日潺湲。倚杖柴门外，临风听暮蝉。渡头余落日，墟里上孤烟。复值接舆醉，狂歌五柳前。”（《辋川闲居赠裴秀才迪》唐·王维）

日暮美景中，等待亲人回家。“日暮苍山远，天寒白屋贫。柴门闻犬吠，风雪夜归人。”（《逢雪宿芙蓉山主人》唐·刘长卿）

夕阳景色虽然美丽，依旧不能排解忧愁思念之情。

夕阳美景中，思念亲人，孤独等待“伫倚危楼风细细。望极春愁，黯黯生天际。草色烟光残照里，无言谁会凭栏意。拟把疏狂图一醉。对酒当歌，强乐还无味。衣带渐宽终不悔，为伊消得人憔悴。”（《蝶恋花·伫倚危楼风细细》宋·柳永）

夕阳景虽然美丽，也剪不断思恋之情。“碧云天，黄叶地。秋色连波，波上寒烟翠。山映斜阳天接水。芳草无情，更在斜阳外。黯乡魂，追旅思。夜夜除非，好梦留人睡。明月高楼休独倚。酒入愁肠，化作相思泪。”（《苏幕遮·怀旧》宋·范仲淹）

夕阳美景，思念亲人更甚，“枯藤老树昏鸦，小桥流水人家，古道西风瘦马。夕阳西下，断肠人在天涯。”（《天净沙·秋思》元·马致远）

斜晖美景中，还等不到心爱的人，肠都要断了。“梳洗罢，独倚望江楼。过尽千帆皆不是，斜晖脉脉水悠悠，肠断白蘋洲。”（《望江南·梳洗罢》唐·温庭筠）

下面两首词中的“夕阳”，应该指代美好的时光。

“滚滚长江东逝水，浪花淘尽英雄。是非成败转头空。青山依旧在，几度夕阳红。白发渔樵江渚上，惯看秋月春风。一壶浊酒喜相逢。古今多少事，都付笑谈中。”（《临江仙·滚滚长江东逝水》明·杨慎）所谓的英雄人物，有多少美好的日子呢？

“一曲新词酒一杯，去年天气旧池台，夕阳西下几时回？无可奈何花落去，似曾相识燕归来，小园香径独徘徊。”（《浣溪沙·一曲新词酒一杯》宋·晏殊）美好的时光过去了，就永远不会回来了，人们要珍惜当下。

送别友人，依依不舍，深厚的朋友情谊，像夕阳景色那样美丽。“青山横北郭，白水绕东城。此地一为别，孤蓬万里征。浮云游子意，落日故人情！挥手自兹去，萧萧班马鸣。”（《送友人》唐·李白）

朋友分离忧愁，相互思念，也像夕阳那样美。“浩荡离愁白日斜，吟鞭东指即天涯。落

红不是无情物，化作春泥更护花。”（《己亥杂诗（其一）》清·龚自珍）

夕阳美，本来是指一天之中最美丽的景色，或指美好的时光。但李商隐写了《乐游原》“向晚意不适，驱车登古原。夕阳无限好，只是近黄昏”之后，人们的感觉就有了微妙的变化，夕阳景色除了无限好之外，还给人别样感觉。这美好的时光，虽然美好，也将很快过去，会产生一些悲凉之情。所以我们要珍惜、珍重、善待。

夕阳美，好景不长留。愿君珍惜，眼前所拥有。暮去朝来，带着快乐走。

第十七节　浅赏古诗歌中的“今夜无眠”

古今中外，人类生活，喜怒哀乐，悲欢离合，导致失眠、无眠、不眠。古代诗人，把这些经历用诗歌形式记录下来，留给我们欣赏。现在做粗浅的归类，和大家一起分享。

人类生活，感悟透彻，哪一首诗歌能超过苏东坡的中秋明月不眠词？“明月几时有？把酒问青天。不知天上宫阙，今夕是何年。我欲乘风归去，又恐琼楼玉宇，高处不胜寒。起舞弄清影，何似在人间！转朱阁，低绮户，照无眠。不应有恨，何事长向别时圆？人有悲欢离合，月有阴晴圆缺，此事古难全。但愿人长久，千里共婵娟。”（《水调歌头·明月几时有》宋·苏轼）

中秋夜，照无眠。慷慨人生，千古传唱。古今中外的人类生活都离不开悲欢离合，阴晴圆缺。悲要有度，过了伤身；乐要有度，乐极生悲；有团聚，必有分离，富含哲理。人生所遇，都要坦然面对接受，这样有利于身体健康。

“关关雎鸠，在河之洲。窈窕淑女，君子好逑。参差荇菜，左右流之。窈窕淑女，寤寐求之。求之不得，寤寐思服。悠哉悠哉，辗转反侧。参差荇菜，左右采之。窈窕淑女，琴瑟友之。参差荇菜，左右芼之。窈窕淑女，钟鼓乐之。”（《关雎》选自《诗经》）爱情是人类不断发展的源泉，男男女女追求爱情，历来是美谈美事。这首诗歌，男女相遇，男欲追女，白天追不到，晚上睡不着，就想方设法去追求。在追求过程中，展示自己的才艺，“琴瑟友之”“钟鼓乐之”，去打动女子；其实诗中的女子既勤劳又有高超的劳动技能。男女恋爱，男才女貌，谈婚论嫁，需要什么前提条件？令人深思，给了我们许多有益的启示。

“昨夜星辰昨夜风，画楼西畔桂堂东。身无彩凤双飞翼，心有灵犀一点通。隔座送钩春酒暖，分曹射覆蜡灯红。嗟余听鼓应官去，走马兰台类转蓬。”（《无题·昨夜星辰昨夜风》唐·李商隐）晚上设宴，男女青年聚会，射覆娱乐一直到天明，就直接从聚会地骑马去“上班”。男女相遇，志趣相投，人生缘遇，心领神会，终身难忘。诗歌中的名句“心有灵犀一点通”，流传甚广。

“海上生明月，天涯共此时。情人怨遥夜，竟夕起相思。灭烛怜光满，披衣觉露滋。不堪盈手赠，还寝梦佳期。”（《望月怀远》唐·张九龄）明月夜，盼与心爱的人团聚，在远方，深情地思念，几乎一夜无眠。

“东风夜放花千树，更吹落，星如雨。宝马雕车香满路。凤箫声动，玉壶光转，一夜鱼龙舞。蛾儿雪柳黄金缕，笑语盈盈暗香去。众里寻他千百度，蓦然回首，那人却在，灯火阑珊处。”（《青玉案·元夕》宋·辛弃疾）想当时，元宵夜，大家一夜狂欢不眠，主人公专心寻找约会对象。可以想象，男子在前面寻找，女子看着男子急切寻找自己，跟在后面窥视悄悄偷乐，别样烂漫。男子坚持不懈，感动上天，蓦然回首，惊喜相视，甜蜜相聚。二人元宵约会，欢度佳节，一夜无眠。似情人节，又胜情人节。

“去年元夜时，花市灯如昼。月上柳梢头，人约黄昏后。今年元夜时，月与灯依旧。不见去年人，泪湿春衫袖。”（《生查子·元夕》宋·欧阳修）这里的主人公，去年元宵夜与心上人烂漫约会，今年却约而不会，一夜悲伤流泪到天明。

恋人情深，难舍难分，无奈别离。“寒蝉凄切，对长亭晚，骤雨初歇。都门帐饮无绪，留恋处兰舟催发。执手相看泪眼，竟无语凝噎。念去去千里烟波，暮霭沈沈楚天阔。多情自古伤离别，更那堪冷落清秋节！今宵酒醒何处？杨柳岸晓风残月。此去经年，应是良辰好景虚设。便纵有千种风情，更与何人说！”（《雨霖铃·寒蝉凄切》宋·柳永）离别以后，无奈甜言蜜语无人听，良辰美景孤独难眠。

感慨人生，事业未成，有了理想，未能实现，借酒消愁，彻夜难眠。“白日沦西阿，素月出东岭。遥遥万里辉，荡荡空中景。风来入房户，夜中枕席冷。气变悟时易，不眠知夕永。欲言无予和，挥杯劝孤影。日月掷人去，有志不获骋。念此怀悲凄，终晓不能静。”（《杂诗》晋·陶渊明）

雄心御敌，爱国激情，魂思梦绕，长夜难眠。“僵卧孤村不自哀，尚思为国戍轮台。夜阑卧听风吹雨，铁马冰河入梦来。”（《十一月四日风雨大作》宋·陆游）

心酬壮志，决心抗金。当局妥协，知音难寻。晚上睡不着，起来绕阶行。“昨夜寒蛩不住鸣。惊回千里梦，已三更。起来独自绕阶行。人悄悄，窗外月胧明。白首为功名，旧山松竹老，阻归程。欲将心事付瑶琴，知音少，弦断有谁听？”（《小重山·昨夜寒蛩不住鸣》宋·岳飞）

去戍边，建功业。到榆关，遇风雪。思故乡，念亲人。睡不着，梦不成。“山一程，水一程，身向榆关那畔行，夜深千帐灯。风一更，雪一更，聒碎乡心梦不成，故园无此声”（《长相思·山一程》清·纳兰性德）

舍小家为大家，戍边功业未就，不能回家思念家，多少晚上不夜眠。“塞下秋来风景异，衡阳雁去无留意。四面边声连角起，千嶂里，长烟落日孤城闭。浊酒一杯家万里，燕然未勒归无计。羌管悠悠霜满地，人不寐，将军白发征夫泪。”（《渔家傲·秋思》宋·范仲淹）

丈夫保家卫国戍边，妻子明月夜思念情更甚。“长安一片月，万户捣衣声。秋风吹不尽，总是玉关情。何日平胡虏，良人罢远征！”（《子夜吴歌》唐·李白）

安史之乱，国家灾难，百姓痛苦。多少人度过了许多不眠之夜？“暮投石壕村，有吏夜捉人。老翁逾墙走，老妇出门看。吏呼一何怒，妇啼一何苦！听妇前致词：三男邺城戍。

一男附书至，二男新战死。存者且偷生，死者长已矣！室中更无人，惟有乳下孙。有孙母未去，出入无完裙。老妪力虽衰，请从吏夜归。急应河阳役，犹得备晨炊。夜久语声绝，如闻泣幽咽。天明登前途，独与老翁别。”（《石壕吏》唐・杜甫）国家动乱，百姓灾难。借宿途中，所见所闻。一家遭遇，惨不忍睹。哭诉声声，哪能安寝？

借秋风、秋雨、秋景，抒一夜难眠愁情。揭露安史之乱给人们带来的痛苦生活。诗人宁愿自己受苦，也希望天下寒士过上安定温饱的生活，体现了高尚情怀。“八月秋高风怒号，卷我屋上三重茅。茅飞渡江洒江郊，高者挂罥长林梢，下者飘转沉塘坳。南村群童欺我老无力，忍能对面为盗贼。公然抱茅入竹，唇焦口燥呼不得，归来倚杖自叹息。俄顷风定云墨色，秋天漠漠向昏黑。布衾多年冷似铁，娇儿恶卧踏里裂。床头屋漏无干处，雨脚如麻未断绝。自经丧乱少睡眠，长夜沾湿何由彻！安得广厦千万间，大庇天下寒士俱欢颜！风雨不动安如山。呜呼！何时眼前突兀见此屋，吾庐独破受冻死亦足！”（《茅屋为秋风所破歌》唐・杜甫）

安史之乱，杜甫逃亡。途中被俘，望月伤怀。时刻担忧，妻子儿女。思绪万千，一夜无眠。“今夜鄜州月，闺中只独看。遥怜小儿女，未解忆长安。香雾云鬟湿，清辉玉臂寒。何时倚虚幌，双照泪痕干？”（《月夜》唐・杜甫）

战乱离散，骨肉相思。情真意切，明月夜长。盼望团聚，祈祷平安。“时难年荒世业空，弟兄羁旅各西东。田园寥落干戈后，骨肉流离道路中。吊影分为千里雁，辞根散作九秋蓬。共看明月应垂泪，一夜乡心五处同。”（《望月有感》唐・白居易）

风光不再，思恋往事。心愁似水，彻夜难眠。“春花秋月何时了，往事知多少？小楼昨夜又东风，故国不堪回首月明中。雕栏玉砌应犹在，只是朱颜改。问君能有几多愁？恰似一江春水向东流。”（《虞美人・春花秋月何时了》南唐・李煜）

明月夜，思故乡，入眠难。“床前明月光，疑是地上霜。举头望明月，低头思故乡。”（《静夜思》唐・李白）

思乡情浓，晚上听了思乡曲，思乡情更浓，哪里还睡得着！“谁家玉笛暗飞声？散入东风满洛城。此夜曲中闻折柳，何人不起故园情？”（《春夜洛城闻笛》唐・李白）

离乡游客寄宿，愁思亲人难眠。“月落乌啼霜满天，江枫渔火对愁眠。姑苏城外寒山寺，夜半钟声到客船。”（《枫桥夜泊》唐・张继）

一年之计在于春，如何奋斗需计划。声声虫鸣难入眠，敬业乐业早行动。“更深月色半人家，北斗阑干南斗斜。今夜偏知春气暖，虫声新透绿窗纱。”（《月夜》唐・刘方平）

感悟人生，理想，事业，思念亲人、恋人、情人……古今人类皆有失眠、无眠、不眠。古人给我们留下了这么多优美的诗歌，值得我们好好品味，深深思考。

第十八节　品赏古诗歌中的巧妙比喻

古诗歌中的表现手法，主要是赋、比、兴。“赋”就是铺陈，“比”就是比方，“兴”就

是先言他物以引起所咏之词。

和学生欣赏古诗歌时，探讨诗歌里面的修辞方法，能提高学生的学习兴趣，增长知识，激发他们的学习积极性。古诗歌中的修辞方法，五彩缤纷，品赏以后，回味无穷。如：

“昆山玉碎凤凰叫，芙蓉泣露香兰笑。”（李贺）——拟人

“飞流直下三千尺，疑是银河落九天。”（李白）——夸张

“僧敲月下门，鸟宿池边树。”（贾岛）——对偶

“去年元夜时，花市灯如昼。月上柳梢头，人约黄昏后。今年元夜时，月与灯依旧。不见去年人，泪湿春衫袖。”（欧阳修）——对比

“行路难，行路难。多歧路，今安在？”（李白）——反复

“羽扇纶巾，谈笑间，樯橹灰飞烟灭。”（苏轼）——借代

“何处望神州？满眼风光北固楼。”（辛弃疾）——设问

“两情若是久长时，又岂在朝朝暮暮？”（秦观）——反问

然而古诗歌中的比喻[①]，尤其用得多而巧妙，细细品赏，给人以美的享受。现在，把古诗歌中的巧妙“比喻”粗浅归类，和大家一起分享欣赏。

“湖光秋月两相和，潭面无风镜未磨。遥望洞庭山水翠，白银盘里一青螺。”（《望洞庭》唐·刘禹锡）这首诗有三个喻体：“镜未磨”“白银盘”“一青螺”；本体分别对应“无风的潭面”“圆月”“传说中月亮上的桂花树”。诗人妙用比喻，写出了明月下洞庭湖特有的美。

“煮豆燃豆萁，豆在釜中泣。本是同根生，相煎何太急！”（《七步诗》三国·曹植）这首诗的修辞，初看是拟人，实际上是比喻。“豆”比喻曹植，“豆萁”比喻曹丕，“同根”比喻他们的父母。这首拟人化的诗，描写了宫廷斗争，骨肉兄弟相残，使人心情倍感沉重。

“亭亭山上松，瑟瑟谷中风。风声一何盛，松枝一何劲！冰霜正惨凄，终岁常端正。岂不罹凝寒，松柏有本性。”（《赠从弟》东汉·刘桢）这整首诗都是喻体，本体是希望“从弟”要像松柏一样经得起风吹雨打，耐得住酷暑严寒；“吃得苦中苦，方为人上人”。

“江城如画里，山晓望晴空。两水夹明镜，双桥落彩虹。人烟寒橘柚，秋色老梧桐。谁念北楼上，临风怀谢公？”（《秋登宣城谢朓北楼》唐·李白）诗中把“江城”比喻成“画”，把“江水清静”比喻成“明镜”，把“双桥”比喻成“彩虹”，巧用比喻，使人觉得“宣城”实在美极了。

“君不见黄河之水天上来，奔流到海不复回；君不见高堂明镜悲白发，朝如青丝暮成雪。”（《将进酒》唐·李白）前一句比喻人生的时间一去不复返，后一句比喻人生的时间很短暂，还含有夸张的修辞，早上是黑头发，晚上变成了白头发，还把白发比喻成“雪”，真是妙趣横生。这样的人生应该怎样度过呢？李白在《将进酒》中说：“人生得意须尽欢，莫使金樽

---

① 比喻是一种常用的修辞手法。比喻就是通常说的打比方，即用一个具体的、浅显的、熟知的事物或情境来比方另一个抽象的、深奥的、生疏的事物或情境的一种修辞手法。比喻使人容易理解，能变抽象为具体，化深奥为浅显，还能使人产生联想和想象。比喻一般由本体、喻体和比喻词组成，有明喻、暗喻、借喻之分。

空对月。天生我材必有用，千金散尽还复来。”要追求欢乐，要自信，要轻身外钱财。

“白发三千丈，缘愁似个长。不知明镜里，何处得秋霜。”（《秋浦歌》唐·李白） “三千丈”是夸张，说明头发长。用“秋霜”来比喻“白发”，形象生动。

“床前明月光，疑是地上霜。举头望明月，低头思故乡。”（《静夜思》唐·李白）这里用“霜”来比喻“月光”，真切形象，使人的思乡情更浓。

“明明如月，何时可掇？”（《短歌行》三国·曹操）“俱怀逸兴壮思飞，欲上青天览明月。”（《宣州谢朓楼饯别校书叔云》唐·李白）曹操和李白把“实现理想”比喻成“掇明月”“揽明月”，使人回味无穷。

唐朝著名诗人白居易的《琵琶行》，是他的代表作之一。《琵琶行》中，最精彩的部分是描写琵琶乐声的部分，琵琶女弹出高低婉转、轻重缓急、动听悦耳的美妙乐曲。白居易用书面语言形象生动地描写，自己也盛赞“今夜闻君琵琶语，如听仙乐耳暂明”。那么诗人是用什么方法把美妙的琵琶乐声表述出来的？是用巧妙的比喻修辞方法。

“大弦嘈嘈如急雨，小弦切切如私语。嘈嘈切切错杂弹，大珠小珠落玉盘。间关莺语花底滑，幽咽泉流冰下难。冰泉冷涩弦凝绝，凝绝不通声暂歇。别有幽愁暗恨生，此时无声胜有声。银瓶乍破水浆迸，铁骑突出刀枪鸣。曲终收拨当心画，四弦一声如裂帛。”本体是多种美妙的琵琶声。喻体分别为急雨声、私语声、大小珍珠掉落到玉盘上的声音、花丛里传来的莺语声、泉水的潺潺声、泉水温度慢慢下降到结成冰的过程中、泉水声渐渐变低到无声的变化的多重声音、装水的玻璃瓶摔破声、战场上铁骑刀枪声、撕裂帛布的声音。巧妙的比喻，慢慢领悟琵琶乐声，形象具体，隽永生动，美妙极了。

古诗歌中巧妙的比喻还有许多：

把不劳而获者，比喻成大老鼠。“硕鼠硕鼠，无食我黍！三岁贯女，莫我肯顾。”（《硕鼠》选自《诗经》）

牛郎织女不能在一起，织女泪如雨下。“终日不成章，泣涕零如雨。”（《迢迢牵牛星》汉·《古诗十九首》）

用“不成匹”比喻恋爱双方没能走到一起。“始欲识郎时，两心望如一。理丝入残机，何悟不成匹！”（《子夜歌》汉·《乐府诗集》）

露水像珍珠，月亮像弯弓。“一道残阳铺水中，半江瑟瑟半江红。可怜九月初三夜，露似珍珠月似弓。”（《暮江吟》唐·白居易）

沙漠的沙像白雪，月亮像弯钩。“大漠沙如雪，燕山月似钩。”（《马诗》唐·李贺）

花朵像美女西施的脸那样美丽。“花枝草蔓眼中开，小白长红越女腮。”（《南园（其一）》唐·李贺）。

弯月像玉弓。“寻章摘句老雕虫，晓月当帘挂玉弓。”（《南园（其六）》唐·李贺）

头上贵重的装饰品多，一层一层重叠像小山似得，脸腮美白像雪。“小山重叠金明灭，鬓云欲度香腮雪。”（《菩萨蛮·小山重叠金明灭》唐·温庭筠）

一夜大雪像春天梨花盛开，太美了。“北风卷地白草折，胡天八月即飞雪。忽如一夜春

风来，千树万树梨花开。”（《白雪歌送武判官归京》唐·岑参）

西湖像美女西施那样美。“欲把西湖比西子，淡妆浓抹总相宜。”（《饮湖上初晴后雨》宋·苏轼）

鬓发白了像秋霜。“纵使相逢应不识，尘满面，鬓如霜。”（《江城子·乙卯正月二十日夜记梦》宋·苏轼）

波涛像白雪，江山如画美。“乱石穿空，惊涛拍岸，卷起千堆雪。江山如画，一时多少豪杰。”（《念奴娇·赤壁怀古》宋·苏轼）

壮士像深山老虎那样勇猛。“想当年，金戈铁马，气吞万里如虎。”（《永遇乐·京口北固亭怀古》宋·辛弃疾）

烟花燃放很美，像很多彩树；烟花落下过程更美，像星星彩雨。“东风夜放花千树，更吹落，星如雨。”（《青玉案·元夕》宋·辛弃疾）

把山上的云雾比喻成天浪和大江的波浪。“要看银山拍天浪，开窗放入大江来。”（《宿甘露寺僧舍》宋·曾公亮）

国家灾祸动荡像风飘絮，人们受苦受难像雨打萍。“山河破碎风飘絮，身世浮沉雨打萍。”（《过零丁洋》宋·文天祥）

群山似舞动的银白色的蛇，高原如奔驰的蜡白色的象。“山舞银蛇，原驰蜡象。”（《沁园春·雪》毛泽东）这句诗歌有三种修辞方法：对偶、拟人、比喻。

古诗歌中，巧用修辞，妙用比喻，慢慢领悟，添情增趣。假如领悟了古诗歌中的修辞，那么对古诗歌内涵的领悟也就进了一步提高了。古诗歌，之所以能成为汉民族文化的灵魂、精华，妙用比喻修辞应该是主要原因之一。

在与学生温故欣赏古诗歌的时候，渗透一点修辞知识，不但增进学生的学习兴趣，提高其学习积极性，而且使学生潜移默化地复习和巩固了语文知识，提高了语文素养。

附录　师生优秀诗歌习作

国球赞——2008 奥运会乒乓球赛观赏记

银球飞舞，直板横拍。一将闯关，竞技增谊。双星配合，协同作战。
知己知彼，百战不殆。控前三板，接发硬攻。直线回压，斜线侧闪。
正手旋转，反手强拉。前攻侧身，后防神妙。上旋下削，左刁右钻。
远近高低，轻重缓急。速度力量，旋转落点。恰到好处，果断兴奋。
驰去飞来，过网神通。千变万化，眼花缭乱。正抽反扣，行云流水。
龙腾虎跃，惊心动魄。快准狠变，斗智拼勇。气势心理，技术运气。
触网擦边，有惊无险。临危不惧，攻防兼备。凝神巧思，以逸待劳。
以柔克刚，以静制动。鬼斧神工，出神入化。天外有天，强中有强。
千钧一发，变幻莫测。险象环生，掌声雷动。求真务实，太极艺术。
双雄争冠，核心技术。出奇制胜，全场欢腾。国球盛典，奥运异彩。
乒乓外交，乾坤震惊。成就辉煌，自强自豪。英雄辈出，群星灿烂。
祖国荣誉，民族争光。赏心悦目，欢声笑语。强身健体，延年益寿。
思维敏捷，注意集中。陶冶情操，修心养性。男女老少，春华秋实。
增情添趣，心旷神怡。

元宵节快乐——纪念高中同学会

待正月初三，盼同学聚会。四十年岁月，峥嵘一挥间。
往事琼回忆，友谊倍增长。家庭美幸福，快乐事如意。
落地为兄弟，何必骨肉亲。元宵节将至，何日再相见。
千里共婵娟，天涯若比邻。

强 身 健 体

海上生明月，天涯共此时。工作当娱乐，事业作休闲。
早晨玩太极，上午扭扭腰。中午稍歇歇，精神倍儿爽。
下午乒乓球，傍晚广场舞。哪样兴趣练，运动伴我行。
日日俱坚持，身体健强壮。

羊 年 快 乐

羊年洋洋喜，愉悦时时伴。幸福常常悟，美满日日在。

敬业硕硕果，财源滚滚来。心想事事成，新年乐乐行。

马 儿

急请马儿跑，马儿跑呀跑。跑累跑饿了，寻乐又寻草。
又请马儿跑，马儿休息了。再请马儿跑，马儿自逍遥。

忆江南·感恩

老师好，感恩情不断，传道解惑启明灯，齐家事业常照引，能不忆老师。

无 题

剪亦难断理还乱，缘是云君妙绪漾。愉福吉安常祝伴，闻恙惊忧忙祈康。
春色满园懒回顾，海上明月怨夜长。咫尺天涯通灵犀，朝朝暮暮入梦赏。
但愿长久共婵娟，春来秋去涌琼想。

重新起航——谢谢您胡老师[1]

胡君小虹，平凡闪光。爱岗乐业，常挑重担。源头活水，传道得法。
授业艺精，解惑能手。快速进步，硕果累累。从前她班，本科三人。
学生爱戴，同事佩服。领导欣赏，自己充实。本篇习作，情文并茂。
成长感恩，楷模奉献。园丁花朵，人才济济。蒸蒸日上，明日辉煌。

那 一 瞬 间[2]

那一瞬间，流水潺潺。
失恋的酸果，像一颗定时炸弹，一触即发。婺江滔滔，是你生命的终点？
那一瞬间，晴天霹雳。
军人的责任，迈开飞奔的箭步。亲人的忐忑，都化成了无私的奉献。
那一瞬间，纵身一跃。
挽救了寻短见的生命。心中小鹿在乱撞，英雄身姿化成了彩虹。
无言了，感动了，热泪涌泉成雨下。
那一瞬间，明白了，感悟了，人生道路多坎坷。

① 胡小虹：女，1964年10月，浙江兰溪职业中专高级教师、班主任、英语教研组长，是学生爱戴的好老师之一。

② 此诗作者为浙江兰溪职业中专2008级高职旅游专业胡美玲为纪念孟祥斌而作，荣获金华市2009年“艾青杯诗歌”征文三等奖。孟祥斌，中国人民解放军驻浙江金华某部副连职机要参谋，中尉军衔，2007年感动中国年度人物。1979年4月9日出生于山东省齐河县刘桥镇刘桥村一个农民家庭。1997年高中毕业后，参军到了兰州军区某高炮团。1999年9月，因工作成绩突出，经组织推荐考入中国人民解放军信息工程大学兰州分院。2002年6月加入中国共产党，同年毕业分配到司令部机要科工作。2007年11月30日，孟祥斌在金华江因奋不顾身抢救一名跳江女青年而壮烈牺牲，年仅28岁。

即使没有尽头，也应拥有了沿途的风景。

雨后有阳光，更温暖，哭过有笑脸，更灿烂。

那一瞬间，感动千千万万。生命的意义，留在多彩的世界。

英雄的事迹，像种子一般，撒向祖国大地，植入我的心田。

参考文献

课程教材研究所职业教育课程教材研究开发中心，2009．语文：基础模块（上册）[M]．北京：人民教育出版社．

课程教材研究所职业教育课程教材研究开发中心，2009．语文：基础模块（下册）[M]．北京：人民教育出版社．

课程教材研究所职业教育课程教材研究开发中心，2010．语文：拓展模块[M]．北京：人民教育出版社．

课程教材研究所职业教育课程教材研究开发中心，2010．语文：职业模块[M]．北京：人民教育出版社．

马松源，2010．唐诗宋词元曲[M]．2版．北京：线装书局．

人民教育出版社语文二室，1986．职业高级中学课本语文（第三册）[M]．北京：人民教育出版社．

人民教育出版社语文二室，1987．职业高级中学课本语文（第四册）[M]．北京：人民教育出版社．

人民教育出版社语文一室，1987．初级中学课本语文（第三册）[M]．2版．北京：人民教育出版社．

人民教育出版社语文一室，1987．初级中学课本语文（第五册）[M]．2版．北京：人民教育出版社．

人民教育出版社语文一室，1987．初级中学课本语文（第一册）[M]．2版．北京：人民教育出版社．

人民教育出版社语文一室，1988．初级中学课本语文（第二册）[M]．2版．北京：人民教育出版社．

人民教育出版社语文一室，1988．初级中学课本语文（第六册）[M]．2版．北京：人民教育出版社．

人民教育出版社语文一室，1988．初级中学课本语文（第四册）[M]．2版．北京：人民教育出版社．

人民教育出版社职业教育室，1991．职业高级中学课本语文（第一册）[M]．北京：人民教育出版社．

人民教育出版社职业教育室，1992．职业高级中学课本语文（第二册）[M]．北京：人民教育出版社．

人民教育出版社职业教育中心，2001．中等职业教育国家规划教材语文：基础版（第二册）[M]．北京：人民教育出版社．

人民教育出版社职业教育中心，2001．中等职业教育国家规划教材语文：基础版（第三册）[M]．北京：人民教育出版社．

人民教育出版社职业教育中心，2001．中等职业教育国家规划教材语文：基础版（第四册）[M]．北京：人民教育出版社．

人民教育出版社职业教育中心，2001．中等职业教育国家规划教材语文：基础版（第一册）[M]．北京：人民教育出版社．

朱东润，1979．中国历代文学作品选[M]．上海：上海古籍出版社．

后　记

十年乐学乐教，十年欣赏古诗，十年收集归类，十年孜孜不倦，十年愉悦编写成书。其中古诗歌343首，是祖国几代语文教育专家，从浩瀚的古诗歌中，精挑细选出来的。祖国古诗歌是汉民族文化的精华，中小学不同版本的新、旧语文教材中的古诗歌，应该是精华中的精品，归类在一起，则定书名为《精品诗词曲欣赏》。

在新华书店中，有各式各样的古诗歌集，然而唐诗中没有唐词，宋词中没有宋诗。每个朝代中都有许多形式多样的优秀诗歌，但各个朝代的精品诗歌合到一起的诗歌集不多见。《精品诗词曲欣赏》是各个朝代精品古诗歌的合集。

另外，关于学习精品诗词曲的感悟、札记是编者几年来“教学相长”中的一些随想、随笔整理而成的。上课时，对许多诗歌有瞬间的灵感、别样的解读。对同类型的诗歌进行了归类，对同一首诗歌有不同的解读，就有不同的归类。例如，苏轼描写中秋明月的词《水调歌头》，在与毛泽东的《水调歌头》的断句质疑中，有解读；欣赏月亮情怀中，有解读；欣赏传统节日文化中，有解读；欣赏“今夜无眠”中，有解读等。角度不同，解读有所不同，这也应该是阅读古诗歌的方法之一。把同类型的诗歌或某个角度有共同点的诗歌归类在一起欣赏，激发学生兴趣，拓宽其视野，提高其学习效率。这些感悟、札记，向学生介绍后，提高了学生作文兴趣，效果也不错。

记得我们职校生有机会与兰溪市普高生一起参加作文比赛，所任教的学生曾取得两个一等奖的佳绩。其中潘筱莉的一等奖习作《品书·感悟·成长》，引用了22句古诗歌，可见学生平时欣赏古诗歌的成效。与普高生一起征文比赛的两篇习作，作为延伸阅读，收集在此书中。

在附录中，另选录了编者平时有感而发的8首诗和所教学生获奖的1首诗。针对今人应该如何学习写诗以作探讨。

“忆往昔峥嵘岁月稠”，从2006年开始收集编辑中小学语文教材中的古诗歌，温故欣赏，教学相长，感悟札记。“当其欣于所遇，暂得于己，快然自足，不知老之将至”（《兰亭集序》晋·王羲之）。编著成书，与喜欢者，共赏、共鸣、共同探讨，以弘扬祖国最优秀的传统文化诗词曲。

2017年11月